爪痕
―漆黒の愛に堕ちて―

御堂なな子

幻冬舎ルチル文庫

CONTENTS

✦目次✦

爪痕 ―漆黒の愛に堕ちて―

✦イラスト・ヤマダサクラコ

✦カバーデザイン＝吉野知栄（CoCo.Design）
✦ブックデザイン＝まるか工房

爪痕　第一章

プロローグ

その日の午後五時の東京は、オレンジ色の絵具を塗り込めたような夕焼けに包まれていた。鏡面ガラスの多い都心のビル街から少し離れた、中野《なかの》の静かな界隈に建つ警察病院も、暮れていく夕刻の只中《ただなか》にある。

セダンの車が一台停まっているだけの、閑散としたロータリーに、長い影を地面に伸ばしている二人の男の姿があった。一人は黒髪に長身の元刑事、狩野明匡《かのあきまさ》。もう一人は、狩野が十二年もの長い間探していた、高校の同級生の矢嶋青伊《やしまあおい》だ。

(——何やってんだ、狩野。青伊くんのことを、早く抱き締めてやれよ)

言葉少なく対峙《たいじ》する二人を、花井春日《はないかすが》は喫煙スペースのベンチに座って見守っている。医師の春日にとって狩野は気の合う友人であり、青伊は薬物治療中の患者だった。

待ち望んだ再会を果たしても、笑顔にはけしてなれない彼らの関係は、春日の目にはひどくもどかしく、そして切なく映る。傍観者でしかない立場で春日が願うことは、たった一つ、彼らに二度と別れが来ないこと、それだけだった。

(狩野、このまま青伊くんを連れ去ってしまえ。どこか遠い街で、お前たち二人で生きていけばいい。誰にも邪魔をされない場所で)

想い合っている者どうしが、十二年間も離れていなければならなかった理由は、詳しくは知らない。高校一年生で行方《ゆくえ》不明になり、所謂《いわゆる》ヤクザたちが構成する裏社会に沈んでいた青伊を、狩野は刑事になってまで必死に探していた。狩野から青伊の話を聞くたび、心の中に誰かを住まわせたまま孤独を生きることの重みに、春日は共感していた。

（早く二人で東京を離れるんだ。お前たちが幸せに暮らせるなら、俺はここで黙って見送るよ。——俺は、一人でいることには慣れているから）

何年か前にも、東京を発《た》った人がいたことを、春日は知っている。

不意に思い浮かんできたその男の顔を、春日は首を振って打ち消した。今どこにいるのかも知らない、音信不通の相手だ。その男に随分昔に教えられた携帯電話の番号も、まだ使えるかどうか定かじゃない。

（くそ。狩野たちのせいで、俺も感傷的になってるのか。何であいつのことなんか……）

春日の方から連絡を一切しないのは、意地のような、けじめのような、どちらにしても子供じみた感情のせいだった。もう三十歳を過ぎたいい大人のくせに、あの男のことを考えていると、彼と初めて会った二十歳《はたち》の頃の自分に戻ってしまう。

それが悔しくて、極力思い出さないことに決めていたのに、一度頭に浮かんだ彼の顔は、なかなか消えてくれない。

ぶるん、ぶるん、と繰り返し頭を振って、春日はぐらつく視界にもう一度病院前のロータリーを映した。

そこに佇《たたず》む二人の男――長身で野性味のある狩野と、美人としか形容が思い付かない風貌《ふうぼう》の青伊は、向かい合わせに立っているだけで絵になる。二人が映画やドラマのような逃避行をするなら、迷わず背中を押してやろうと、春日が思ったその時だった。

ロータリーの入り口から、静寂を引き裂くようなエンジン音がした。大型のバイクに先導されて、黒塗りのワンボックスカーが、スピードを上げながら戦車のように向かってくる。半分開いたウィンドウからはいくつも銃口が覗《のぞ》き、それらは狩野と青伊を標的にしていた。

「危ない！　避《よ》けろ！」

春日は咄嗟《とっさ》に、二人へ向かって叫んだ。銃口の一つが照準を春日へと変え、火花とともに銃弾を撃ち込んでくる。春日が身を翻《ひるがえ》すと、ベンチの前の植え込みを掠《かす》めた銃弾は、アスファルトに跳ね返って病院の建物の方へと飛んで行った。

「青伊！　春日！」

地面に転がりながら叫んだ狩野の向こうで、銃を突き付けられた青伊が、黒ずくめの服の男に羽交い絞めにされている。狩野が立ち上がるよりも速く、青伊を無理矢理乗せたワンボックスカーは、猛然とロータリーから逃走した。

「青伊くん……っ」

最初から彼を拉致《らち》する計画だったのだろう。ある事件の参考人として警察に逮捕されていた青伊を、裏社会の人間たちは執拗《しつよう》につけ狙っている。春日はベンチの後ろから這《は》い出て、走り去って行く車を凝視した。

「待て――！　ふざけるな…っ、あの野郎！」

「狩野！　あいつらは道路を新宿方面に曲がった！」

「春日、撃たれていないか⁉　大丈夫か！」

「俺は平気だ！　通報をしておくから！　早く青伊くんを追え！」

頷《うなず》いた狩野は、駐車場の自分の車に乗り込んでワンボックスカーを追った。銃声や怒号を聞き付けた病院関係者たちが、騒然とロータリーを埋め尽くす中、春日は焦る指で携帯電話を操作した。

「もしもし、警察ですか⁉　捜索をお願いします！　たった今友人が、銃を持った相手に車で連れ去られました。場所は中野の警察病院の前で…っ、はい、はいっ、そうです。友人の名は矢嶋青伊。私は彼の身元引受人の花井春日、新宿の『花井医院』で医師をしている者です」

早口で捲《まく》し立てながら、携帯電話を握り締める。車の特徴や、覚えている限りのナンバーを伝えて、春日は通話を切った。

通報をしたところで、今から警察が捜索を始めても、青伊を連れ去った車を発見できるとは限らない。相手は容赦なく銃撃をしてくる凶悪犯だ。一刻も早く青伊を見付けなければ、彼は殺されてしまうかもしれない。

「せっかく青伊くんは自由になれたのに…っ、何なんだよ、くそっ！」

考えたくもない残酷な想像が、春日の背中に汗をかかせた。青伊の命を助けるために、自分に何ができるだろう。無力な一介の医師であることに歯ぎしりをしながら、春日は僅《わず》かな望みに懸けて、何年も使っていない古い番号を呼び出した。

「出てくれ……っ、頼む――」

祈るように電話を握り締めて、目を閉じる。随分長くコール音が続いた後で、唐突にそれは途切れた。

『俺だ』

低い声だった。落ち着いた、深みのある大人の男の声。

春日の耳が、記憶と符合するその声に反応して、鼓膜を震わせる。

「も、もしもしっ」

『――春日か』

「あ、あの……っ、お、俺のこと、分かるのか？　覚えているのか……？」

『ああ。お前の声を聞くのは久しぶりだな』

電話口で、ふ、と相手が忍び笑いをした気配がする。空白だったその男との数年間の距離が、秒速で繋《つな》がった。ほっとする暇も、懐かしいと思う余裕もなく、春日は叫んでいた。

「助けてくれ！　お願いだ！　俺の患者の命が危ない……っ。彼のことを探してくれ！」

少しの間沈黙した男の息遣いは、やっぱり楽しんでいる風な笑いを含んでいた。こっちは切羽詰まっているというのに、相変わらず超然とした、摑《つか》みどころのない男。しかし、その男以上に裏社会に通じていて、頼りになる人間を、春日は他に知らなかった。

「おい…っ、黙ってないで返答しろ。人命がかかってるんだ。助けてくれるのかくれないのか、はっきりしろよ！」

『少しはおとなしくなっているかと思ったら、昔と変わらずうるさい男だな。――分かった。助けてやるから、俺に何をしてほしいのか言え。できるだけ簡潔にな』

カチ、と微《かす》かに聞こえてきた音は、煙草《たばこ》に翳《かざ》したライターの着火音に違いない。

電話の向こうで紫煙をくゆらせる男――陣内鷹通《じんないたかみち》がよく吸っていた煙草の銘柄を、春日は記憶の底から掘り起こしていた。

1

花井春日《はないかすが》。二十歳《はたち》の夏。

大学の医学部の建物の一画を占める、薬品臭い実習室を出るなり、春日は白衣を脱いだ。百七十センチ台後半のスリムな体に纏《まと》っていたそれを、人は時に権威の象徴と呼ぶ。医師免許を取るための勉強をしている春日にとっては、普段着と変わらないただの上着なのだが、どういう訳だか人は白衣に特別な意味を持たせたがる。

三年生に進級してから数ヶ月、カリキュラムに実習の回数が増えて、二年生の時よりは医学部生らしくなってきた。手先が器用で、解剖実習では度胸と思い切りのよさを発揮する春日は、教授や友人たちからは外科向きだと言われている。

確かに、大学病院の外科部長を経て現在開業医をしている父親と、都内の有名病院の経営者一族で整形外科医でもある母親の血を、春日は正しく受け継いでいるのかもしれない。しかし、春日自身にとっては欲しいのはあくまで医師免許であって、外科医になる気も、他の専門医を目指す気もなかった。

「花井くーん、待ってー。一緒にお昼しようよ」

さっきまで実習室で一緒だった女の子が、廊下の後ろから声をかけてくる。ランチに遊びに飲み会にと、誘われない日はないくらい、春日の交友関係は賑《にぎ》やかだ。

いつも無造作にセットしている茶色の髪と、街を歩けばモデルや芸能事務所からスカウトされる甘くて華やかな美形の顔は、比較的地味な学生が多い医学部ではよく目立つ。春日自身は意識すらしていないが、育ちのよさを隠すことができない上品な佇《たたず》まいも、女性人気に一役買っていた。その上に遊び慣れた親しみやすいキャラで通っているから、男の友人たちからはよく合コンの釣《つ》り餌《え》にされて、盛り上げ役を任されることも多かった。

「ごめん、今日はこれから用があるんだ。また誘ってよ」

「何だー、つまんなーい。すっごくかわいいカフェを見付けたのに」

「ほんとごめん。他の友達にも声かけとくからさ、今度みんなで行こう」

バイバイ、と手を振ると、女の子は不満そうな顔をして、手を振り返した。

その子が友人以上の好意を持ってくれていることは、以前から気付いていた。しかし、一定の距離から先には踏み込んできてほしくない。向けられる好意に応えられないから、深く関わるよりは、友人のままでいる方がお互いに心地よく学生生活が送れるだろう。

昔から人の心を読むのは得意な方で、医学部生ということを別にしても、春日は人並み以上に観察眼が鋭かった。それは物心がついた頃から厳格な両親の顔色を窺《うかが》い、上流な一族の名を守ることばかり考えている親戚たちに気を遣って育った、ありがたくない副作用に過ぎない。

いつからだろう。誰からも一目置かれる立派な両親と、恵まれ過ぎた家庭環境を、息苦しく感じるようになったのは。

カゴの鳥と言うほど自由がない訳じゃない。中高生の頃はそれなりにやんちゃもしたし、学校の成績さえ落とさなければ、勉強よりも部活に熱中するのを咎《とが》められたことはなかった。大学病院の勤務医をしている兄二人と同じように、医学部に進んだのも、両親の強制ではなく春日自身が選んだことだ。

エリート医師の将来が待っている、目の前に敷かれた完璧なレールに、小さな違和感を抱いたのはいつだったか思い出せない。多分、ずっと昔から春日の心の奥底に、それはあったのだ。与えられた成功の道から外れたい、自分の意思で道を切り開きたい、そんな当たり前の欲求が。

春日は今、自分の望んだ将来のために、医師免許を取ろうとしている。たとえ両親や周囲が許さないような危険な道でも、一度そちら側へ足を踏み出したら、春日はもう元の道に戻る気はなかった。

「——あ、じいちゃん？　俺。今からそっちに帰るけど、何か買っていくものある？」

大学の正門をくぐり、地下鉄の駅へ向かって炎天下を歩きながら、携帯電話に話しかける。酒と煙草《たばこ》でしわがれた祖父の声が、春日は家族の中で一番好きだ。医師でない祖父だけが、春日が望む本当の道を指し示し、黙って見守ってくれる。

「え？　昼食？　俺も食べてないから、そっちで何か作るよ。それか、近所で蕎麦《そば》でも食べよう。うん、じゃあ後で」

短い通話を切って、携帯電話を通学用のバッグに押し込んだ春日は、燦々《さんさん》とした真夏の陽射《ひざ》しを避けて地下道へ下りた。冷房の効いた快適な通路を進むと、地下鉄の乗り場が見えてくる。

祖父の家は、東京の西側へ向かう電車で三十分ほど揺られた先にあった。春日が両親や兄たちと住んでいる、都心の高級住宅街の邸宅よりも、ずっと居心地がよくて安らげる場所だ。

「ただいま」

自分の家ではないのに、祖父の家を訪れると、ついそう言ってしまう。ありふれた庶民的な街並みにひっそりと建つ、古い瓦《かわら》屋根と漆喰《しっくい》で造った純和風の家。格子戸《こうしど》の玄関のチャイムを押しても返事がない時は、先客がいる証拠だ。

春日は斜め掛けにしたバッグを揺らしながら、格子戸を開けた。玄関の御影石《みかげいし》の三和土《たたき》にあったのは、祖父の下駄と、革靴が二足。大学の教授の靴より入念に手入れをされた、ぴかぴかの革靴だ。祖父の客で、足元に気を遣う人たちの職業は、一種類しか思い付かない。

（今日は施術の予約入ってたっけ。どこの組のお客さんだろう）

家の奥へと延びる廊下を、祖父のアトリエのある部屋まで歩いた。

「師匠、春日です。入るよ」

閉め切られているアトリエの戸を、こつ、とノックする。ここから先は祖父の仕事場だ。そして、祖父の類稀《たぐいまれ》な技術を受け継ぐべく、春日が密かに修業をしている場所でもある。だからアトリエに入る時は、必ず春日は、祖父のことを『師匠』と呼ぶことにしていた。

「失礼します——」

紫檀《したん》の重たい引き戸を開けると、墨や顔料と消毒薬の匂いが混じった、独特の空気が鼻を掠《かす》める。

清潔な白布を敷いた寝台と、ピンセットやガーゼを並べたワゴン、手を洗うための小さなシンクに、氷や水を入れておく冷蔵庫。見慣れたアトリエの中の光景は、病院の診察室に少し似ている。診察室と決定的に違うのは、寝台の向こうに、二十畳ほどの畳の空間があることだ。

「春日、帰ったのか」

「うん。ただいま」

仕事着の作務衣《さむえ》を纏った祖父が、彫刻刀のような持ち手のついた針の束を、黒い顔料の壺《つぼ》に浸している。片膝をついた祖父の前には寝具が敷かれ、上半身裸の客が、ゆったりと寝そべっていた。逞《たくま》しくてなだらかな筋肉に覆われた、うつ伏せの客の背中を見て、春日はどくん、と心臓を揺らした。

暗緑色の鱗《うろこ》をうねらせ、天に向かって牙《きば》を剝《む》く昇《のぼ》り龍《りゅう》。龍の左眼は見る者を畏怖《いふ》させるほど眼光が鋭く、尖《とが》った鉤爪《かぎづめ》とも相まって、神獣の迫力に満ちた佇まいを感じさせる。人の背中に刻まれた、刺青《いれずみ》という名のその芸術品は、彫り師の祖父の作品だった。

「今日は随分早かったな」

「午後は全部休講になったから。まっすぐ帰ってきてよかった。見学していてもいい？」

「私は構わんが、お客の許しがなければ駄目だ」

「分かってる。——いらっしゃい、秋月《あきづき》さん。今日は龍のメンテナンスに来てたの？」

伏せていた顔を、胡乱《うろん》げに上げて、客が春日の方に視線を向ける。祖父の入れた刺青を見れば、その客がどこの組織に属した誰であるか、すぐに分かる。

彼の名は秋月労《ちから》。関東最大の暴力団泉仁会《せんじんかい》の三次団体、佐々原組《ささはらぐみ》の若頭、所謂《いわゆる》ヤクザだ。

「学生が見るもんじゃない。後で遊んでやるから、外に出てろ」

「秋月さんだけだよ、子供の頃からこのアトリエに入り浸ってる俺に、そんな堅いことを言うの」

「極道者は、けじめだけはしっかりつける生き物だ。少しは俺を怖がれよ、春日。これでも若い衆を束ねてる偉いさんなんだぞ」

「全然。ヤクザが怖くて彫り師の孫がやってられるか」

「ったく。——彫花《ほりはな》さん、爺《じいじ》のあんたが甘やかすから、春日はすっかり悪い子に育っちまったよ。俺はこいつが中学生の頃から知ってるが、年々生意気具合がひどくなる」

「すまんな、不肖の孫で。彫り師の弟子になりたいと自ら望んだ、本物の阿呆《あほう》だ。師匠の私に免じて許してやってくれ」

ったく、とまた悪態をついて、秋月は男らしく骨格の張った顎《あご》をしゃくった。

「春日、出て行け。彫り師の孫だろうが弟子だろうが、お前は堅気《かたぎ》の学生だ。俺は堅気の人間に自分のスミを見せるのは好きじゃねぇんだ」

「秋月さん」

「そこの冷蔵庫に、土産《みやげ》のアイスが入ってる。そいつを食って外で待ってろ。龍の右眼に魂《タマ》を入れたら、相手をしてやるよ」

「え……っ」

春日を邪険にして、秋月はまた寝具にうつ伏せになった。祖父も仕方なさそうに溜息《ためいき》をついて、「言う通りにしろ」と目配せをしている。しかし、春日はしばらく畳の間の二人を見つめたまま、動けなかった。

祖父がアルコールを含ませたガーゼで、秋月の背中を撫《な》でていく。消毒を施した龍の右眼の部分は、円のように肌が露出していて、そこだけ刺青が入っていない。

神獣だからか、龍の図柄は力が強く、刺青を入れた人間の精気を吸い尽くして、運勢を悪くするという定説がある。祖父のように験《げん》を担ぐ古風なタイプの彫り師は、龍の眼や爪の一部の施術をしないまま、地肌を残す場合が多い。わざと画竜点睛《がりょうてんせい》を欠くことで、龍を背負った人を守るのだ。

(右眼を入れたら、龍が完成してしまう。秋月さん、大丈夫なの——?)

春日の心配をよそに、静かに針の束を構えた祖父は、空白の右眼にそれを刺した。

ぐっ、ぐっ、と祖父が指先に力を込めるたび、ブツッ、ブツッ、と背中の皮膚を針が貫く。健康な肉体を望んで傷付ける、背徳的なその音の数だけ、秋月は痛みを感じているはずだった。

針先に纏った黒い顔料が、表皮の奥にある真皮へと深く浸透し、血だけが僅《わず》かに滲《にじ》んでくる。張り詰めた筋肉に浮かぶ血の赤と、銀色の針と、黒く染められていく龍の右眼。秋月の息遣いが次第に苦痛を露《あら》わにし、は…、と熱くこもるような吐息に変わっていく。

「……っ……」

春日は、ごくん、と唾を飲み込んで、秋月に見入っていた瞳を伏せた。秋月が感じている痛みが、春日の体にも入り込み、内側から厄介な熱を焚《た》き付ける。

ひどく喉が渇くのを感じて、春日は冷蔵庫から土産のアイスを一つもらうと、アトリエを出て行った。昇り龍の刺青は、ヤクザが好んで入れるポピュラーな図柄だ。祖父の施術を見慣れているはずなのに、秋月の肌を針が貫くのを見ると、春日はいつも、体が熱くなる。

アトリエを離れ、庭に面した広い縁側の廊下に、春日は腰を下ろした。屋根の軒下と同じ高さの生垣《いけがき》に囲まれ、天然の湧水《わきみず》でできた小さな池のある庭は、涼しい風がよく通る。冷房のいらないその場所にジーンズの足を投げ出し、ソーダ味の棒アイスを口に銜《くわ》えて、春日は目を瞑《つむ》った。

火照《ほて》った体を静めたいのに、庭を渡ってくる涼風を浴びても、熱がひかない。口の中のアイスに舌を絡《から》めれば、否が応にもいやらしい愛撫を想像してしまい、ますます体温が上がる。

「……すごい……。屹《た》ってる——」

ジーンズの前立てを押し上げている、恥ずかしい自分の中心に、春日は右手を添えた。

秋月の刺青を目にすると、いつもこうだ。正確には、刺青を施した秋月の背中に、春日の体は反応する。

刺青のある背中を見れば、誰にでも勃起《ぼっき》する訳じゃない。秋月の、あの昇り龍の住まう背中だけが、春日にとって特別なのだ。

「くそっ……」

ジジジ、とチャックを下ろし、ジーンズを下着ごと腰からずらして、既《すで》にはち切れんばかりになっている自身を手で包む。どくん、どくん、と掌《てのひら》に伝わる脈動に、自己嫌悪と劣情を感じながら、春日はその手を動かした。

「…は……っ、ふ、ん……っ」

自分が、刺青に異常なほど興味を持つ人間だったことは、子供の頃から自覚していた。祖父の仕事を怖いと思ったこともなかったし、龍も、虎《とら》も、般若《はんにゃ》も、観音様も、生身の体に針で彫り込む芸術だと思い、刺青が作り出す世界観に魅了されてきた。

しかし、刺青への傾倒が、自分の性的指向を知るきっかけになるとは予想もしなかった。

初めて彼女ができたのは、中学一年生の二学期だったと記憶している。それから何人かと付き合ったが、春日は女の体に、一度も欲情したことがない。健康な男なら誰でも、好きな彼女の体を欲しいと思うはずだ。しかし春日の場合は、好きだという気持ちが、抱きたいという衝動にまったく繋《つな》がらなかったのだ。

「あ……っ、ん、……んっ。……うぅ……っ」

きっと自分は、性的なことには淡白なタイプなんだろうと、たいして悩みもしなかったのに、秋月と出会って、それが間違いだったと気付いた。

中学三年生の夏。祖父が彫った秋月の背中の龍を、初めて目にした時の衝撃は、きっと一生忘れない。祖父自身が最高傑作と呼ぶほど、見事な出来の昇り龍だ。それまで春日が見てきた刺青とは、迫力も、美しさも、比べものにならなかった。

隆々とした筋肉を纏い、鍛錬された鋼《はがね》のような秋月の肉体に彫られた龍は、神々しさと、獣の艶《なま》めかしさの両方を有している。一掻《ひとか》きで人間の喉笛《のどぶえ》を引き裂いてしまいそうなほど、見る者に向かってかっと開いた龍の鉤爪が、恐ろしくて、悍《おぞ》ましくて、そしてどうしようもなく魅《ひ》かれた。背中を露わにした秋月が、龍の化身に思えて、震えが止まらなかった。

(——あの時から、龍の鉤爪が、俺の体に深く食い込んで離れない。心臓を直《じか》に鷲掴《わしづか》まれて

いるみたいに)

龍に畏怖し、その化身の秋月に魅入《みい》られた瞬間、中学生だった春日は下着を濡《ぬ》らしていた。無意識の射精だった。自慰のように手で触れることもなく、秋月の背中の龍を見つめただけで、欲情していたのだ。

——ショックだった。自分の体が、自分で分からなくなった。戸惑って、嫌悪して、そして、冷たいシャワーを滝行のように浴びながら、奇妙に納得した。ああ、だからか、と。だからそれまで、一度も彼女を抱きたいと思わなかったのか、と。

性的指向を自覚してからの春日は、自然と彼女を作らなくなった。好意を持ってくれる相手でも、みんな友達の関係で止まっている。

中学生にしてはヘビーな体験をした後、正式に祖父の弟子になり、彫り師の修業を始めた春日は、ますます刺青の世界にのめり込んだ。秋月が祖父のもとを訪ねてくるたび、アトリエで彼の龍を目にしては、欲情した体を密かに慰めるようになったのだった。

「は…っ、ふ、うぅ……、くっ、……んっ…、ん……っ、くぅっ、んんっ」

自慰に耽《ふけ》る右手の中で、くちくち、と濡れた水音がする。その音に耳を焼かれて、春日は大きく身震いした。

口に銜えていたアイスが、どんどん融《と》け出して、棒の先からソーダ色の雫《しずく》を垂らしている。快楽を必死に追い求めている春日の頭の中で、アイスは別のものに変わっていた。

口いっぱいに、いきり立った男を銜えたら、どんな気持ちがするだろう。舐《な》めてもなくならない熱い塊を想像するだけで、脳の快楽中枢が蕩《とろ》けてくる。

ウェストを緩めたジーンズが、春日が悶《もだ》えるたび、だらしなく開いた膝の辺りまでずり下がっていた。露わになった左足の太腿《ふともも》の内側に、深紅の椿《つばき》が咲いている。自分の体を練習台にして、春日が自分で彫った、秘密の刺青だ。

（俺の、椿）

祖父に内緒で道具を揃《そろ》え、見よう見まねで最初の刺青を彫ったのは、高校の卒業式のすぐ後だった。図柄は何でもよかったが、祖父が名乗っている『彫花』の異名にちなんで、庭に咲いていた椿の花を彫った。その日のうちに祖父に知られてしまい、死ぬかと思うほど殴られたのは、ほろ苦い思い出だ。

彫り師という職業は、アウトローたちの裏の社会と密接に繋がっている。少なくとも、医師一家に育った人間が選ぶ職業ではなく、世間におおっぴらに認められるものでもない。しかし、春日は祖父の生きてきた道を追い、刺青の技を受け継ぎたいと熱望した。孫を彫り師にはさせん、と、泣きながら殴る祖父に、覚悟を決めて椿を彫ったことを、どうしても認めてもらいたかった。

自分は両親や兄たちのような、まっとうな医師になる気はない。刺青に魅入られ、その世界に足を踏み入れた人間に、戻る道など必要ない。鼻血塗《まみ》れで土下座し、弟子になりたいと訴えた春日に、とうとう祖父の方が根負けした。

彫り師に必要な医師免許を取るために、医学部に通う傍ら本格的に修業を始めて、一輪だけだった椿の花は随分増えた。花の数が増えるたびに、春日の腕前は上がって、祖父が積極的には望まなかった、『彫花』の二代目としての才能を開花させていった。

(椿が、こんなに赤くなって、る)

生身の体に針を突き立てる痛みも、真皮に浸透する墨の冷たさも、既に春日は知っている。肌が上気するとともに、花弁の色を濃くしていた椿に、春日は震える指先で触れた。

刺青特有の、微《かす》かなざらつきを感じる肌。すらりとした色白の太腿に、美しく咲いた仇花《あだばな》。はっ、ふっ、と細切れの息をしながら、深紅の花弁の輪郭を官能的になぞり、汗ばんだ左手を、足の間のもっと奥まったところへと忍ばせる。

「んぐ……、ん――っ!」

最低。最悪。真っ昼間の縁側ですることじゃない。分かっていても止められない。屹立《きつりつ》を擦《こす》るだけでは足りなくて、尻の窄《すぼ》まりを指で開く。

背徳的な自慰を繰り返すうちに、そこがひどく感じる場所だと、いつの頃からか覚えてしまった。まだ医師ではない春日の指は、冷静に前立腺を探し当てられずに、じゅぷじゅぷと窄まりの内部を掻き回す。

「んっ、んんっ。んくぅ……っ……、は…っ、ふ、あ…っ、秋月、さん」

アイスの棒が、銜えていられなくなった春日の口元から、ぽとりと落ちた。極まる瞬間にしか呼ばない名前を、閉じた瞼《まぶた》の裏側に浮かんだ、精悍《せいかん》な人に向かって春日は呼んだ。

「あぁあ……っ！　労さん……っ」

足の爪先《つまさき》から頭の先まで、快楽がひといきに突き抜けていく。びゅくうっ、と遠慮のない音を立てながら、春日は弾《はじ》けた。夢中で動かした右手を白く汚し、勢いのついた精液の一部は、ジーンズや床にまで飛び散っていく。

「……は……っ、ああ――、……あ、ん……っ、ん……っ」

射精の気持ちよさは、ほんの数秒で終わる。今、瞼を少しでも開けたら、罪悪感で涙が溢《あふ》れそうだ。

（ごめん、なさい。俺は……）

またやってしまった。また、秋月の名前を呼んでしまった。単なる条件反射では説明できない。自分でも気付かなかった性的指向を教えてくれた、秋月に抱いている気持ちは、いったい何なのか。

いつも春日のことを気にかけて、弟のようにかわいがってくれる人。彫り師の弟子を堅気扱いする、まっすぐで昔気質《かたぎ》なヤクザ。秋月のことを純粋に慕っているはずなのに、自慰をするたび、彼を汚している気がする。

「ほんと、最低」

吐き捨てるように呟《つぶや》いて、自分の中に埋めたままだった指を引き抜く。射精の余韻が、まだ体のあちこちに残っていて、春日は立ち上がることができなかった。

半裸の足を開き、無防備な格好で佇む縁側に、——キシッ、と何かの物音が響く。人の気配を感じて、春日ははっと瞼を開けた。

「誰……？」

いつからそこにいたのだろう。縁側の廊下の端に、スーツを着た男が立っている。漆黒に近いスーツの色は、花樹で鮮やかな庭に比べて重苦しい。その男は表情一つ変えず、じっと春日の方を見つめている。

知らない顔だ、と春日は思った。祖父のアトリエに出入りしている客なら、全員顔と名前を把握している。しかし、この鷹《たか》のように鋭い目をした、端整な男の顔には見覚えがない。

「いい眺めだな」

男はゆっくりと歩を進めると、張りのある重低音の声で呟いた。彼が破った沈黙の重たさで、自分たちが随分長く見つめ合っていたことが分かる。瞬《まばた》きの少ない男の視線が、露わな下半身に注がれていることに気付いて、春日は慌てた。

「あ…っ、わ…っ、何見てんだよ！　ちょっ、こっちに来るな」

あたふたと焦った手で、膝まで脱げかけていたジーンズを引き上げる。知らない相手に、よりによって自慰の後を見られてしまうなんて。

「お前は誰だ？　この家の人間か？」

「だったら何だ！　あんたこそ誰だよ。あっちへ行けっ」

　春日の下腹部は、乾いていない精液や汗で汚れていた。男の視線を避けて、必死になってジーンズを元に戻していると、いきなり手を払われた。

「えっ？　うわっ！」

　せっかく恥ずかしいところを隠したのに、男はジーンズを摑んで、無理矢理引き下ろした。反射的に抗《あらが》った春日を押し倒し、両手首を一纏めにして、床の上に縫い止める。彼の暴挙に、春日は半ばパニックを起こして叫んだ。

「やめ……っ、何するんだよ！　どけっ！」

「うるさいガキだな。静かにしろ。お前、名前は？」

「馬鹿力！　手……っ、折れる。手首痛いって！　離せよ！」

　動かせる足をじたばたやって、男を蹴ろうとしても、簡単に躱《かわ》される。上背もウェイトも勝《まさ》っている彼は、春日の痩せた鳩尾《みぞおち》に片膝を乗せて、ぐっ、と力を込めた。

「うぐ…っ」

　彼は人間の急所をよく知っていた。ひどく冷静に、気を失う寸前のぎりぎりの力で、春日に苦痛を与えてくる。

（何者だよ、こいつ。武道でもやってるのか……っ？）

鳩尾を圧迫されているせいで、浅い呼吸しかできない。抵抗する力を奪われ、声も出せなくなった春日の上で、男は不敵に微笑《ほほえ》んだ。

「静かにしろと言っただろう。暴れても苦しいだけだ。非力そうなガキでは、俺には敵《かな》わん」

「…く…、そ…っ」

男の言う通り、まったく刃向かえない自分が悔しい。彼の方こそ、およそ武道や喧嘩とは無縁そうな、整った色男の顔立ちをしているくせに。

しかし、男の眼差《まなざ》しの鋭さは、最初に見た時よりも凄みを増していた。祖父の客たちを多く見てきた春日だから分かる、只者《ただもの》ではない空気。この男も、きっとヤクザだ。

苦痛で顔じゅうに脂汗をかきながら、春日は彼を睨《にら》み返した。少しも動じない彼の黒い目が、ふ、とまた春日の下半身を覗《のぞ》き込む。咄嗟《とっさ》に閉じようとした足を、男は空いていた手で阻んで、柔らかな太腿の内側を摑《つか》んだ。

「い、てぇって……っ」

春日の椿の刺青のそばに、男の硬い爪が食い込んでいる。いくら力に差があっても、二十歳の男の足を、腕一本で押さえ込むなんて、信じられない。

床に倒れたまま、少しずつ薄くなっていく酸素を、春日は懸命に吸った。すると、男は何を思ったか、爪の先で椿の輪郭をゆっくりと辿《たど》り始めた。

「この椿のスミは、彫花が彫ったものか？」

男の問いを、春日は無視した。ヤクザの組長クラスを何人も客に持ち、彫り師の世界では有名な祖父を、彼は呼び捨てにしている。無礼に無礼で返してやると、男は、くっと喉で笑って、鳩尾の上の膝に体重をかけた。

「ううぅ……っ！」

「俺は質問をしているんだぞ。素直に答えなければ、このままお前の剣状突起を折る」

「けんじょう——？」

ちょうど男の膝の下に当たっている、胸骨の下端の軟骨のことを、剣状突起という。触れば気付くしこりのようなもので、医学の知識がなければ、存在を知らない人も多い小さな軟骨だ。ますます男の正体が分からなくなってきて、春日はもう、反抗するのを諦《あきら》めた。

「こた、える、から、ギブ……っ、本気で、しぬって……」

「何だ、降参するのか。だったら初めからそうしておけよ。クソガキ」

男が鳩尾から膝をどけた途端、肺に一気に酸素が入ってくる。げほっ、ごほっ、と咳《せ》き込みながら、春日は涙目になった。逃げ出してやろうとしても、両手首を押さえられたままでは無理だった。

(何なんだよ、こいつ)

こんな状態では、睨んでも凄んでも迫力が足りない。春日がぐったりと体の力を抜くと、見下ろしていた男の眼差しが、少しだけ緩んだ。

「もっと足を開け。お前の椿をよく見せろ」

男はやけに、春日の刺青に興味を持っていた。巷《ちまた》の若者がよくしている機械彫りのタトゥーじゃない、手で彫った本物の和彫りを入れている春日が、物珍しいのかもしれない。

しかし、彼の言うことに従ったら、恥ずかしい自慰の痕《あと》まで全部曝《さら》してしまう。せめて下着くらい穿《は》かせてほしくて、春日は彼の言うガキっぽく唇を尖らせた。

「俺、半分裸なんだけど」

「見れば分かる」

「おい…っ。恥ずかしいから、あんまりじろじろ見るなよ。変態」

「真っ昼間から尻に指を入れて、甘ったるい声を出している奴に、変態と罵《ののし》られたくはないな」

皮肉たっぷりに一蹴されて、何も言い返せない。春日を黙らせると、男は徐《おもむろ》にポケットからハンカチを取り出した。

綺麗《きれい》にプレスされた、高いブランドのロゴ。妙に似合うものを持っていると思ったら、彼はそのハンカチで、刺青の椿を拭《ぬぐ》い始めた。花弁の上に散っていた精液の塊が、柔らかい布に擦り取られて、春日は狼狽《うろた》えた。

「き…っ、汚いだろ。ハンカチなんか使わなくても、それ駄目になるよ」

恥ずかしくてたまらなくて、顔から火が出そうだ。真っ赤に染まった春日の頬《ほお》に、男はハンカチを投げ付けて嫌がらせをした。

「お前が洗って返すんだよ、馬鹿」

「絶対嫌だ……っ」

いったいいつまで、この男におちょくられなければいけないんだろう。名前も知らない、会ったこともない、無礼でやたら力が強くて、尊大な男。名前くらい探ってやりたいのに、すっかり気圧《けお》されてしまった春日は、俎上《そじょう》の魚のように横たわっているしかなかった。

「さっきの質問の続きだ。お前のこの椿は、彫花が入れたスミか」

「――それを彫ったのは、俺だよ。彫花の仕事と間違うなんて、あり得ない」

「お前が？　ガキのくせに道具を扱えるのか」

「馬鹿にするな。彫花は、俺の祖父で、彫り師の師匠だ。祖父が彫れば、もっと緻密で艶《あで》やかな椿になる。俺の腕より数段上だ」

一流の彫り師の名を何十年も守ってきた祖父には、経験も腕前もまだとうてい追い付けない。春日には荒削りに見える椿を、男はもう一度じっくりと凝視して、頷《うなず》いた。

「いい腕をしている。一輪ごとに技術を上げて、うまくなっているのが分かる」

「え…？」

「この椿の花が最も新しいだろう。順々に遡《さかのぼ》って、最も古いのはこれだ。比べてみれば、どれも出来が全然違う」

男は的確に、新しい椿から順に指をさして見せた。違いと言っても微細なもので、どれも同じ椿に見えるはずなのに、彼はとても目がいいらしい。

(刺青は見慣れてるってことか)

厳しい祖父は、春日の椿をけしてうまいとは言わない。心のどこかで、まだ孫を彫り師にしたくないと思っているんだろう。

誰にも褒められたことのない椿を、男が褒めてくれたことが、純粋に嬉《うれ》しかった。たったそれだけで、祖父に一歩近付けた気がする。

「あの…、あんたも体のどこかに、刺青を入れてんの?」

「いいや。周囲にはそろそろスミを入れる頃合だと言われているが、俺の背中はまっさらだ」

「何だよ、つまんない奴」

幅も厚みもありそうな彼の背中は、きっとどんな刺青でも映えるだろう。和彫りがいいか、洋彫りがいいか、春日は勝手な想像を巡らせた。

「スミを入れるなら、腕の確かな彫り師がいい。ここの彫花は、有名な職人だと聞いた」

「――ここで施術を受けたいなら、祖父のお客さんからの紹介と、詳しいカウンセリングが必要だよ」

「お前は? 他人の肌にスミを彫ったことはあるのか?」

「まだない。祖父の許しが出るまで、俺は客は取れない。自分の体が練習台だ」

「彫花が認めるのを待っていたら、左足が椿で埋まってしまうかもしれないぞ」

「それなら右足で練習するよ。どうでもいいけど、彫花に『さん』くらいつけろ。あんたもどこかのヤクザの組の人だろ。祖父はあんたたちの世界では尊敬されてる。下っ端のチンピラじゃ、祖父の客にはなれない。門前払いを食らうぞ」

ほう、と男は、太く男らしい眉毛を、楽しそうに片方だけ吊り上げた。

「師匠に追い返されたら、スミはお前に頼もうか。彫花に弟子がいることは、組の若頭《かしら》がよく話していた。ぼっちゃん育ちの、医学部に通っている変わり種だってな」

「ふん。医師免許を持ってないと、本当は彫り師はできないって、あんた知らないんだろ」

「知ってるさ。——これでも俺は、法律には詳しい方だ」

「嘘つけ。適当なこと言いやがって」

男は苦笑を浮かべて、春日の両手首を自由にした。止まっていた血流が再開した途端、指先がじんじんしてうまく動かない。

男は拾い上げたハンカチで、まだ汚れが残っていた春日の下腹部を拭いた。まるで子供の着替えを手伝うように、ジーンズと下着を引き上げられて面食らう。

「あ…、あり、がと」

改めて考えれば、礼を言うのも変な気がして、春日は唇を噛《か》んだ。これ以上ない醜態を曝した挙句、素性も知らない相手といつまでも二人きりでいたくない。

圧迫された痕が赤くついた手首を、神経質に擦りながら、春日は体を起こした。

「……なあ、さっき『若頭』って言ってたけど、どこの幹部？　あんたは、どこの組の人なんだ？」

「泉仁会傘下、佐々原組」

「え――」

「お前がさっき、おかずにしていた『労さん』は、俺の直《チョク》の兄貴分だ」

「……冗談……よせよ……っ」

頭から、ざあっ、と血の気が引く音がする。誰にも知られたくなかった秘密を、この男に知られてしまった。

この男は気付いただろう。春日が秋月に抱いている感情は、純粋に慕う感情を超えた、疚《やま》しいものだ。兄貴分を自慰のネタにされて、ただでさえ面子《メンツ》を重んじるヤクザが、黙っていられる訳がない。

（こいつが俺のことを手荒に扱ってたのは、そのせいか）

ヤクザを怒らせると、容赦のない報復が待っていることは知っている。この男にとって、春日は兄貴分を穢《けが》す気持ちの悪い存在でしかないだろう。

「あの人には、言わないでくれよ。……あんたが見たことは黙っててほしい」

今ここで、一発殴られて済むなら、そうしてほしかった。恥ずかしい秘密を、秋月に知られてしまうよりはずっといい。あの人にだけは隠しておきたい。

「お前、若頭に惚《ほ》れてるのか」

くい、と顎の先を指で持ち上げられて、眩暈《めまい》がした。試すような男の眼差しが、至近距離から降ってくる。ヤクザを怖いと思ったことなんて、一度もなかったのに。漆黒のその瞳の力に負けて、春日は正直に答えるしかなかった。

「分からない。あの人は、俺を弟みたいにかわいがってくれる。でも、それだけ」

「答えになっていない。俺はお前のことを聞いているんだぞ」

「だから……っ、分からないんだ。俺が屹つのは、あの人にだけだから。どうしてそうなるのか、答えなんかないよ」

「女は?」

ふるっ、と春日は首を振った。

「一度も、したいって、思ったことない」

「お前は人目を惹《ひ》く顔をしている。女には困らないだろう?」

「う、ん。……でも……、彼女がいても、抱けなかった。抱かれたことも、ないけど」

「童貞で処女か。溜まるはずだな」

「わ…っ、悪《わる》いかよ。恥ずかしいことばっかり言うなっ」

男が質問を繰り返すたび、秘密を暴露させられて、丸裸にされていくような気がする。春日は顎を捕らえていた男の手を払い、汗をかいていた頬を、ぐしゃぐしゃに拭った。

「――正直に答えたんだから、秋月さんには黙ってるって、約束しろよ」

「ヤクザがまともに約束を守るか、あまり期待しない方がいいぞ」

「本当の極道者は、けじめだけはつける生き物だって、秋月さんが言ってた。あんたは違うのかよ」

「さあ。口止め料の一つも差し出せば、考えてやらないこともないが」

男の大きな手が伸びてきて、春日の乱れていた前髪を梳《す》く。縁側の軒先から入ってきた陽光が、髪に隠れていた目をまともに刺激して痛かった。

口止め料を払って秘密を守ることができるなら、そうしてもいい。しかし、一度弱みを見せたら、どんどんつけ込んでくるのがヤクザの性分だ。

「やっぱりあんたはチンピラだな。堅気の人間には絶対に手を出さない、秋月さんとは違う」

毅然《きぜん》とした瞳で、春日は男を睨み据えた。すると、刃向かってきたことを楽しむように、彼は春日を煽《あお》った。

「彫り師の孫で弟子のお前を、俺は堅気だとは思わない」

「勝手に言ってろよ、このチンピラ。お…っ、俺の秘密をバラすならやってみろ。チンピラに口止め料なんか払わないからなっ」

春日は勢いのままに、言わなくてもいいことまで言ってしまった。それを見越していたのか、男がおかしくて仕方なさそうに、くっくっ、と笑っている。

「笑うなよ、この……っ！」

「——春日。お客に茶も出さずに、何を大声を出しているんだ」

突然、後ろから祖父の声が聞こえてきて、春日はびくっと肩を跳ねさせた。その姿を見て男がまた笑いを噛み殺している。

「いいんだよ、彫花さん。俺の部下がくだらん喧嘩でも吹っかけたんだろう。春日、約束通りお前と遊んでやるから、そいつのことは勘弁してやってくれ」

「秋月さん——」

施術を終えた祖父が、秋月を連れて、アトリエから客間のあるこの母屋《おもや》へ戻ってきた。龍の眼を入れたばかりの背中を、秋月は白いワイシャツで隠していた。

「若頭、お疲れ様です」

春日に対する態度と打って変わって、男は床に膝をつき、姿勢を正している。そのあまりの変わり身の早さに、完全な縦社会のヤクザの一端を見たようで、春日は何だか鼻白んだ。

「疲れてねぇし。眼を一つ入れてもらっただけだ、たいして彫花さんの手を煩《わずら》わせてねぇよ」

秋月はスーツの上着を肩にかけ、シャツの首元をぱたぱたと扇いでいる。アトリエは冷房が効いていたから、縁側の戸を全開にしているこの部屋は暑いんだろう。

「す、すぐ冷たいお茶を用意するから。そ、そっちのお客さんも、飲むだろ？」

「――いただきます」

男に急に敬語を使われて、春日はびっくりした。しかし、春日が立ち上がる一瞬に、男が耳打ちした言葉は、頭の奥をひどく揺さぶった。

「安い口止め料だな」

「な…っ」

別に、冷たい茶で口止めができるとは思っていない。脅しなのか、釘を刺したかっただけなのか、面倒なことを言う男を、春日はもう一度睨んだ。

「おい、春日。せっかくのかわいい顔が台無しだぞ。鷹と椿の睨み合いはやめろ」

秋月は、ぽん、と優しく春日の頭を叩いて、二人の間に割って入った。鷹と椿――せめて鷹とチータークらいにしてほしい。まるきり相手にならないと言われているようで、春日はばつの悪い思いをした。

「もうちょっとかっこいいのにしてよ。何でこの人だけ鷹なの」

「そいつ、名前に鷹がついてんだ。陣内鷹通《じんないたかみち》。なかなかいい名だろう?」

「陣内鷹通……」

「陣内、この威勢のいいのは、彫花さんの孫の春日だ。お前たちは俺よりは歳《とし》が近い。若いもんは仲良くしろ」

まるで子供の喧嘩の仲裁だ。さっきまでのやりとりはなかったとばかりに、涼しい顔をしている陣内の隣で、春日はふてくされた。

——その日の陣内との出会いが、彼との長い付き合いの始まりだったなんて、春日は思いもしなかった。


「じいちゃん、じいちゃんの好きな桃を買ってきたよ。冷やしておくから、後で一緒に食べよう」

陣内と会った数日後、春日はまた祖父の家を訪れていた。施術の予約を受けていない日は、祖父はほとんどの時間を自室のベッドで過ごしている。

七十歳を超えた年齢のせいか、若い頃から患っていた持病の不整脈が、このところ深刻な発作を起こすようになった。客の前では苦しい顔をしない祖父を、春日はとても気遣って、時間が空けば様子を見に来るようにしていた。

「——春日、すまんが、アトリエの片付けを頼めるか。昨夜急な客があってな、仕事をしたままになっている」

「うん、分かった。先にバイタルチェックをするから、楽にして」

ベッドに体を横たえた祖父のそばで、血圧計の機械音が小さく鳴っている。家庭用のそのモニターを覗き込んで、春日は数値を記録用のノートに記入した。

（今日は少し、血圧が高い。心音は――）

血圧計を祖父の腕から外し、ベッドサイドの物入れから、聴診器を取り出す。子供の頃はおもちゃにしていたそれを、祖父の骨の浮いた胸にそっとあてて、春日は意識を集中した。

心臓が収縮し、血液が押し出される音を第Ⅰ音、反対に心臓が拡張し、血液が戻ってくる音を第Ⅱ音と呼んで、心音に異常がないかを判断する。祖父の胸の奥から聞こえる音は、雑音の混じった不規則な音で、慢性的な不整脈であることを証明していた。

「あんまりよくないね。かかりつけの病院の先生は、何て言ってる？」

「判で押したように、入院しろとしか言わんよ」

「俺もそうした方がいいと思うけど」

「横になっていれば楽になる。病院の硬いベッドは好かん」

こふっ、と咳き込んでから、祖父はゆっくり瞼を閉じた。安静が一番の薬になることを、持病と長い間付き合ってきた祖父は知っている。春日は静かに聴診器を片付けて、その部屋を出た。

（だんだん、心音の乱れがひどくなってる。発作も増えているし、このままにはしておけないよな）

医学部に通っていて、よかったと思えるのは、祖父の診察の真似事をする時だけだ。それでも、ただの学生にはできることが限られていて、春日はもどかしい思いを抱えていた。

（……一番いいのは、仕事を完全に休んで、空気のいいところで静養することだ）

これまで祖父に何度も入院を勧めて、そのたびに断られている。祖父が家から離れようとしないのは、彫花に刺青の依頼をしたくて、足繁く通ってくる客たちがいるからだ。

頼まれたアトリエの片付けをしに、母屋の廊下を歩いていると、玄関のチャイムが鳴った。この間は陣内を伴っていた秋月が、今日は一人で、祖父の見舞いに来てくれた。

「よう、春日。彫花さんの具合はどうだ？」

「今は部屋で休んでる。昨夜急な仕事が入って、疲れてるみたい」

「そうか。じゃあ、顔を見に行くのは後にしよう」

春日は秋月を客間へ通すと、麦茶と和菓子でもてなした。このところ勢いを増した蟬《せみ》の声が、庭先からひっきりなしに聞こえてくる。

秋月は忙しい組の仕事の合間を縫って、たわいもない話をしに、ふらりとこの家に立ち寄る。春日を食事に誘ってくれたり、二十歳の誕生日には酒の飲み方を教えてくれたりする、とても面倒見のいい男だった。

「彫花さんの体には、夏は堪《こた》えるな。もうあまり無理はできねぇだろう」

「……うん。これまでも予約を減らしたり、お客さんに他の彫り師を紹介したり、じいちゃんの負担にならないようにはしてるんだけどね」

「一人、彫花さんにスミを頼みたい奴がいるんだが、駄目そうか」

「体調と相談ってことになると思う。——もしかして、施術を依頼したい人って、この間秋月さんが連れて来た人？　陣内とかいう」

「ああ。彫花さんのスミは箔《はく》がつく。かわいい部下の背中には、いいもんを背負《しょ》わせてやりてぇからな」

「かわいいってタイプじゃ全然なかったけど」

「ははは、確かに。あいつは切れ者だぞ。どこの世界にも、逸材って奴はいるもんだ」

そう言って、秋月は茶を啜《すす》りながら少し遠い目をした。

——陣内鷹通、二十七歳。秋月の側近を務める彼は、下部組織の組員になって僅か一ヶ月で、佐々原組に引き上げられたという。側近になって一年足らずのうちに、複数のフロント企業を運営し、若頭の秋月を財政面で支えている。実力主義のヤクザの世界でも、そんなに早く頭角を現す組員は稀らしい。

「小さな組一つ分のシノギを、陣内は一人でこなせる。空手の有段者で、ボクシングも少し齧《かじ》ってるって話だ。あの見てくれで文武両道だとよ。並のヤクザじゃ太刀打ちできねぇ」

「……秋月さん、随分あの人のことを買ってるんだね」

「初めて会った時は、スカした小生意気な野郎だったんだがな。あいつは敵に回すより、手元に置いて鈴をつけとく方が、俺の寝覚めがいい」

「え…っ、敵対する組にいたってこと？　何者なんだよ、あの人」

ははは、とまた笑って、秋月は愛用の煙草入れを取り出した。春日がライターで火をつけようとすると、必ず「堅気が俺の手下みたいな真似するんじゃねぇ」と叱られる。だから、近くにあった灰皿だけを彼に差し出した。

「ありがとよ。春日、お前あいつのことをやけに探ってるじゃねぇか。気になるのか？」

「べ、別にっ、そんなんじゃないよ」

反射的に否定した春日の鼻先を、からかうように煙草の香りが掠めていく。秋月がくゆらせた紫煙に、言葉の続きを促《うなが》されて、春日は渋々口を開いた。

「あの人は、ここに来るお客さんたちと、少し雰囲気が違う気がする。どういう素性の奴なのか知りたいんだ」

「お前は勘が鋭いな。――毛並みのいい似た者どうし、通じるものがあるのか」

「え？」

「俺が陣内と初めて顔を合わせたのは、うちの組が手掛けていた地上げの現場だ。あいつは地権者側の弁護士の一人だった」

「……弁護士……？」

法律には詳しい方だと、陣内が飄々《ひょうひょう》と言っていたことを、春日は思い出した。まさか彼が弁護士の経歴を持っていたなんて。

「うちの顧問弁護士は、新米だったあいつに逆訴訟を食らった挙句、手玉に取られて地上げは失敗に終わった。組の若いもんが腹いせに陣内を拉致《らち》ろうとしたら、全員返り討ちに遭って病院送りだ。もうどうしようもねぇから、あいつをスカウトしてやったよ」

「ス、スカウト？」

「あんな奴を野放しにしといたら、迷惑するヤクザが増えるだろうが。元々、こっちの水が合う素質はあったんだろ。誘いをかけたら、陣内はすぐに弁護士事務所をやめて、俺のところへやって来た。行儀見習いからあっという間に昇格して、今ではあいつも若頭補佐の肩書を持つ、俺の一番の側近だ」

「嘘――」

とても信じられない話を聞いて、春日は唖然《あぜん》とした。弁護士が悪徳弁護士になることはあっても、ヤクザに転身する人は見たことがない。陣内は春日の理解を超えた、謎だらけの男だった。

「司法試験を通って弁護士になった人が、どうしてヤクザのスカウトに乗ったんだろう」

「さあな、本当のところは俺にも分からん。だが、弁護士が取れる天下なんぞ、たかが知れてる。陣内の野郎、俺におもしろいことを言いやがるんだ。春日、あいつはヤクザのてっぺんの見晴らしを知りたいそうだぞ」

てっぺん――。それがヤクザの組織の頂上という意味なら、答えは一つだ。陣内が欲しているのは、組長の座だろう。

「まさか。あの人、佐々原組を乗っ取るつもりかよ。若頭の秋月さんがいるのに！」

「あっはっは。そう青スジ立てんな。ガキっぽくてかわいいなあ、お前」

「何笑ってるんだよ。あの人が刃向かってきたらどうするの」

「そん時はそん時だ。まっとうな職に就いてたあいつを、こっち側に引き込んだのは俺だ。陣内がてっぺんの見晴らしを知るまで、道筋をつけてやらなきゃいけねぇ。あいつは多分、俺が思うより高いところを見てる」

「秋月さん……」

天井の古ぼけた梁《はり》を見上げながら、秋月は煙草を深く吸いつけた。ゆらゆらと揺れ、広がっていく紫煙が、春日の視界をぼんやりと覆っていく。

秋月と陣内には、ヤクザの世界の義理や繋がりがあるんだろう。どんなに近い場所にいても、彫り師の弟子の春日には入り込めない、遠い世界。煙草の煙に遮られた、輪郭のあいまいな、秋月と陣内が生きる世界だ。

（羨《うらや》ましい、のかな。俺は、あの人が）

ヤクザになりたいと思ったことは一度もない。憧れてもいない。しかし、まっとうな世界の向こう側へ、やすやすと飛び越えていけた陣内のことが、もっと知りたい。

（秋月さんは、俺とあの人が、似た者どうしだと言った。あの人にできたことが、俺にもで

きないはずない）

弁護士の道から外れたヤクザと、親が敷いた医師へのレールをはみ出した春日は、確かに似ているのかもしれない。共感というには程遠い、まだ手探りの感情でも、ほんの少しだけ陣内のことを理解できた気がする。咬《か》みつくだけではとうてい敵わない、手強《てごわ》い相手だと知って、春日は背中をぞくぞくさせた。

「やっぱりお前、陣内のことが気になってんじゃねぇか。経歴は少し変わってるが、俺の子飼いの部下だ。頃合を見て、あいつにスミを入れてもらえるよう、彫花さんに話を通すよ」

秋月はそう言って、煙草を灰皿でもみ消した。新しい煙草を吸いつける代わりに、彼はスーツの内ポケットから白い封筒を取り出して、春日へと手渡した。

「こいつを彫花さんに渡しておいてくれ。うちの組長から、宴席の招待状だ」

「宴席？」

「内々の小さな祝宴だ。——組長のお嬢さんの婚約がまとまってな。正式な結納を交わす前に、懇意の皆々さんを招いて、祝いをしようってことになった」

「婚約かあ。そういう祝い事なら、じいちゃんもきっと喜ぶよ」

「こっちから車を出すようにするから、組長がぜひ顔を出してほしいとのことだ。彫花さんに、よろしく伝えておいてくれ」

「分かった。——なあ、秋月さん。そのお嬢さんって、かわいい？　美人？」

「んん？　そうだなあ……。俺はお嬢さんがランドセル背負ってた頃から知ってんだ。当時は組の部屋住みだった俺に、おやつのドーナツを分けてくれたりよ、あの頃のまんま、純で優しい御人《おひと》だよ」

「ふうん」

　春日には、秋月の瞳の方が、とても優しく見えた。庭の蟬たちは忙《せわ》しなく羽根を振動させて、短い求愛の時を過ごしている。麦茶のグラスに浮かべた氷が、からりと鳴って、静かな沈黙が流れた客間に夏の音を響かせていた。

2

その日は朝から、雨が降っていた。夏の雨はむっとするような湿気を生んで、家の中の不快指数を高めている。ただでさえ、両親や二人の兄と暮らすこの家は、居心地が悪いのに。

汗を流したはずのシャワーは、髪を洗っているうちに新しい汗になって、バスルームに熱気をこもらせている。きんきんに冷房をかけていた自分の部屋に戻り、夏にはあまり着たくないワイシャツをクローゼットから引っ張り出していると、ドアをノックする音がした。

「――はい」

「春日、入るぞ」

「父さん？　どうぞ」

土曜の午後に、父親が家にいるのは珍しい。地域で医療ネットワークを組む病院の連絡会に出席したり、前職の大学病院の教授たちと勉強会をしたり、休みらしい休みも取らずに精力的に働いている。

志が高く、患者に誠意をもって相対する父親のことを、尊敬していないと言えば嘘になる。しかし、医師として欠点のなさそうな父親の、とある欠点が、春日はどうしても好きになれなかった。

「ワイシャツなんか着て、どこへ行くんだ。今日は大学も休みだろう」

「別に。友達に、ちょっといい店に誘われたから。母さんに夕飯はいらないって言っておいて」

こんな適当な嘘をつくのは慣れている。抑えた色味のネクタイを選び、スラックスを穿いていると、父親は呆《あき》れたように溜息をついた。

「またあの男の家に行くんだろう」

「――気付いてるんなら、わざわざ聞くなよ」

「何度言ったら分かるんだ。あの男は家族でも何でもない、住む世界の違う人間だ。もうあの男には近付くな」

祖父のことを、頑《かたく》なに『あの男』と突き放すのは、春日が許せない父親の昔からの習慣だ。自分が生まれ育った祖父の家に、父親は何十年も顔を出していない。彫り師の生業《なりわい》を毛嫌いして独立し、奨学金とアルバイトで医学部に通っていた父親は、同じ医学部のお嬢様育ちの母親と出会って結婚した。

両親の結婚式の記念写真には、祖父は写っていない。父方の親族はみんな、彫り師とヤクザを混同して祖父を恐れ、結婚式に列席させなかった。祖父は初めからいない人間として扱われ、今でも母方の親族には、祖父の存在を知らない人が多くいる。母親も祖父には近付かないが、父親の憎悪と嫌悪は、誰よりも強く、激しかった。

「父さん、じいちゃんにたまには会いに行ったら？　じいちゃんはもう七十半ばだよ。体調もそんなによくないし、ずっと持病を抱えてる。心配にならないの？」

「あんな男、いつ野垂れ死んでもおかしくない。彫り師なんて、まともじゃない生き方をしてきた人間に、父さんは同情はしない」

「……冷たいな。じいちゃんは父さんの本当の親なのに。それでも医師かよ」

刺青や彫り師に、生理的に嫌悪感を抱く人は、世の中にたくさんいる。しかし、血の繋がった祖父をあしざまに罵って、何十年も会おうともしない父親の気持ちは理解できない。

「春日。私はお前が犯罪に巻き込まれるんじゃないかと、気がかりで仕方ないんだ。今でもあの家はヤクザが出入りしているんだろう。そんなところに二度と行くな」

「確かに無関係とは言わないけど、彫り師とヤクザは違う。じいちゃんは、あっち側の人じゃない」

「同じだ。刺青なんか……っ、体を傷付けるだけのあんな悍《おぞ》ましいもの、私は医師として絶対に認めないぞ。お前はまっとうに勉強をして、父さんや母さんと同じ道を進むんだ。真面目《まじめ》に勤務医をしているお前の兄たちを、少しは見習え。父さんの言うことを聞いていれば、お前は道を誤らずに済むんだ」

子供の頃から、父親が決まり切った型に嵌《は》めようとするたびに、反発心を覚えてきた。春日が生きていきたい道は、父親が望む道じゃない。医師一家に一人くらい、はみ出し者がいてもいいはずだ。

「父さん、何回も同じ話を聞いたよ。俺は大学には休まず通ってる。単位も実習も、一つも取り零《こぼ》してない。ちゃんと医師免許を取るから、それ以外のことは口を出さないで」

「春日、お前は本当に、医師になる気はあるんだろうな？」

「何それ。――そのための免許だろ。変な勘繰りやめろよ」

「春日、父さんはお前のためを思って……」

「もういいから。待ち合わせの時間に遅れる。説教なら、庭で昼寝ばっかりしてるノアにでもしてやって」

「春日！」

スーツの上着を引っ摑み、父親の方を振り返らないまま、春日は部屋を後にした。このまま議論をしても、祖父の悪口を聞かされるだけで、何もいいことはない。

玄関を出ると、番犬をしているノアが、立派な尻尾《しっぽ》を振りながら駆け寄ってきた。ごめん、と手を合わせる春日のことを、茶色の無邪気な瞳で見上げてくる。

「ノア、お前のことを悪く言っちゃった。帰ったら散歩に連れてってやるからな」

シベリアンハスキーの血が混じった、ノアのふわふわの頭を撫でてやってから、春日は上着に袖を通した。雨が降り続く中を、通りでタクシーを拾い、駅まで乗り付ける。

父親と顔を合わせると、いつもこうして気まずい思いをするから、家にいることが億劫《おっくう》になってしまう。地下鉄に揺られながら、いっそ家を出て祖父のもとへ引っ越そうかと、埒《らち》もないことを考えた。

（じいちゃんは喜ばないだろうな。家族と俺が疎遠になったら、自分の二の舞だと思って、きっと悲しがる）

気持ちは既に独り立ちをしているつもりでも、学生の身分では何もできない。途切れかけている祖父と父親の関係を繋ぎ止めながら、家族の形を守ることしかできない自分が、もどかしかった。

いつものように、世田谷《せたがや》の静かな駅で降りて、人の少ない午後のロータリーを駆ける。だんだん雨脚が強くなってきて、傘を持って来なかったことを後悔した。待ち合わせの時刻に少し遅れて祖父の家に着くと、門の前に黒塗りの車が停まっていた。

「――遅い。いつまで待たせるんだ」

運転席から降りてきた男が、春日を見るなり文句を言ってくる。ただでさえ父親のことで気分が下がっていたのに、その男の顔を見て、いっそうげんなりした。

「あんたか。二分遅刻しただけだよ。今日も運転手をやらされてんの？　陣内さん」

「お前流に言えば、送迎はチンピラの仕事だからな」

乗れ、と顎をしゃくって、陣内は後部座席のドアを開けた。車内には祖父が、かしこまった席に出向く時の和服を着て座っている。

「じいちゃん、その格好は迫力があり過ぎるよ」

「祝いの席に招待されたんだ。失礼なことはできん」

「まあ、似合ってるからいいけど。雨降ってるし、草履《ぞうり》は滑りやすいから気を付けて」

祖父は返事の代わりに、愛用している杖《つえ》を手で撫でた。運転席に戻った陣内は、バックミラーをちらりと見やってから、雨の街に車を発進させた。

今日はこれから、陣内が籍を置く佐々原組の組長の自宅で、娘の婚約を祝う宴席が開かれる。組長と昵懇《じっこん》の間柄で、佐々原組の多くの組員に刺青を施術した祖父も、内々の祝宴に招待されたのだ。

「じいちゃん、お酒は口をつけるだけで、なるべく飲まないで。具合が悪くなったら、すぐに俺に言ってね」

「ああ。お前がそばにいてくれると、心強いな」

にこりと笑った皺《しわ》のある顔は、今日も青白く、疲れているように見えた。祖父が健康な頃だったら、懇意の客とはいえ、ヤクザの根城《ねじろ》に孫を帯同はしなかっただろう。

年齢を重ねるごとに、持病の不整脈が頻発するようになった祖父は、一人で遠出をすることを避けている。春日は祖父の体が心配で、宴席に付き添うことにしたのだった。

「――彫花さん、どうぞ」

都心の喧騒から離れた立川《たちかわ》の街に、塀に監視カメラをいくつも備えた屋敷が建っている。

立派な門の前で車を停めた陣内は、開いた傘を降車した祖父に差し向けた。車に向かって並ぶ、いかつい顔ぶれ。祖父を出迎えた佐々原組の若い組員たちが、一斉に頭を下げている。

「いらっしゃいませ。お足元の悪い中、わざわざのお運び痛み入ります」

「どうぞ奥へ。組長と姐《あね》さんがお待ちです」

陣内から傘を受け取った組員の一人が、自分が濡れるのもかまわず、祖父を先導していく。

人を威嚇《いかく》することに慣れた男の集団が、杖をついた祖父に平身低頭で応対する姿は、春日の目には芝居じみて見えた。

「今日はお前の師匠が一等の客人だ。身内がヤクザを従えているのは気分がいいか？」

しとしとと、春日の茶色の髪を雨が撫でている。陣内はスーツの上着を脱いで、じっと祖父の背中を見つめていた春日を、雨から遮った。

「冗談。気分がいいどころか、大げさで居心地が悪いよ」

生憎《あいにく》、祖父も春日も、ヤクザに傅《かしず》かれて偉そうに振る舞うほど浅はかじゃない。虎の威を借る狐《きつね》にはなれないタイプだ。

「じいちゃんはヤクザを従えてる訳じゃないし。あれはあんたたちの礼儀の払い方だろ？外国の異文化を見てるみたいだ」

「おもしろいことを言うんだな。……異文化か。その感覚は常に持っていた方がいい」

「え？」

「お前たち彫り師は、社会の裏と表の境界線上に立っている。ガキが泣きを見たくなかったら、こっち側には深く関わるな」

宴席に招待しておいて、勝手なことを言う。理屈の通らないヤクザの思考回路を垣間見《かいまみ》たようで、春日は頭上でちらつく上着の陰から、陣内を睨んだ。

「ガキは余計だ。俺の彫り師の立ち位置は、俺が決める」

「まだ客の一人も取ったことがないくせに。腕があっても、他人の肌にスミを入れる重みを知らないお前は、半人前のガキだ」

「…っ……」

どうしてこの男の言葉は、真実をついていて、いちいち心に引っかかるんだろう。まだ出会って間もない、名前と経歴くらいしか知らない相手なのに。

「何だ。この間のように咬みついてこないのか？　つまらん」

底の見えない陣内の漆黒の瞳に、静かに見つめ返されると、春日は何も言えなくなって黙り込んだ。下っ端のヤクザがよくやる脅しや、威嚇じゃない。陣内と相対してひりひり肌に感じるのは、例えば王者や覇者が生まれながらに持っている、凡人にはない威厳やオーラの類《たぐい》だ。

（……こんな奴……初めてだ。俺が圧倒されるなんて――）

勝手に震え始めた自分の背中を、どう解釈すればいい。恐怖心とは違う、武者震いに近い、この不可思議な感覚はなんだろう。春日が実の兄以上に慕っている秋月にさえ、感じたことのないものだった。

目を逸《そ》らしたら、負けたことになってしまうのに、消えない背中の震えを持て余して、春日は俯《うつむ》いた。ふと気が付くと、自分の足元だけ雨粒が跳ね返っていない。反対に、陣内の革靴はぐっしょりと濡れていた。

（ガキガキうるさいけど、俺のことを、客として扱ってはくれてるのか）

これもまた、理屈じゃない生き方をしているヤクザの、言動の不一致なのかもしれない。

春日が門をくぐり、組員たちが整列して待つ玄関に辿り着くまで、陣内は上着を傘代わりにしたまま、自分で着ようとはしなかった。その態度にくすぐったい思いを抱きながら、玄関先で差し出されたタオルを、春日は陣内へぽんと放った。

「あんたが使って。髪とか、風邪を引く前に拭けよ」

「律儀《りちぎ》な奴だな」

「いちおう医学部生なんで。陣内さん、あんたの方こそ根っから悪い人？　それとも、悪い人のふりをしてヤクザをやってんの？　いったいどっちだ」

「さあ。――本当の悪人ほど、善人のふりをして懐の奥へ入ってくる。そいつが隠し持っているナイフに気付いた時には、もう遅い。お前もせいぜい気を付けろ」

「何だそれ。意味不明だよ」

陣内にうまく煙に巻かれるのは、おもしろくない。ふん、とこっちから鼻であしらってやって、春日は靴を脱いだ。

佐々原組の組長宅は、敷地を囲む塀がやたら高くて頑丈な他は、日本庭園を擁した広い民家だった。武器に囲まれた要塞のような家を想像していた春日は、少し拍子抜けしながら、新しい畳の香りのする座敷で歓待を受けた。

「彫花さん、春日、今日は遠くまで来てもらってすまねぇな。陣内の奴は、運転が荒っぽくなかったか？」

宴席を取り仕切っている秋月が、春日と祖父を上座へ案内してくれる。渋いダークスーツで身を固めて、部下たちを采配《さいはい》している今日の彼は、祖父の家でリラックスしている彼よりもずっとヤクザらしい。

「あの人、送迎はチンピラの仕事だって厭味《いやみ》を言ってたよ」

「はは、ほんっとに生意気だあの野郎。二人とも、足を楽にして寛《くつろ》いでくれ」

秋月が席を離れると、程なくして祝宴が始まった。しゃがれ声の佐々原組長の音頭で、乾杯のビールを飲む。元は銀座のクラブのママだという組長の妻が、男くさい宴席の華になって、招待客を飽きさせない。料理と余興が進んでくると、祖父の周りに人が集まり始めて、春日は酌をセーブしてもらうのに一苦労した。

「彫花さん、うちと今後縁戚になる、柊青会《しゅうせいかい》の柊《ひいらぎ》武彦《たけひこ》会長だ。こちらの息子さんと、うちの娘が一緒になるなんて、これ以上にめでたいことはない」

「柊会長、お噂はかねがね。このたびはご婚約おめでとうございます」

「や、これはこれは、当代一の彫り師と名高い先生に祝っていただけるとは、息子たちの誉《ほま》れになります」

恰幅《かっぷく》のいい佐々原組長に比べて、柊会長は眼鏡《めがね》をかけた、細身のインテリ風の男だった。

二つの組織はどちらも泉仁会の三次団体で、今回の婚約をきっかけに、五分と五分の盃《さかずき》を交わす対等な兄弟分になる。近い将来に一つの大きな組織になり、上納金を増やして、二次団体へ昇格する筋道を立てているようだ。

(まるで政略結婚みたいだな。ヤクザの世界でのし上がるためには、手段を選ばないんだ)

裏社会の婚姻が、具体的にどういうものかは知らない。柊会長の息子は柊青会の若頭をしているらしいが、佐々原組長の娘は大学に通っている普通の学生だ。振袖を着た、おとなしくて清楚《せいそ》そうに見えたその彼女は、祝宴が始まる乾杯の時に姿を見せたきり、席を外したままだった。

(真梨亜《まりあ》さん、だったっけ。古典柄の振袖がよく似合う、色白の綺麗な人だった)

大学を卒業したら結婚式を挙げて、彼女はヤクザの男の妻になる。それが本当に、組長の娘に生まれた人の運命なのか、春日はよく分からなかった。

「いずれ我々の組が一つになったら、若頭の息子に代紋《だいもん》を譲って、隠居の身になるつもりです。その日まで真梨亜お嬢さんには、息子の支えになってもらわないと」

「隠居をしたらお互いゴルフ三昧《ざんまい》だ。こちらこそ、娘をよろしくお願いしますよ」

酒を酌《く》み交わしている佐々原組長と柊会長は、実の子供たちの結婚を控えた、ごく普通の幸せな父親どうしに見える。しかし、春日には気になることがあった。

（柊青会の今の若頭が、新しい組の組長に就くってことは、佐々原組の若頭をしている秋月さんは、どうなるんだ——？）

通常、組長が引退したら、若頭がその後を継いで組長になる。新しい組織に生まれ変わって、佐々原組そのものがなくなるのなら、秋月が組長になる道も閉ざされてしまうだろう。彼が今の地位に上るまで、人並み以上に佐々原組に貢献してきたはずなのに。

（一つの組織に、若頭は一人だけだ。秋月さんの今の立場は、微妙だな）

祝宴で賑わう座敷を見回して、春日は秋月を探した。忙しそうに組の関係者を接待して回っていた彼は、どこにもいない。

春日はそっと腰を上げると、手洗いに行くと祖父に告げて座敷を離れた。秋月のことが気になって仕方なくて、警備の組員たちの目をかいくぐりながら、屋敷の中を探して歩く。

錦鯉《にしきごい》が泳ぐ池に面した、観月台のある通路を進んでいると、屋敷の奥へと延びる廊下の先から小さな声が聞こえてきた。春日は足音を立てずに、廊下の曲がり角に身を潜め、声のする方を窺った。

（秋月さんの声だ。こんなところにいたのか）

宴席を途中で抜け出して、彼は何をしているんだろう。春日は声をかけようとして、慌てて口を噤《つぐ》んだ。秋月のそばに、佐々原組長の娘の真梨亜がいたからだ。

二人は深刻そうな顔をして、ひそひそと何か囁《ささや》き合っている。座敷では宴会が続いているというのに、少しも祝いの雰囲気じゃない。真梨亜は振袖を着たまま、鮮やかな口紅を引いた唇に手をやり、まるで泣いているようだった。

「真梨亜お嬢さん」

春日の耳は、はっきりとその声を聞いた。真梨亜よりもずっと大きな体を屈《かが》め、廊下に膝をついた秋月の声。優しさの塊のような眼差しで、真梨亜を見上げている彼の姿に、春日ははっとした。

（秋月さん、もしかして、お嬢さんのこと）

自分の直感が外れたことはあまりない。春日の心臓が俄《にわ》かにざわつき、掌が汗で湿ってきた。

振袖の長い袂《たもと》が揺れて、一瞬、春日の視界に金糸銀糸の花が散らばる。真梨亜の華奢《きゃしゃ》な両手が、救いを求めるように秋月のダークスーツの背中に回された。

「秋月。……私、……私……っ」

「真梨亜お嬢さん、せっかくのお着物が汚れます。柊の若が、座敷でお待ちですよ。お二人でお客様へご挨拶に回っていただかないと」

「あなたまで父と同じことを言うの？　私、あそこには戻りたくない。秋月、私を助けて。一緒にここにいて」

涙声で呼ぶ真梨亜のことを、秋月は抱き返さなかった。床に膝をついたまま、両腕をだらりと下ろし、目を閉じている。しかし、彼が手を白くなるほど強く握り締めていることに、春日は気付いてしまった。

（——やっぱり、そうなのか）

春日の中で、直感が確信に変わっていく。人目をはばかって寄り添う二人は、単なる組長の娘と若頭の関係には見えない。

二人のただならない雰囲気に、春日の足が勝手に後ずさった。これ以上見てはいけない。ここにいてはいけない。

元来た廊下を戻ろうとした春日は、突然体のバランスを失った。背後に現れた誰かに、力尽くで羽交い絞めされる。

「うわ……っ！　何——」

「静かに」

がちりと、こめかみのすぐ横で金属音がした。聞いたことのない音だった。

「頭を吹き飛ばされたくなかったら動くな」

凶悪な脅し文句と、肌に押し当てられた冷たく硬い感触で、それが銃だということに気付く。一瞬のうちに恐怖心が走り、声を出せなくなった春日は、ずるずると引き擦《ず》られて、廊下の並びの一室へと押し込められた。

畳が敷かれているだけの簡素な部屋で、口と鼻を塞がれ、気絶寸前まで追いやられる。いったい何が起きているのか分からない。混乱している頭の奥に、鉛《なまり》のように低く重たい声が響いてきた。

「さっき見たことは忘れろ」

「…っ…、……っ？」

「口外されては困る。今すぐ忘れろ。いいな」

春日へ冷ややかに命令したのは、陣内の声だった。息がしたくて必死に頷くと、鼻から下を塞いでいた手が緩み、羽交い絞めにされていた体が少しだけ楽になる。

「はっ、はぁっ。いきなり何するんだ…っ」

「黙れ。ここがヤクザの組長の家だと分かっているのか？　不審者は問答無用で撃たれるぞ」

陣内は右手に持っていた銃を、ウェストのホルスターへと収めた。やけに手馴《てな》れている感じが、春日の恐怖心をいっそう煽る。

「あんたは弁護士だったんだろ。よく平気でそんなもの持てるな」

「安全装置をかけていれば、水鉄砲と同じだ。ガキを脅すには十分だろう」

「だからって、本物の銃なんか使うか、普通」

「警備中の祝宴だというのに、こんなところをうろついているお前が悪い。座敷へ戻れ」

「俺は、秋月さんに聞きたいことがあって探してただけだ。側近のあんたなら知ってるだろ。佐々原組がなくなったら、秋月さんはどうなるんだ？　あの人がこの組の跡目を継ぐんじゃなかったのか？」

小さく舌打ちをして、陣内は春日の頭を摑み上げた。ぎりぎりと強い力で引っ張られて、髪が抜けそうになる。

「い、痛いって……！」

「——こっち側には深く関わるなと言っただろう。組や跡目がどうなろうが、お前には関係ない」

「でも…っ、今度の婚約で、佐々原組と柊青会は一つになるんだろ？　あのお嬢さんの婚約者が、新しい組の組長になるって聞いたんだ」

「それが婚約の条件だから、当然だ。二次団体に成り上がるために、佐々原組長は、泉仁会直系の柊青会に娘を差し出した。少し考えれば誰でも分かる。この婚約は政略的なものだ」

やっぱり、と春日は胸の奥で呟いた。それなら、さっき真梨亜が泣いていた意味が分かる。彼女はこの婚約を望んでいない。そして、きっと秋月も。

「かわいそうじゃないか。真梨亜さん、泣いてたよ。秋月さんに助けてって言ってた。政略結婚なんかしたくないんだ」

「今更引き返すことはできない。双方のトップが納得していることだ」

「嫌がってる女の子を、無理矢理結婚させるのかよ。そんなこと、あの秋月さんが黙ってるはずないだろ」

「若頭は、近々自分の組を持つことが決まっている。『秋月組』として独立する代わりに、今回の婚約には一切口を挟まない」

「え……っ？」

「どれほど情が厚い男でも、組長の地位を約束されたら、迷う理由はないからな。彼には彼の野心や目的がある」

「い、いったいいつ、秋月さんは独立することが決まったんだ」

「お前の師匠のアトリエに顔を出した日だ。佐々原組長から内示を受けてすぐ、スミのメンテをしに行くと言って、俺に運転手をさせた」

「アトリエへ——。秋月さんが、背中の龍に眼を入れた日だ。そうか、だから……っ」

刺青を入れた人間の運命を左右し、時には大きく狂わせると言われている龍。天に向かって昇るその神獣の眼を、秋月が祖父に彫らせたのは、自分の組を持つ彼の覚悟の表れに違いない。

「もう分かっただろう。二つの組と、若頭の利害は一致している。秋月組が発足したら、彼に祝いの品でも贈ってやればいい」

「祝いの、品」

本当に、秋月は自分の出世を喜べるだろうか。優しい声で真梨亜の名前を呼んでいた彼は、泣いている彼女に指一本触れず、ぎゅっと両手を握り締めていた。春日は、彼が何かを懸命に耐えていたような気がしてならなかった。

(俺の勘違いなのか？　秋月さんは、真梨亜さんのことを、とても大事に想ってるみたいだった)

秋月のことを考えていると、胸の奥がまたざわついてくる。今すぐ彼のところへ駆け戻って、本音を問い質《ただ》したいのに、足が竦《すく》んで動けない。本音なんか知りたくないという、正反対の気持ちが湧いてきて、春日はただ立ち尽くすしかなかった。

(何だ、この嫌な感じ。心臓がずっと落ち着かない)

どく、どく、と鈍い音を立てている自分の左胸に、春日は視線を落とした。背後で沈黙していた陣内が、春日の気持ちを見透かすようにして、大きな手を伸ばしてくる。

「服の上からでも鼓動が分かるぞ。こんなに乱れて——嫉妬《しっと》をしているのか」

心臓の真上に掌を置かれて、ぶるっと春日は首を振った。猛禽《もうきん》の鷹の爪に、心の中の深いところを抉《えぐ》られた錯覚がする。

「嫉妬、なんか、誰にするんだよ……っ」

口ではそう言いながら、春日の頭にははっきりと、秋月と真梨亜の姿が浮かんでいた。

「俺は秋月さんのことが心配なだけだ。あの人はあんたと違って、優しい人だから」

「お前が思っているより、俺は優しいぞ。さっき見たことは忘れろと、先に忠告してやっただろう？」

「忠告って――」

「嫉妬にかられたお前が下手に嗅《か》ぎ回って、秋月組の発足が白紙に戻されたら困る。彼の出世は、側近の俺の出世だ。邪魔をしないでもらおうか」

「まさか…、陣内さん、あんたは自分がのし上がるために、秋月さんを利用する気なのか？」

ふ、と微笑んだ陣内の顔は、それまで春日が見たどんなヤクザの顔よりも、凶悪で冷酷だった。陣内の本性を知って、全身が硬直する。彼の掌の下にある春日の心臓が、抗うように、どくんっ、と大きく跳ね上がった。

「離せよ。秋月さんのところへ行く。あんたが悪企みをしてるって、あの人に教えてやる」

「やめておけ。若頭はお楽しみの最中だろう。女を抱いている時に、ずかずか踏み込むのは無粋だ」

「く、組長の娘さんに、秋月さんはそんなことしないよ！」

かっ、と頬が熱くなるのを、春日は止めようもなかった。目ざとい陣内が、春日の耳元へ唇を近付けてきて、趣味の悪い挑発をする。

「俺たちのような人種は、欲しいものがあれば奪ってでも手に入れるのが常套《じょうとう》だ。振袖の女に食らいつく龍は壮観だろうな。若頭に甘やかされているお前は、彼のほんの一面しか知らない」

「やめろよ。あの人は、昔気質の正統なヤクザなんだ。あんたと秋月さんを一緒にするな」

「ヤクザに正統も異端もあるか。これだけ言っても分からないなら、彼と同じことをしてやろうか？」

「な…っ、何、言ってんだ」

「女を手に入れるように、嫉妬で疼《うず》いているお前を、俺が抱いてやる。自分で寂しく慰めるよりは、何倍も楽しませてやれるぞ」

春日の腰に、逞しい自分の腰を擦り寄せて、陣内はそう言った。スーツ越しに感じた固い塊は、陣内が持っている拳銃か、それとも、想像するのも恥ずかしいあれか、どちらなのか分からない。

人を抱いたことも、抱かれたこともない、まっさらな春日の体に震えが走った。こんなこと、ただの脅しに決まっている。相手になればなるほど陣内を喜ばせるだけだ。

「ふざけんな…っ、あんたの好きにされてたまるか！」

渾身《こんしん》の力で身を捩《よじ》って、春日は暴れた。畳の床を蹴り、部屋の壁にぶつかりながら、逃げようともがく。

激しい息切れを起こしている間、陣内の楽しそうな笑い声を聞いたのは幻聴だったのかもしれない。おもちゃ扱いされて、冷静でいられなくなった春日の耳に、部屋の外の廊下から大きな声が聞こえた。

「おい！　早く探せ！　お客様が大変だ！」

「彫花のお弟子さん！　どちらにいらっしゃいます！　彫花さんが急に胸を押さえて倒れました！　座敷へすぐにお戻りを！」

はっ、と息を呑《の》んだのは、春日も陣内も同じだった。陣内が廊下へ視線をやった隙に、春日は彼を思い切り突き飛ばして、部屋の障子戸を開けた。

「じいちゃん――――！」

その部屋から祝宴が開かれていた座敷まで、どうやって駆け戻ったか記憶がない。たくさんの組員に囲まれ、並べた座布団の上に寝かされていた祖父は、蒼白の顔で全身痙《けい》攣《れん》を起こしていた。

「どいてください！　祖父は心臓に持病があるんだ！　じいちゃん、しっかりして！」

祖父の和服の胸元をはだけて、春日は耳を押し当てた。ただの医学部生でも、普段の発作と違うことは見ただけで分かる。意識レベルが著しく低い、深刻な心室細動の症状を前に、春日は戦慄《せんりつ》した。

「誰か救急車を呼んで！　早く…っ。じいちゃん！　じいちゃん……っ！」

春日は無我夢中で、祖父に心臓マッサージをした。嫌だ。嫌だ。無力な自分の両手が、動かなくなっていく祖父の左胸に触れているのが嫌だ。

（知りたくない。俺の手は、何の役にも立たないって、気付きたくない）

救急車のサイレンが聞こえてくるまで、ひどく長い時間が過ぎた。担架を持った隊員たちが座敷へ駆け込んで来た時、春日の両目は、悔し涙でいっぱいになっていた。

3

読経《どきょう》をする僧侶《そうりょ》の声が、祖父の家の広間を、夏の雨雲のように低く覆っていた。享年七十六歳の彫り師の通夜に集まったのは、息子夫婦と、孫が三人、そして近隣に住む知人たち。彫り師が眠る棺《ひつぎ》のそばには、孫の一人の春日が供花をした、白菊と百合《ゆり》が飾られている。

「近しいご家族の方から、ご焼香を」

読経の合間に、僧侶がそう促しても、誰も立ち上がらない。喪主にあたるはずの息子は、苦虫を噛み潰したような顔で棺から目を背け、息子の妻も、孫二人も、それに倣《なら》っている。亡くなってまで彫り師のことを毛嫌いし、蔑《さげす》み、疎《うと》んでいるのだ。

(――いいかげんにしろよ。父さん。母さん。兄さんたちも)

一人の人間の死を弔《とむら》えない者は、家族であって、家族でない。春日はどうしようもない憤りを抱えながら、怪訝《けげん》そうにしている僧侶に一礼をして、香炉の前に進み出た。

(ごめん。じいちゃん。こんな時くらい、家族らしいことができなくて、ごめんな)

ひと摘《つ》まみ、額に押しいただいた抹香《まっこう》を、春日は厳かに香炉へ移した。立ち上る細い煙に、無念な気持ちを託して、鬼籍に入ったたいとおしい人を思う。尊敬と、愛情の全てを込めて。

(まだ眠らないでほしかった。俺の師匠――。もっとあなたに、学びたかった)

彫花、本名花井宗久《むねひさ》は、白装束の下に唐獅子牡丹《からじしぼたん》の刺青を纏っている。それは彫花の師匠にあたる人物が彫ったものだ。社会の片隅で綿々と続いてきた彫り師の技は、弟子の春日に受け継がれて、今はその異名を遺《のこ》すのみとなった。

通夜の翌日、祖父の葬儀はひっそりと斎場で行われた。とりわけ暑い一日だったのに、荼毘《だび》に付される瞬間まで、斎場には寒々しい空気が漂っている。

「心臓の病気とはねえ。まあ、寿命ということだろう」

「倒れたのはどこかのヤクザの家ですって。葬儀にヤクザが総出で押しかけて来なくてよかったわ」

「――装束の下、見た？　腕や膝の方まで刺青がいっぱいで……っ」

「葬儀社の人も怖がって、湯灌《ゆかん》は春日がしたそうじゃない。よく平気ね、あの子」

火葬を待つ間の会食の最中、春日の耳に入ってくるのは、親戚たちの心無い声ばかりだ。祖父が亡くなってから慌ただしく時間は過ぎていくのに、別れの瞬間が突然過ぎて、夢の中にいるような気がする。祖父との別れが、本当に夢だったらいいのに、現実はとても残酷に、春日の心を切り刻んだ。

「彫り師の骨を、花井の墓には入れない。迷惑だ。お前たちで埋葬しろ」

祖父の兄にあたる、花井家で一番発言力のある大伯父《おおおじ》が、春日の両親に向かって怒鳴っている。父親は冷め切った顔でビールを飲んで、迷惑はこっちだ、と言い返した。

「無縁仏で構わないでしょう。この手の供養を取り扱ってくれる寺があります。埋葬はそこへ任せますよ」

「待って——。父さんも伯父さんも、じいちゃんを何だと思ってるんだ。そんな話、今しなくてもいいだろ」

「今だから話す必要があるんだよ。じいさんのために花井家が集まることは、もうないだろ」

「兄さん、今のどういう意味？」

「葬式を出してやっただけでも、感謝してほしいくらいだ。最期まで一族に面倒をかけて」

「みんなやめろよ！　あんまりだ……っ。じいちゃんの供養は俺がする」

「春日、あなたは黙っていなさい」

「嫌だ。悲しんでもいない人たちのために、これ以上じいちゃんにつらい思いをさせたくない！」

バシン、と父親に頬をぶたれても、少しも痛くなかった。心の方が悲鳴を上げて、祖父のことが恋しくてたまらなかった。

「そこまで言うなら、勝手にしろ。お前はあの男に憑《と》りつかれているんだ。自分の間違いに気付いて、いつか後悔することになっても知らんからな」

何が間違いで、何が正しいかなんて、今は分からなくてもいい。祖父の死をただ悼《いた》む時間がほしいだけだ。

碌《ろく》な話し合いもしないまま、会食を終えて、親戚たちは次々と斎場を後にした。まるで厄介払いができたとでも言いたげに、帰宅していく両親と兄たちを見送ってから、春日は一人、火葬場で祖父の骨を拾った。

「やっと、静かになったね、じいちゃん」

小さくなった祖父を抱いて、アトリエのあるあの家に戻ったのは、もう夕刻を過ぎた頃だった。簡素な斎壇に骨壺を入れた箱を置き、一度手を合わせる。供花の水を替え、かかりつけ医に止められても飲んでいた焼酎を隣に供えて、春日は同じものをアトリエにも持って行った。

祖父の仕事場は、どんな時でも静謐《せいひつ》な空気に満ちている。刺青の図柄の下絵を練るために、祖父がよく使っていた机に供え物をして、春日はそこに突っ伏した。

睡眠も、食欲も、生きている感覚も、全てが希薄になっている。祖父はもういないのだ。そのことを、ぼんやりと霞《かす》みがかった頭に言い聞かせるために、春日は机の上の祖父の遺品を手に取った。

年季の入った漆《うるし》塗りの文箱《ふばこ》。黒い万年筆。老眼鏡。手帳。抽斗《ひきだし》の中も開けてみて、そこに入っていた紙の束に、春日は瞠目《どうもく》した。

「……じいちゃんが描いた、下絵だ……」

秀でた絵画の才能を持っていなければ、一流の彫り師にはなれない。祖父が描いた刺青の下絵を目にするたび、春日はそう感じていた。刺青は生きた人間の肌に彫り込む、一生消えないものだ。永遠に脱ぐことのできない服と同じなら、誰よりも美しく、誰よりも粋《いき》な刺青にしてくれ、と、客たちは祖父のもとへ通っていたのだ。

「どれも、初めて見る下絵だ。まだ刺青に起こしてない、未発表の作品なんだ」

持病を抱えた体で施術をしていた祖父が、これほどたくさんの下絵を遺していたなんて。

春日は驚きに包まれながら、祖父の繊細な筆致に、指先で触れた。それだけでは足らずに、下絵の束を抱き締め、絵筆を操る祖父の姿を思い出していると、アトリエの外の廊下から足音がした。

「え……っ」

足音は、少しずつこちらへ近付いてくる。そんなことがあるはずもないのに、春日は反射的に駆け出していた。

「じいちゃん……っ⁉」

引き戸を開け放って、廊下へ飛び出す。夢でも幻でもいい。もう一度会いたいと思った祖父は、そこにはいなかった。

「驚かせるな。勝手に入らせてもらったぞ」

「陣内、さん」

黒いスーツを着た陣内が、廊下の真ん中に立っている。明かり取りの窓から入り込む夕闇が、彼の顔を、前に会った時よりも神妙にさせていた。

「玄関のチャイムを鳴らしても、反応がなかった。組の命《めい》で線香を上げに来たんだが、かまわなかったか？」

「う、うん。――ありがとう。葬儀から戻ったばかりだったんだ。斎壇《とも》は、こっち」

春日は下絵の束を胸に抱いたまま、陣内を仏間へと案内した。彼が点した線香の香りが、遺影の祖父を慰めている。逞しい背を屈め、ひとしきり手を合わせてから、陣内は春日の方へと向き直った。

「急なことだったな。佐々原組長が、くれぐれもお悔やみ申し上げる、とのことだ」

「……うん」

「秋月の若頭も、肩を落としている。葬儀に参列できずすまないと言っていた。組の者が顔を出せば、いらない気を遣わせるだろう、と」

「秋月さんらしい。気持ちだけ、ありがとう」

「それから――これは、佐々原組他、彫花に世話になった組からの香典だ。泉仁会の会長と幹部たちが、四十九日の法要に献花をしたいと申し出ている。返事は俺の連絡先へ。落ち着いてからでいい、考えておいてくれ」

春日は切ない思いで唇を噛んだ。裏の社会の人々でさえ、祖父の死を悼んでくれるのに、何故《なぜ》家族や親族にそれができないのだろう。

香典を包んだ厚い袱紗《ふくさ》のそばに、陣内は自分の名刺を二枚置いた。一枚は佐々原組、もう一枚は、秋月組、とある。

「始動するんだ、秋月組長」

「ああ。披露目の会も、近いうちに開かれる。お前の宛名で招待状を送ろうか」

「ううん、俺は遠慮するよ。組持ちになったことを、じいちゃんがきっと喜んでるって、秋月さんに伝えておいて。おめでとう、って」

「分かった」

陣内は頷いてから、今度は風呂敷の包みを春日へ手渡した。ずっしりと重みのある包みは、仄《ほの》かに温かくて、いい匂いがする。

「それはお前に。行きつけの店に作らせた」

「え？」

「彫花が亡くなってから、何も食べてないだろう。目はうつろで、ひどい顔だ。食え」

「……陣内さん……」

「食ったら寝ろ。そんな生気のない顔で弔われても、お前の師匠は喜ばないぞ」

どくん、と自分の心臓が脈打つ音を、春日は耳の端で聞いた。陣内に促されるまま、微かに震え始めた指で風呂敷の結び目を解《ほど》く。

重箱に詰められた、俵《たわら》のおむすびやいなり寿司。品のいい和食のおかず。どこかの料亭の弁当だろうか。食欲を忘れていた春日は、偶然入っていた祖父の好物の高野豆腐の含め煮を、不作法に指で取った。

「…………」

どうして。どうして高野豆腐がぼやけて見えるのか分からない。いただきますも言わずに、甘い味付けのそれを口の中で咀嚼《そしゃく》する。

「おいしい」

自分の声の震えで、泣いていたことに気付いた。通夜も葬儀も、骨を拾う間も、一滴も流れなかった涙が、春日の両目から零れ落ちていく。

「おいしいよ、これ――。じいちゃんの好みの味付けだ」

「そうか。よかったな」

ぐす、と洟《はな》を啜った春日に、陣内は苦笑を零した。視界の全部がぼやけているから、彼に泣き顔を見られても、恥ずかしくなかった。

「俺には、兄貴が二人いるけど、二人ともじいちゃんと食事をしたこともないんだ。彫り師だからって、親戚もみんな爪弾《つまはじ》きにして、葬儀も、最悪だった」

こんなこと、陣内に打ち明けてもどうにもならないのに、唇が勝手に動いている。祖父を顧みなかった人々へ、春日は止まらない憤りをぶつけた。

「両親も、兄さんたちも、みんな医師なのに。誰もじいちゃんを助けられなかった。俺も、何もできなかった」

今でも春日の掌には、心臓マッサージの感触が残っている。自分も医師だったら、祖父を助けられたかもしれない。もっと適切な処置ができたかもしれない。ひどい無力感に囚《とら》われながら、春日は初めて、医学部に通っている自分に疑問を持った。

「法律で決められてるからって、医師免許を持ってる彫り師なんて、現実には多分いないんだ。でも、じいちゃんは俺に、父さんたちと同じ医学部を勧めた。免許を取るために勉強してきたことが、何の役にも立たなかった。それがすごく、悔しい――」

祖父の蘇生を懸命に行った、あの心臓マッサージの数分間、春日は彫り師の弟子であることを忘れていた。一つの命を助けようとする、限りなく医師に近い心を持った人間だった。

「じいちゃんは、本心では最期まで俺を、彫り師にしたくなかったのかもしれない。弟子にしてもらう時も、さんざん殴られたし」

自分の太腿に椿の刺青を入れた時、祖父に殴られて痣《あざ》だらけだった頬を、今は涙が濡らしている。祖父もあの時泣いていたことを、やるせなく思い出しながら、春日は涙を拭った。

「俺は、じいちゃんが望まないことをしてるのかな」

喪服のスラックスの上から、春日は椿の刺青に爪を立てた。黙って話を聞いていた陣内が、同じ場所に視線を落とす。同情でもない、憐《あわれ》みでもない、彼の漆黒の瞳はただじっと、スラックスを透過して椿の刺青を見つめていた。

「彫り師になるか、医師になるかは、お前が自分で決めろ。彫花が口を閉ざしたまま逝《い》ったんなら、お前の好きに解釈すればいいだろう」

「そんなの、詭弁《きべん》だ」

「俺はお前の椿を、綺麗な花だと思っている。少なくとも、一人はここにお前の腕を認めている人間がいるんだ。彫花がお前に教えたことは、ちゃんと実っているんじゃないか」

「……さすが、元弁護士だね。口がうまいよ」

「元をつけるな。俺は弁護士バッジを返上した訳じゃない」

涙と一緒に、春日の頬に笑みが浮かんだ。陣内の言葉に救われた思いがした。

（俺を励ましてくれたのかな。……得体の知れない人だけど、少しは優しいところも、あるんだな……）

顔を合わせるたび、刃向かってばかりいたのに、意地悪な陣内のことが別人に見えてくる。祖父を一緒に弔ってくれる人が、彼でよかったと、春日は心から思った。

「子供の頃から、彫花の仕事を間近に見てきて、ずっと憧れていたんだ。聞き分けのない孫だったと思うけど、じいちゃんは刺青に魅せられた俺のことを、否定しなかった。俺に、こんなにすごいものを遺してくれたんだ」

　涙で赤くなっている顔をごしごしと擦って、春日はアトリエから持って来た祖父の下絵を、陣内に見せた。紙に描いたそれは、日本画としても通用する躍動感と凄みを持っている。陣内も興味を持ったようで、畳の床に丁寧に並べて観賞し始めた。

（そう言えば、この人もじいちゃんに、刺青を依頼しようとしていたな）

　下絵を熱心に眺めていた陣内は、ふと、その中の一枚に目を留めた。皓々《こうこう》と満ちる月を背景に、天空を悠々と舞う鷹。猛禽類の鋭い瞳と爪が、今にも図柄から飛び出してきそうで圧倒される。

「……鷹の図柄は、王者とか、英雄とか、強い力を以《も》って統《す》べる者の意味があるんだ。その下絵、気に入ったの？」

「ああ。俺と同じ鷹だからな。図柄の意味も申し分ない」

「もう少し早かったら、じいちゃんの施術を受けられたかもしれないのに。残念だね」

「お前が入れてくれるんだろう」

「——え？」

　下絵を手に取り、鷹によく似た瞳で、陣内は春日の方を見た。

「二代目彫花とでも名乗るか。お前の師匠が描いたこの鷹を、俺の背中に彫ってほしい」

「え…っ、お、俺が…っ？　でも、俺は一度も、他人の肌に針で触れたことはないよ」

「だから、お前の初めての客になってやると言ってるんだ」

「陣内さん、本気で言ってるのか……っ？」

ああ、と陣内が頷くのを見て、春日は言葉を失った。無謀だ。まだ修業をしている最中の、彫り師の弟子でしかない男に、背中を預けようとするなんて。

「簡単に考えちゃいけない。本当に、刺青を入れる覚悟はできてる？　自分の体に一生消えない傷をつけるのと同じなんだよ。彫り師が失敗をしたら、全部痕が残ってしまう。一度彫り始めたら、陣内さんが途中でやめたくなっても、それもできないんだよ？」

「カウンセリングか。何を当たり前のことを言っているんだ？」

「陣内さん、茶化さずに聞けよ。刺青には身体的なリスクがあるんだ。じいちゃんだって、施術の前は、お客さんと何度もカウンセリングを重ねてた。刺青は軽い気持ちで入れていいものじゃない。もっとよく考えて」

「春日」

一瞬、春日は自分の耳を疑った。陣内に名前で呼ばれたのは初めてだったから。意味不明な鼓動が、どくっ、どくっ、と春日の胸を騒がせる。

「怖がらなくていい。お前の腕に期待して頼んでいるんだ」

「……陣内さん……」

「お前がこの鷹に魂《タマ》を吹き込めば、彫花の弔いになる。やつれた顔で泣いているよりも、ずっといいと思わないか？」

自分の鼓動で、陣内の声が掠れていく。彼の背中で羽ばたく鷹を、祖父に見てほしい。受け継いだ技の全てを懸けて、自分が新しい彫花の名を名乗る。家族の誰にも認めてもらえなくていい。目の前に、未知数の彫り師を求めてくれる人がいるから。

「ありがとう、陣内さん。陣内さんの背中に、師匠の鷹を彫らせてください」

「ああ。……けじめにもう一度、彫花に手を合わせておくか」

「うん。俺も」

斎壇の前に陣内と並び、祖父の遺影に向かって合掌する。彫り師として初めての仕事に恵まれた弟子のことを、祖父は喜んでくれるだろうか。自称、二代目彫花の真価は、鷹の出来にかかっていた。

4

たくさんの学生が行き交い、いつも賑やかな大学も、試験期間中だけは独特の緊張感に包まれている。祖父の葬儀を終えるまで、勉強が手につかなかった春日は、数日図書館にこもってから試験に臨んだ。

成績優秀者の特権で、入学時からずっと授業料を免除されている春日は、試験で単位を落とすことはできない。親の援助で大学に通うのは嫌だったから、経済的に自立しておくために、免除がどうしても必要なのだ。

幸い、試験も実習の成績も、毎回トップクラスを保っている。周囲から有望視されている、白衣の似合う医学部生。それが春日の表の姿だとしたら、裏の姿は、メスを針の束に持ち替えた彫り師の姿だ。

試験期間の最終日、医学部の二、三年生の年中行事にもなっている実験動物の慰霊式を済ませると、大学は十日間の休みに入る。冬には解剖体の慰霊祭も開かれ、医学の進歩と死が隣り合わせの、この学部の特殊性を浮き彫りにしている。

複数の友人のグループからの、試験明けの飲み会の誘いを断って、春日は急いで祖父の家に帰った。今日は陣内の施術の日だ。試験期間に入る前に、刺青の輪郭線にあたる筋彫りを終えていて、今後はそれに陰影をつけたり、色を入れていく。

たとえ普段意気がっているヤクザでも、痛みに弱い体質なら、筋彫りだけでダメージを受けてもおかしくない。施術中、陣内がどんな顔をしているか、実のところ春日は知らなかった。痛みで苦しいはずの陣内よりも、春日の方が、極度の緊張でそれどころではないからだ。

「――横になって、陣内さん。先に炎症していないかどうか確認するから」

「ああ」

この日の陣内は、夜は用があるからと言って、陽の高いうちに祖父の家を訪れた。

施術用の浴衣《ゆかた》を腰まで下げた彼が、アトリエの畳の間に敷いた寝具にうつ伏せになる。天井の明かりは、鞣革《なめしがわ》のような彼の筋肉を隅々まで照らし出し、呼吸をするたび微かに動く鷹の翼を、春日に見せつけていた。

「筋彫りの周辺に、浮腫や化膿しているところはないみたいだ。最初はシャワーが大変だっただろ」

「まあな。それも承知の上だ」

「今後はもっとケアが必要になるから。――一度鏡で見てみた？　自分の背中」

「いいや。見るのは完成した時でいい」

「でも……、どんな風になってるか、心配になるだろ」

「俺の背中はお前に預けたんだ。スミを入れている途中で、四の五のは言わないことにしている」

ぶっきらぼうな呟きが、陣内なりの信頼の証《あかし》のような気がして、春日は嬉しかった。道具や墨壺を並べた箱を、彼の枕元に置いて、一度深呼吸する。

「始めようか」

組んだ腕に頭を置いていた陣内は、上目遣いに頷いた。春日は薄いゴム手袋を填めると、パッキングされた小さな袋から、針の束を取り出した。

客の目の前で新しい針に交換するのは、衛生面に不安がないことを示すためだ。使い捨てのそれを彫刻刀の柄のような道具に装着し、陣内の背中をアルコールで清める。

「——失礼いたします」

祖父がしていた挨拶を真似て、まずは筋彫りの上に指で触れた。皮膚を軽く圧迫するだけの、触診のようなものだ。陣内がリラックスしているのを確かめてから、春日は鷹の羽根の一枚一枚に影を彫る、暈《ぼか》しという工程を始めた。

左手の親指を支えにし、針を装着した柄を右手で構えて、皮膚を貫く。陣内の肌に針が埋まり、柄の内部に仕込んである墨が、皮下組織へと浸潤していく。

人の体を針で刺す行為に、罪悪感が湧かない訳じゃない。あって当たり前の罪の意識と、失敗に対する恐怖心に苛《さいな》まれながら、春日はそれらを振り払うように、ひたすら右手を動かした。

ぐっ、ぐっ、とリズムを保って皮膚を刺しては、針の先を撥《は》ね上げるハネ突きの技術で、墨の浸透を促す。皮膚を弾く時の、チャッ、チャッ、チャッ、という音は、ハネ突きの独特の音だ。

ともすれば震えそうになる手を、意志の力でねじ伏せ、春日は歯を食いしばった。陣内もまた、固く瞼を閉じて、無言を通している。しかし、次第に肌に浮いてくる小さな血の粒が、彼を襲っている激烈な痛みを物語っていた。

「……ッ」

針を垂直に立て、がりがりと皮膚の表面を擦ると、墨がグラデーション状に広がっていく。絵で言えば画面を塗り潰す技術だが、息を呑む陣内の気配が伝わってきて、春日は手を止めた。

「気晴らしに、音楽でもかけようか。じいちゃんもつらそうなお客さんには気を配ってた」

「必要ない。無駄口を叩いている暇があったら、手を動かせ」

「だって、陣内さん、背中が強張《こわば》ってきたよ。痛むんだろ」

「……ふん。彫り師に隠し事はできないな」

「当たり前だ。俺の針がそうさせてるんだぞ。あんたの痛みは、手に取るように分かる」

いいから続けろ、と、陣内は強気に顎をしゃくった。意地の張り合いのように、春日は彼の背中の血をガーゼで拭って、また針を突き込み始めた。

室内に冷房をかけているのに、陣内の項《うなじ》に浮かんだ汗も、春日の頬を伝う汗も、少しも引くことがない。施術に没頭するうちに、鷹の羽根に立体感が生まれ、ただの輪郭だった筋彫りに陰影と厚みが増していく。

背中から脇腹に向かって、痛覚の敏感な皮膚の柔らかい場所に針が触れると、陣内の呼吸は明らかに乱れた。いつも春日の優位に立ち、人に負けることを知らなそうな彼が、寝具に突っ伏して痛みを忘れようとしている。鍛え上げた屈強な彼の体は、今や春日の施す刺青に平伏し、針の動き次第で苦痛をも左右できるところまで達していた。

(……今ならこの人を、俺がどうとでもできる。俺の気持ち一つで、鷹の図柄を、勝手に他のものに変えることもできるんだ)

大学の解剖実習で、亡くなった献体にメスで触れる時のような、奇妙な静寂に春日は包まれた。もし陣内に対して悪意がある人間が針を持てば、墨の代わりに毒を仕込んで、命を奪うこともできる。いや、もっと直接的に、隙だらけの彼の首筋にナイフを宛がうことも可能だろう。

信頼でしか成り立たない、彫り師と客の関係に、春日は震えた。人の体に針を立てるということは、相手の命や人生を手に握っていることと同じだ。業が深くて、自分をしっかり保っていないと、その強大な力に心を持って行かれる。——自分がまるで神様にでもなったような全能感が、針の行き先を惑わせる。

「春日」

低い声に、春日は現実に引き戻された。はっ、と両目を瞬《しばた》いて、顎を伝い落ちた冷や汗を拭う。

「何を殺気立ってるんだ、お前」

「ご、ごめん――」

否定する暇もなく、自分を未熟な彫り師だと認めてしまって、春日は赤面した。彫り師の心や気持ちは、針を通して、相手に如実に伝わる。施術中は常に無心だった祖父の域には、まだ到達できそうにない。

「この俺を弱らせて興奮しているのか。サディストだな」

陣内は片眉を上げて、仕方なさそうに苦笑している。春日は焦って否定した。

「違うよ。興奮なんかとは違う…っ。あんたが、おとなしく俺に背中を曝していることが、急に怖くなったんだ。どうして俺のことを、こんなに信頼してくれるのかって」

「お前の腕は確かだ。他のヤクザに初めてをくれてやるなら、俺がもらってもいいだろう」

「初めて……」

「スミを入れ終わるまで、俺の背中はお前のものだ。筆おろしをさせてやるから、好きなように使え」

陣内は含み笑いをしながらそう言って、汗拭きに置いてあったおしぼりを、春日の作務衣の股間に投げつけた。

「なっ、何するんだよっ」

「童貞のガキ。少しは俺に感謝しろよ」

赤かった春日の頬が、ますます濃い色に染まっていく。感謝はもう、し足りないほどしているのに。

祖父の後ろ楯《だて》を失い、彫り師として公《おおやけ》に名乗ってもいない若造に、陣内は躊躇《ためら》いもなく背中を預けてくれた。彼の体を練習台にしてはいけない。

(余計なことは考えるな。この人が望む通りの、最高の鷹を彫るんだ)

春日は一度陣内のそばを離れると、アトリエの隅に設《しつら》えている小さなシンクで、顔を洗った。背中を預けてくれた彼の前で、彫り師が迷いや惑いは見せられない。

「続けるよ、陣内さん」

祖父もこんな風に、挫《くじ》けそうになりながら、彫り師の道を究めていったのだろうか。師匠を失った春日は、自分の求める道を、手探りで進んでいくしかなかった。


大学の試験休みが終わり、後期の講義が始まってからも、陣内の施術は続いた。肌の状態を診《み》ながら、五日に一度ほどのペースで進んでいく刺青は、ゆっくりと範囲を拡《ひろ》げている。メインの図柄の鷹をはじめ、背景の月や、雲や花などの化粧彫りも残っていて、まだまだ気を抜く訳にはいかなかった。

この日もアトリエには、針が肌を穿《うが》つ生々しい音と、ぴんと糸を張ったような緊張感が漲《みなぎ》っていた。鷹の目を彫る大事な工程で、刺青全体の迫力と美しさに関わる。顔料の色を陣内と何度も議論して、自然の鷹の金色の目は用いず、彼の肌の色に映える青色にした。

「目は獣系の図柄の命なんだ。――青にして正解だったね。冴《さ》えた色味が、すごく似合ってる」

目を入れ終わったばかりの鷹を見下ろして、春日は嘆息した。すると、陣内の背中の筋肉がうねり、鷹がぎろりと睨み上げるような表情になった。

「自画自賛か？」

「切れ者のあんたには、ぴったりの目だって言ったんだよ。俺のことを褒めた訳じゃない」

陣内は相変わらず、鏡で一度も自分の刺青を見ていない。完成を楽しみにしていると言うだけで、出来を気にする素振りもないのだ。

（じいちゃんのお客さんでも、こんな人はいなかった。どこまで肝が据わってるんだ）

ただでさえ、刺青が体に与えるダメージは重く、完成するまで入浴一つにも注意をしなければならないのに。陣内が困っているのは、施術の日の前後に酒が飲めないということだけらしい。

施術のたびに深呼吸が欠かせない春日は、とても彼のように落ち着き払うことはできなかった。せめて陣内の期待に応えるために、祖父の下絵に忠実に彫っていくだけで、今は精一杯だ。

鷹の目と、刃物のように鋭い爪を彫り進めて、この日の施術は終了した。一回の施術で、おおよそ二時間ほどはアトリエに二人でこもることになる。いつものように術後の飲み物を用意していると、外の廊下に控えていた陣内の部下が、入り口の戸を叩いた。

「――彫花さん、中へ入ってもよろしいですか」

「どうぞ。ちょうど終わったところだよ」

「失礼します」

見た目も物腰も、ヤクザというより秘書のような陣内の部下は、春日のことを『彫花』と呼ぶ。はじめは荷が勝ってやめてほしいと思ったその呼び方も、陣内がおもしろがって部下に強制するうちに、いつの間にか定着してしまったのだ。

部下は畳の間に寝そべっていた陣内へ歩み寄ると、スラックスの膝をついた。

「陣内さん、そろそろお時間です。着替えを用意させますから、急いでください」

「茶を飲む暇くらいあるだろう」

「すみません。佐々原と柊青会の下の者は、もうあらかた準備が整ったようですので」

「ふん。おい、ここの畳の間を少し借りるぞ」

「え？　うん、いいけど――」

すると、失礼します、失礼します、と口々に言って、戸の向こうから別の部下たちが入室してきた。陣内の着替えを持って来た彼らは、慣れた様子で、てきぱきと畳の上に荷物を広げ始めた。

「紋付《もんつ》き袴《はかま》？　今日はこれから、祝い事でもあるの？」

「佐々原の組長宅で、真梨亜お嬢さんと、柊青会の柊若頭との結納が執《と》り行われるんです。その立会人に、発足したばかりの秋月組が選ばれたんですよ」

「結納の立会人――」

忘れもしない、祖父が亡くなった日、佐々原組長の自宅では内々の宴席が開かれていた。佐々原組長の娘の真梨亜は、賑やかな祝いの席を抜け出して、秋月に婚約は嫌だと助けを求めていた。

（結局、結納を交わすのか。秋月さんが真梨亜さんを説得したのかな）

ヤクザの組織どうしの政略結婚に、個人の意思を挟むことはできないのかもしれない。立会人を務めるならなおさら、秋月も婚約に反対できないだろう。

「秋月さんが組長に推されてから、初めての大きなお役目です。ここしばらく、組長はこの件にかかりきりになっていて、彫花さんにご機嫌伺いもままならない様子でした」

そう言えば、このところ秋月の顔を見ていない。大学の試験や、陣内の施術で忙しくしていたから、秋月組発足の祝いもできないままだった。

「その辺にしておけ。組の行事を部外者に話す必要はない」

「すみません。出過ぎた真似をしました」

小さく舌打ちをして、陣内は秋月組の紋が入った、黒い長着を羽織った。

古いしきたりを重んじる泉仁会系の組織は、正式な場には紋付き袴の出で立ちで集うと聞いたことがある。一方的に部外者にされた春日は、離れた場所で陣内のことを見ているしかなかった。

（何だよ。話を聞くくらい、いいじゃないか）

ついさっきまで陣内の施術をしていたのに、急に突き放されたようで、いい気分じゃない。

普段なら施術の後は休息を取って、互いに取りとめもない話をしながら、冷たいもので喉を潤しているところだ。春日と二人きりでいる時の陣内と、部下と一緒にいる時の陣内とでは、まるで別人だった。

（部下の前では、かっこつけてるつもりかよ）

秋月の側近だった陣内は、秋月組の発足とともに、その組の若頭に昇格している。他に何人もいた古参の組員たちを飛び越えて、彼が秋月の右腕に抜擢《ばってき》されたのだ。陣内を見込んでヤクザの世界にスカウトした、秋月の強い意向があったんだろう。

（鷹みたいに、あんたは上に向かって脇目も振らずに飛んでいくのか）

陣内はきっと自分よりも高いところを見ている、と、以前秋月が言っていたことを思い出す。秋月の背中の昇り龍と、陣内の背中の鷹は、対の図柄になるかもしれない。

どちらも天を目指す図柄を、祖父と春日が彫ったことは、偶然だろうか。彫り師はただ、刺青を入れた人の行く末を見守ることしかできない。陣内の刺青が完成した瞬間に、春日は本物の部外者になる。その時を想像していると、春日の胸の奥を、寂しさのような冷たいものがすっと撫でた。

（馬鹿か。彫り師とヤクザはもともと別物だ。寄り添ったり、繋がったりしているのは、施術をしている間だけ。寂しいなんて変だ）

思考に沈んでいた頭を、ぶるっ、と振ると、悪酔いのような眩暈がしてくる。瞬きを繰り返した春日に、陣内は軽口を叩いた。

「どうした。間抜けな顔をして、どこを見てる」

「……え……」

「俺のことをいい男だと思ったんなら、正直に言え」

「うっ、自惚《うぬぼ》れんな。誰もそんなこと思ってないっ」

咄嗟に言い返したものの、本心ではなかった。めったに冗談を言わない男の冗談は、どう対処していいのか分からない。

しゅっ、と長着の胸元を扱《しご》き、袴の足を勇壮に捌《さば》いて、陣内が歩いてくる。黒髪に、俳優のように端整な彼の顔立ちは、和装がよく似合う。悔しいほどのその伊達男《だておとこ》ぶりに、春日は同じ男として、憎まれ口を叩かずにはいられなかった。

「職業を間違えてる。本当にあんたは、ヤクザなの？」

「お前のスミが、俺を本物のヤクザにするんだよ」

「陣内さん——」

陣内の言葉は、時々彼本人の意図よりも大きく、春日の胸を揺さぶる。自分の彫る鷹が、陣内にとってそれほどの意味を持っているなんて、考えたこともなかった。

「今時、刺青を入れないヤクザは、たくさんいるよ。刺青だけがヤクザの基準じゃない」

「へたな照れ隠しはいい」

正絹《しょうけん》の涼やかな衣擦《きぬず》れの音を立てながら、陣内が右手を伸ばしてくる。彼の大きな掌に、くしゃりと髪を掴まれて、春日はびっくりした。

「さ、触るなよっ」

春日の反応を楽しむように、陣内はぐしゃぐしゃに髪を掻き混ぜてから、手を離した。

「ったく。何なんだよ、もう」

「次回の施術は？」

「来週の週末なら、俺は空いてる。本当は今日は安静にしておいてほしいんだけど……、あんたも結納に立ち会うなら、仕方ないか」

施術をした当日は、入浴を控えて肌を休ませた方が、回復が早い。痛みに慣れてきても、陣内の体は確実にダメージを蓄積しているのだ。

「もし宴会があってもアルコールは禁止だよ。前回施術したところが、瘡蓋《かさぶた》になってきてるから、なるべく触らないように」

「――そういうことを言っている時は、お前も医師に見えるな」

「さっきから冗談がきついよ、陣内さん」

ふん、と鼻で笑った陣内に、春日も苦笑で応えた。免許もない、白衣でなく作務衣を着ている自分が医師だなんて、ふざけ過ぎている。

セットを乱された茶色の髪を、億劫に掻き上げていると、アトリエの中に聞き慣れない電子音が響いた。陣内の部下の携帯電話だ。

「お耳障《みみざわ》りですみません。――はい、澤木《さわき》です。……え…？　そんな――、し、少々お待ちください。陣内さん！」

電話を手に、部下は陣内へと駆け寄った。彼の慌てた表情が、アトリエの空気を一変させる。電話を受け取った陣内は、早口で何かやり取りをしてから、徐《おもむろ》に声を低めた。

「監視を怠《おこた》るなと言っただろうが。何のためにお前たちを、本家で張らせていたと思ってる。すぐに探せ。追っ手がかかる前に、こちらで身柄を押さえろ」

重低音で下した命令は、怒鳴るよりもずっと、びりびりと春日の耳に響いた。電話の向こうで、何か大変なことが起こっている。陣内の部下たちが、アトリエの外へと駆け出していくのを、春日はただ立ち尽くして見つめていた。

「澤木、表に車を回せ。佐々原の事務所に出向く」

「はい…っ！」

「陣内さん、どうしたの。みんな慌てて、何かあったのか？」

「――秋月組長が、結納が執り行われるはずだった佐々原の組長宅から、出奔しました」

「出奔って、え…っ？」

「真梨亜お嬢さんを伴って、二人で姿を消したようなんです」

「余計な話をするな。早く行け」

部下を送り出してから、陣内も袴の裾を揺らして、アトリエを後にした。

秋月が逃げた。真梨亜を連れて、佐々原組から消えた。いったい何故？　あの思慮深い秋月が、組長の娘と逃げるなんて信じられない。

「陣内さん！　どういうことだよ！　どうして秋月さんが……っ」

状況がよく飲み込めないまま、春日は陣内を追い駆けた。秋月のことが知りたい。結納を台無しにしたら、政略結婚も成立しなくなる。子供にでも分かるようなことを、秋月が予想できなかったとは思えない。

「お前に話してもどうにもならない。予想できた中の最悪の事態だ」

「予想？　こうなることは分かってたのかよ！」

「二人に監視役をつけるくらいにはな。彼の情の厚さが裏目に出た。まさか組長の座を捨てて女を取るとは……」

苦い顔をして、陣内は舌打ちをした。陣内も秋月がここまで無茶をするとは思っていなかったのかもしれない。春日の胸の中で、言いようのない不安が広がっていく。

「真梨亜さんは結婚を嫌がってた。秋月さんは、真梨亜さんを助けるために一緒に逃げたんじゃないのか？　なあ、そうなんだろ？」

「大筋はそうだ。元々彼はこの縁談には賛成していない。これから二人には、佐々原組と柊青会から追っ手がかかる。婚約不履行になれば、面子を潰された柊青会は報復に躍起になるだろう」

「そんな――、秋月さんが危ない！」

「事は彼一人の責任を超えている。組どうしの衝突に発展する前に、逃げた二人を見付けなければ、死人が出るぞ」

春日の背中がぞっと総毛立った。真梨亜を助けるためだったとしても、秋月がしたことは自殺行為だ。追っ手の数が増えれば増えるほど、彼は追い詰められて、逃げ場を失う。春日はいてもたってもいられなかった。

「俺も秋月さんを探すよ。陣内さん、俺も一緒に連れて行って」

「駄目だ。組の揉め事に、お前を巻き込む訳にはいかない。秋月もそれは避けたいだろう」

「どうして……っ！」

「彼はお前の祖父と親しかった。交友関係をあたって、ここにも追っ手が踏み込んでくる可能性が高い。火の粉をかぶりたくなかったら、ガキはおとなしく親元に帰れ。事態が収拾したら連絡する。それまで安全な場所に隠れていろ」

春日にそれだけを言って、陣内は部下の運転する車に乗り込み、どこかへと消えて行った。

秋月は今何をしているだろう。追っ手に捕らえられていないだろうか。網の目のヤクザの組織から、たった二人で無事に逃げ切れるとは思えない。

「秋月さん、無茶だよ。捕まったら絶対報復される…っ」

身内を裏切ったヤクザの罪の償《つぐな》わせ方は、とても残酷だ。自分の立場をかなぐり捨てて、二つの組に泥を塗った秋月は、命を狙われるだろう。

春日の作務衣の背中が、汗でびっしょり濡れていた。重たくなったそれを、脱ぎ捨てることもできずに、春日は秋月を思ってただ立ち竦んだ。

眠れない一夜が過ぎ、秋月の逃亡から十数時間が経っても、春日のもとには何の連絡もなかった。祖父の家を訪ねてくる人もなく、ひっそりと静かな室内で携帯電話を見つめていると、不安だけが募ってくる。

何度か秋月の携帯電話にかけてみたものの、電源を切っているのか、彼に通じることはなかった。少しでいい、秋月の声が聞きたい。最悪のことを想像してしまう頭を、がしがしと掻き毟《むし》って、春日は唇を嚙み締めた。

(連絡をくれ、秋月さん。真梨亜さんとここに逃げて来てくれてかまわないから、どうか無事でいて)

秋月を追っているのは、佐々原組と柊青会だけじゃない。彼の右腕であるはずの秋月組の若頭、陣内も追っ手の一人に加わっている。

親元へ帰れという陣内の忠告を、春日は無視していた。家族と絶縁状態の春日に、最早帰る家はない。祖父の家だけが大切な居場所だ。それに、この家にいれば、秋月が頼ってくるような気がして、一歩も外へ出なかった。

(じいちゃん――、お願いだ、あの人のことを守ってください)

仏間の祖父の遺影に向かって、祈ることしかできない自分がもどかしい。追っ手の数はきっと、昨日の何倍にも膨らんでいるだろう。ここでじっと連絡を待っているだけでは、秋月を見殺しにしてしまう。

業を煮やして、春日は携帯電話と上着を摑むと、玄関に向かって駆け出した。取り返しのつかないことになる前に、秋月を探し出したい。焦った指で、何度もスニーカーの紐《ひも》を結び直していると、玄関のチャイムが鳴った。

「……はい……っ、どなたですか――？」

秋月かもしれない。咄嗟にそう思った春日は、足元がおぼつかないまま三和土を駆けた。しかし、チャイムの音を掻き消すほど激しく、誰かが戸を叩いている。

「おい！　中に誰かいるか！」

「彫り師の彫花に用がある！　ここを開けろ！」

乱暴な訪問者たちに、春日は嫌な予感がした。ガラスの格子戸を蹴破りながら、いかにもチンピラな身なりをした男たちが怒鳴り込んでくる。

「な…っ、何だよ、あんたたち。勝手に上がってくるな！　戸は弁償してもらうからな」

「この家の人間か。彫花を出せ」

「祖父は先日亡くなった。用があるなら俺が聞く」

よっぽど下っ端の連中なんだろう。チンピラたちは、祖父が亡くなっていることを知らなかった。性質《たち》の悪そうな目つきで春日をねめつけ、ボキボキとわざとらしく指の骨を鳴らしている。

「ここに秋月組の組長が出入りしているだろう。お前、そいつの居所を知らないか」

案の定、チンピラたちは秋月の追っ手だった。舌打ちしたい思いにかられながら、春日は当たり障りのないことを答えた。

「秋月さんなら、しばらくここには顔を出してない。居所はこっちが聞きたいくらいだ」

「何ィ？」

「あの人、何かしたの？　あんたたちはどこの組の人？　ヤクザのトラブルをうちに持ち込まれても困るんだけど」

「口の回るガキだ。素人《しろうと》には手を出さねぇと思ってナマ言ってると、痛い目見るぞ」

しらばっくれた春日の胸元を、チンピラの一人が摑む。虚勢を張っている相手に凄まれても、少しも怖くない。瞼や鼻に下品なピアスをした相手を、春日は毅然と睨み返した。

「迷惑だ。人探しなら他をあたってくれよ」

「てめぇ、やけに落ち着いてるな。秋月を匿《かくま》ってんだろう」

「おい、家の中を探せ！　秋月を引き擦り出せ！」

春日の周りを取り囲んでいたチンピラたちが、土足で床を汚しながら家探《やさが》しを始める。春日は胸倉を摑まれたまま、追い立てられるようにして、家の奥のアトリエまで歩かされた。

「離せよ！　ここには俺以外誰もいない……っ。出て行ってくれ」

「うるせぇ！　ガキはおとなしくしてろ！」

直情径行の脅し文句とともに、春日はアトリエの壁に磔《はりつけ》にされ、眉間《みけん》に銃口を突き付けられた。チンピラたちは秋月を捕まえ、その銃で即座に命を奪おうとしている。秋月のことを守りたい一心で、春日は叫んだ。

「出て行けって言ってるだろう！　ここは名の通った彫り師の仕事場だ。警察を呼ぶぞ！」

「上等だ、呼べるもんなら呼んでみろ。そうなる前にお前の頭をミンチにしてやる」

眉間に埋められた銃口が、ごりっ、と骨を抉る音を立てている。家のそこらじゅうを荒らすチンピラたちの暴挙を、春日は我慢できなかった。

（こんな奴らに、秋月さんは渡さない）

怒りに任せて、正面に立つチンピラの腹部を蹴りつける。しかし、壁に縫い止められたままでは空振りにしかならなかった。悔しがる春日を嘲笑《あざわら》うように、銃口はいっそう眉間にめり込んだ。

「――そこまでにしておけ。ここにお前たちの探し物はない。弾の無駄撃ちになるだけだ」

家探しをされ、開け放たれたままだったアトリエの入り口から、低い声が聞こえる。廊下に広がる夜の闇が、黒い影となってチンピラの背後を捕らえていた。春日が息を呑んだ一瞬に、影は人間に姿を変えて、強烈な蹴りを繰り出した。

「ぐあ…ッ！」

吹き飛ばされたチンピラが、床に蹲《うずくま》って呻《うめ》いている。力を失った彼の手元から、銃が音を立てて滑り落ちた。あっという間の制圧に、春日は瞬きを繰り返して、平然と銃を拾い上げている男を呼んだ。

「陣内さん――」

刺青と同じ、冴え冴えとした鷹の瞳で、陣内は春日を見返した。チンピラに脅されても平気だったのに、無表情な彼の顔が怖い。

「てめぇ、誰だ！　どっから出てきやがった！」

「ハジキを取り返せ！　ぶっ殺すぞ、クソ野郎が！」

方々に散っていたチンピラたちが、仲間の異変に気付いてアトリエへ集まってくる。陣内は呆然《ぼうぜん》としている春日を背中に庇《かば》うと、床に蹲ったまま動かない男に銃口を向けた。

「柊青会に雇われた半グレだな。速やかにここから出て行け。言うことを聞かなければこの男を撃つ」

「ふざけるな！　てめぇ…っ、何モンだ！」

「お前たちに名乗ってやる義理はない。ここは泉仁会の会長も通った彫り師の家だ。お前たちの雇い主がいったい誰の犬か、よく考えてみるんだな」

「せ、泉仁会だと……っ？　くそっ！　覚えてろ！」

上部組織の名前を出されて、チンピラたちは一様に動揺した。殺気立っていた顔を青褪《あおざ》めさせ、悔し紛れに汚い唾《つば》を吐き散らしながら、アトリエを出ていく。

チンピラたちの姿が廊下の闇の向こうに消えてから、春日は深く息を吐き出した。

嵐のようだった襲撃が収まり、辺りを急激に静けさが包んでいく。

「ありがとう、陣内さん。あいつらは秋月さんを追って乗り込んできたんだ」

「――そうか」

「あんたが来てくれて、助かったよ。家の中はめちゃくちゃだけど、とりあえず片付けは後回しだ、な」

パン、と耳の端で破裂音がして、春日は頭が真っ白になった。鮮烈な痛みとともに、左側の頬がじんじんと火照ってくる。

「何…っ？」

パン、ともう一度、今度は右の頬に痛みが走る。陣内に平手打ちをされたことに気付いて、春日は吃驚《びっくり》した。

「こんなところで何の真似だ」

「え――」

大きな手に髪を摑まれ、思い切り後頭部を壁に打ち付けられる。ぐらりと揺れた視界いっぱいに、チンピラたちよりもずっと獰猛《どうもう》な陣内の顔が映り込んだ。

「俺はお前に、姿を隠せと言わなかったか。ここが危険なことくらい想像がつくだろう」

「お…っ、俺だって秋月さんのことが心配なんだ。ここにいたら、あの人が逃げてくるんじゃないかって、思って」

「偉そうな言い訳をして、このざまか。余計な手間をかけさせるな」

ぎりぎりと髪を摑み上げられて、痛みで気を失いそうになる。無表情な顔から透けて見える、陣内の本気の怒りを感じ取って、春日は背筋を震わせた。しかし、今にも陣内に殴り飛ばされそうな自分よりも、秋月のことの方が心配だった。

「俺のことはどうでもいい。秋月さんは、見付かったのか？」

「まだだ。彼はヤクザの追い込みを熟知している。シマとシマの端境《はざかい》にでも身を潜めて、高飛びする機会を窺っているだろう」

「悠長に言ってる場合かよ…っ。あんなチンピラたちに秋月さんを攫《さら》われたらどうするんだ！」

春日は叫んで、陣内の拘束から逃れようともがいた。チンピラたちの後を追えば、僅かでも秋月の情報が手に入るかもしれない。どんな方法を使ってでも、秋月の力になりたい。弟のようにかわいがってくれた人が、無事でいることを確かめたくて、春日は死にもの狂いで暴れた。

「離せ！　どいてくれ…っ！　秋月さんを探しに行く！」

「自分の身も守れないガキに何ができる。俺の邪魔をするな」

「あんたじゃ役に立たない。この手を離せよ！　あの人は俺が助ける！」

「――いいかげんにしろ。お前が出て行けば、死人の数が増えるだけだ」

「死人だと……っ？　あんた、秋月さんがもう死んだって思ってんのか！」

それだけは許せない。考えたくもない。秋月はまだ無事でいる。追っ手を撒《ま》いて、無傷で逃げ続けている。それだけを信じている春日の瞳に、涙が滲んだ。

「どけ。陣内さん。俺を行かせてくれ」

「断る。お前はそっちにいろ。こっち側には立ち入るな」

「そっちとかこっちとか関係ないんだよ！　あの人の命がかかってるんだぞ！　こんなことをしてる間に、秋月さんに追っ手が追ってるかもしれない。俺にできることなら何でもする！　頼むから、俺をあの人のところに行かせてくれよ！」

頬を伝って落ちた涙が、春日の服の胸元に小さな染みを作った。陣内の鷹の瞳が、瞬きもなく春日の泣き顔を凝視している。

その時、黒々とした彼の瞳の奥で、確かに揺らめくものを見た。怒りでもない、憐みでもない、篝火《かがりび》のように明滅する、感情の源のようなそれ。ヤクザでも弁護士でもなく、陣内がただの人間に見えたのは、この時が初めてだった。

「陣内、さん？」

ドウッ、と腹部に衝撃を感じて、春日は口中に胃液を逆流させながら、体をくの字に曲げた。めり込んだ陣内の拳《こぶし》に呼吸を奪われ、立っていることができない。

「ぐっ…、は……っ」

崩れ落ちた春日の右の手首を、陣内は骨折しそうな力で摑んで、無言で歩き出した。ずるずると引き摺られていく間に、自分の体重で右腕が脱臼《だっきゅう》しそうになる。殴られた腹の痛みと、ままならない呼吸で、春日は抵抗一つできなかった。

アトリエの床を引き摺られた体が、畳の間へと、まるで物のように転がされる。昨日陣内を施術したそこで、春日はうつ伏せにさせられ、両腕を後ろ手に纏められた。

「……やめ……っ」

陣内が首元から引き抜いたネクタイが、しゅるりと現実感のない音を立てている。粗い布地を手首に食い込ませながら、彼はそのネクタイで春日の自由を奪った。

「なん、の、まねだよ……っ」

「女を連れて逃げた男に、お前はどこまで義理立てするつもりだ」

「そんなの…、関係ない。俺は、あの人を、助けたいだけ、——アウゥッ！」

後ろから頭を押さえ付けられ、脂汗が浮いた頰を、春日は畳につけた。ざりざりとした感触に苛まれながら、四つん這いの屈辱的な格好をさせられる。

陣内が何故激昂《げっこう》しているのか分からない。ジーンズのウェストに彼の手が這ってきて、がちゃがちゃとベルトを緩めている。呼吸を楽にするのとは違う、ひどく乱暴なやり方に、春日は戦慄を覚えた。

「陣内さん……っ？」

「黙れ」

短い命令とともに、ジーンズが下着ごと引き下ろされる。露わになった尻や腿が外気に触れて冷たかった。

「足を開けよ。お前の椿がよく見えるように、腰を突き出せ」

「い…っ、嫌だ…っ、よせよ！　何する気だ……っ！」

ぐいっ、と引き寄せられた腰に、何か硬いものがあたっている。陣内がチンピラから奪った銃だろうか。しかし、金属の冷たさとは無縁に、それは瞬《また》く間に温度を上げた。

「俺を怒らせた罰だ。お前のガキっぽい正義感ごと犯してやるよ」

陣内は吐き捨てるようにそう言うと、剝き出しになった春日の尻の狭間《はざま》に、指を置いた。あり得ない場所を触られて、春日の全身が凍り付く。肉を抉るような衝撃とともに、陣内の指が、震えるそこを貫いた。

「ひ……っ！　嫌、だ、……嫌……っ！」

体の中を直に掻き回される、恐怖と痛みが春日を包んだ。ぐちぐちと粘膜を擦る音と、リズムを乱した自分の鼓動。凶悪な指は尻の奥の方を目指して、残酷に動き続けている。

「……痛い……っ、抜けよ……っ、こんな――、ひぃ…っ！」

ぐちゅうっ、と指の付け根まで一気に挿し込まれて、春日は体を跳ねさせた。がくがくと腰が揺れ、畳に擦り切れた膝が、新たな痛みを生み出す。

体内に武骨な指で円を描かれるのは、拷問でしかなかった。夥《おびただ》しい汗が噴き出した春日の太腿に、深紅の椿が咲いている。陣内は空いていた手で、その刺青の輪郭を撫でた。

「……や……っ！　さわ、るな……っ」

びくん、と波打った肌を、四つん這いを強いられた春日は隠せなかった。痛みに喘《あえ》いだ体の奥で、小さな快感が弾けている。それは春日の意思を裏切る、本能的な反応だった。

「ん…っ、んんぅ……っ……、……あ……」

「椿が感じるのか。そう言えば初めて会った時も、お前は自分で尻を慰めて甘ったるい声を出していたな」

「忘れてくれ——、それは、頼むから」

「今日はお前を楽しませてやる気はないぞ」

「う、う……っ、やあァ……っ！」

ぐちゅっ、ぐちゅっ、尻をいたぶる残忍な音が脳髄を焼き、春日を恐慌と混乱に陥《おとしい》れる。何故。どうして。これは何だ。自分は今、何をされているんだろう。いったい何の理由があって、どうして——？

助けを求めて、ぐちゃぐちゃになった春日の頭のどこかに、秋月の顔が浮かんでくる。組織を裏切り、逃亡した秋月を探しに行きたい。助けが必要なのは自分じゃない。秋月だ。

「こんな、ことで、俺が服従すると思ってんのか……っ。あの人を助けに行く……！」

春日は瞳だけを陣内に向けて、彼を睨んだ。アトリエの天井の明かりが邪魔して、陣内の表情がよく見えない。粘膜の奥を掻き混ぜながら、ずるりと彼の指が引き抜かれていく。

「……くっ……う」

気丈に声を堪《こら》えた春日を、陣内はおもちゃのようにひっくり返した。ネクタイに縛られた両手が、背中と畳の間でひしゃげている。強張ってうまく動かない足を、陣内は無理矢理開かせると、春日の上に馬乗りになった。

「死にたがりのガキが。言って分からない馬鹿には、体で教えてやる」

陣内はそう毒づくと、スラックスの前を寛げて、猛《たけ》ったものを引き摺り出した。凶器のように恐ろしい形をしたそれを、粘膜の露わになった春日の窄まりに宛がう。

「やめろ……っ……！　頭おかしいのか。俺は男だぞ……っ！」

「一度死ぬ思いをしてから考え直せ。馬鹿を痛めつける最も有効な方法は、男でも女でも同じだ」

「嫌——ああァ……ッ！　うあああ……ッ！」

体が、軋《きし》んだ。めりめりと音を立てて埋め込まれる、悪辣《あくらつ》な杭《くい》。秋月のもとへ行こうとする春日に、楔《くさび》を打つようにして、陣内は情け容赦なく犯した。

「あう、あ…っ、や——、や、め、うう……っ」

生きたまま殺される、そんなことが現実にあるとしたら、今この瞬間に違いない。腹の奥からねじ切れそうな痛みで、春日の瞼の裏が真っ赤に染まった。

「……あ……、ぐ……」

硬直した体の内側で、陣内の脈動が、どくん、どくんと響いていた。彼の形に押し拡げられた粘膜が、怯《おび》え切って痙攣している。かたかたと歯の根を鳴らし、息もできずにいる春日に、陣内は悪鬼のように微笑んで見せた。

「動くぞ」

「……待っ……、あァ……ッ、しぬ――死ぬ、から」

やめて、と懇願した掠れ声に、陣内を止める力はなかった。皮膚や筋肉をナイフで切り刻まれるのと、粘膜がめくれ上がるまで挿し貫かれるのと、どちらが苦しいだろう。いっそ気を失ってしまいたいのに、腰を抱え上げられ、めちゃくちゃに揺さぶられて、苦しみが何倍も増していく。

「あああ……っ！　やだ……っ、うあ……、あ…っ、あぁぁ……！」

ぐじゅっ、ずちゅっ、ずぷっ、アトリエに充満する、終わらない悲鳴と水音。昨日、陣内の背中に刺青を彫った同じ場所で、苦悶《くもん》に喘ぐ。汗なのか、涙なのか、血なのか、春日の体から流れる体液で、畳はひどく汚れていた。

抗う力も意思も粉々にされて、為す術《すべ》もなく犯し尽くされる。おもちゃのように揺れる春日の両足を、膝が畳につくほど折り曲げて、陣内はいっそう激しく律動した。

「いや、……助け、て、……許して……っ。緩めて、ください、殺さないで……っ」

血の気を失った白い喉を喘がせ、春日は壊れたように泣いた。自分が何を言っているかもよく分からなかった。この拷問を早く終えてほしくて、冷酷な死刑執行人の名前を呼ぶ。

「陣内さん――」

陣内さん。陣内さん。

自分を殺そうとしている人が、たった一人、自分を救ってくれる人。彼に今、命を握られている。

「目を開けろ」

うわ言のように唇から溢れ出す名前に、頭上から降ってきた低い声が重なった。彼の命令に逆らうことなどできない。嗚咽《おえつ》しながら瞼を開けると、まるで天地がひっくり返ったように、串刺しにされている自分の尻が見える。

「……ひ、い……っ」

陣内の赤黒い剛直を受け入れ、醜い形に拡がり切ったそこは、人間の器官とは思えなかった。ゆっくりとした陣内の腰の動きに合わせて、小さな窄まりだったはずの秘所が、ひくん、ひくん、と蠢《うごめ》いている。

「覚えておけ。俺が、お前を初めて抱いた男だ」

黒髪の先から滴《したた》る汗が、春日の腹にぽたりと落ちた。水面に落ちた小さな雫が、波紋となって広がるように、陣内の声が春日の隅々に伝播《でんぱ》していく。

「彫り師のお前も、生身のお前も、この俺が支配してやる」

支配――。それは、この苦悶が永遠に続くということだろうか。体の奥に刻み込まれた痛みから、逃れられないということだろうか。

嫌だ。嫌だ。嫌だ。春日の叫びは声にならずに、堰《せき》を切った涙に溶けていく。

陣内の掌の下で、深紅の椿が醜くひしゃげて歪《ゆが》んでいた。左足の太腿に自分で彫った、自由の象徴。陣内はその美しい花弁を、親指の腹で撫で回した。

「……っ……、ふ…っ、う……ん、……あ……っ……」

涙で上擦った吐息に、鼻にかかった声が混じる。陣内の指の動きに呼応して、椿で彩った春日の肌が奮えた。

こんなに苦しくてたまらないのに、陣内に支配された椿は、快楽の種になって春日をさらに奈落へ突き落とす。犯されながら感じている自分を、許すことなんかできない。認められない。

「も……、や……、……陣内さん……」

「諦めろ。初めて会った時に気付いていた。お前の体は、男を相手に乱れるようにできている。椿はただの引き金だ」

細い足の間で揺れている、春日の慎ましい膨らみを、陣内はそっと掌に包んだ。めちゃくちゃな抱き方をした人とは思えない、丹念に触れてくる手。優しささえも感じるほどの、巧みな指に擦り上げられて、もう涙が止まらなかった。

「……あ……っ、あぁ……、ん、……ん……う……っ。は……っ、あっ、あ……っ」

地獄を知った後の天国は、奈落の底だと分かっていても、心地いい。春日のそこは瞬く間に屹立し、媚《こ》びるように先端から露《つゆ》を垂らして、陣内の手を濡らした。

くちゅっ、くちゅっ、と愛撫の音に煽られて、陣内に貫かれたままの春日の体奥がさざめき出す。粘膜が勝手にうねり、熱い杭へと絡みつくような動きをするのを、春日は抑えられなかった。

「ああっ、あっ、んくうっ、んっ」

「足りないか。——いいぞ。啼《な》いて欲しがってみろ」

春日の体を言いなりにした陣内が、心までも手に入れようとしている。一度味わった天国を手放したくなくて、春日は涙でぐちゃぐちゃの瞳を陣内に向けた。

「もっと、して、ほしい。……んあぁ……っ、中が、熱くて、……とけて、く」

「こっちもな」

「やあ……っ、あっ、あっ、手も、熱い。俺の、ぐちゅぐちゅって、いってる……っ」

手淫《しゅいん》のリズムに合わせて、小刻みな律動が再開される。屹立の先端を扱かれながら、粘膜の浅いところを突かれると、快感がとめどなく押し寄せてきた。

ひどく感じる場所を執拗に責められて、我慢できない。春日の体の中と外で、陣内に呼び覚まされた欲望が暴れ出す。

「んっ、ふ、うあ、ああ……っ、ひぁ……っ、あっ、い――いい、だめ、だめ……っ」

麻痺《まひ》してしまった春日の体は、もう痛みを感じなくなっていた。数え切れないほど注挿を繰り返された粘膜は、腐り落ちた果実のように蕩けている。どろどろになったそこを、陣内は限界までいきり立った自身で捏《こ》ね回してから、逞しい腰を叩き付けた。

「ああっ！　あぅっ、あっ、……いく……っ、いい……っ、いく――！」

与えられた快感を貪《むさぼ》って、春日は我を忘れた。粘膜の最奥で陣内を締め付けながら、白い精を解き放つ。びゅるっ、びゅくっ、とはしたなく飛び散った熱は、春日の頬にも降りかかって、淫《みだ》らを極めた。

「は……っ、……あ、あ……、……あ……」

いっときの絶頂は、潮が引くように終わりを告げる。次に待っているのは、痛みだ。あの地獄にはもう戻りたくない。

「春日。お前を楽にしてやれるのは誰だ？」

仮初《かりそ》めの天国に溺《おぼ》れた春日を、陣内が高いところから見下ろしている。上気した春日の頬に散った、快楽の白い代償を、彼の長い指が拭い取った。

「……陣内……さん……」

二人を繋いでいた杭が、粘膜の襞《ひだ》を擦りながら、ゆるゆると引き抜かれていく。少しも大きさを失わないそれを、春日が切ない瞳で追った途端、陣内は満足そうな顔で微笑んだ。

悪魔がこの世にいるとしたら、きっとこんな顔をしているんだろう。埒もない心の中の呟きは、再び陣内に貫かれた悦《よろこ》びに、木端微塵《こっぱみじん》にされて消えていった。

5

「ふ――、んぅぅ……っ、んっ、……ん……っ」

口中に詰め込まれたタオルを、唾液で湿らせながら、春日は悶《もだ》えた。春日が動くたびに、がちゃん、がちゃん、と金属音が鳴り響く。両手首に手錠を嵌《は》められ、鎖でベッドに繋がれた体は、一枚の服も許されていない。

「んむ……っ！　くう……う……っ、んん――っ」

両足が自由のままにされているのは、この場所に春日を監禁した男が、いつでも抱けるようにだ。

祖父の家のアトリエから、気絶をしている間に運び込まれて、意識を取り戻した時には既に手錠をされた状態だった。理不尽に体を蹂躙《じゅうりん》される地獄から、春日はまだ脱出できていない。現に今も、陣内に膝を高く掲げられ、痛んだ尻の奥に彼の指を埋められていた。

「――動くな。暴れても溢れてくるだけだ。じっとしていろ」

ぬるぬると指に纏った何かが、抱かれることを覚えたばかりの粘膜へと塗り付けられる。声を失い、目隠しもされて鋭敏になった春日の鼻が、覚えのある匂いを感じ取った。祖父の家のアトリエに常備している、外傷薬の匂いだ。

「う……、うう……っ」

施術の後の肌をいたわる薬を、自分の尻に使われる日が来るなんて、考えたこともなかった。にちゅっ、と恥ずかしい音を立てて、絡まる粘膜の奥から、指が引き抜かれていく。緊張が少し解けた春日の体を、毛布だろう、とても温かいものが覆った。しかし、ベッドから陣内の気配が離れたのを知って、また不安が襲ってくる。

「くぅ、ん……」

「熱が出ている。少し寝ていろ」

「……んん……っ、……ふ、う、……ん……っ」

「腹がすいた頃に起こしてやる。お前がそこでおとなしくしている限り、優しく面倒をみてやるよ」

裏を返せば、抵抗したら容赦なく組み伏せ、犯してやるということだ。鎖でベッドに繋がれた自分に、自由なんかない。いつまでこうしているのかも、ここがどこなのかも、何も分からない。せめて鎖と手錠さえなければ、反撃の拳の一発でもくれてやるのに。

「………っ」

額の上に、急に冷たいものを載せられて、はっとした。冷却ジェルシートだと気付く前に、口の中から乱暴にタオルを引き抜かれる。

「騒いだら今度はお前の喉を潰す。分かったな」

ふざけるな、と言い返したくても、口の奥の方までからからに乾いていて、声が出せない。春日の無言の抵抗を、陣内は服従だと解釈したようだった。

バタン、とドアが閉まる音がして、孤独な室内に静寂が訪れる。目隠しをされた春日の視界が、さらに深い暗闇に包まれ、逃げ場のない自分の息遣いだけがか細く響いていた。

「――すまない、悪い報告だ。六本木のヤサは柊青会に押さえられてしまった。隠れ場所を早めに新宿に移しておいて正解だったな」

誰かの話し声がする。鼓膜を震わせる低い声が、水底に沈殿した泥を掻き回すように、春日を眠りから揺り起こす。

「区役所通りは、香港系のグループのシマと隣接した緩衝地帯だ。マダム・リーがオーナーのMMLビルなら、柊青会の影響力は少ない。佐々原の方はこっちで押さえておく。出国するまで、リーの秘書の手引きに従ってくれ」

働き始めたばかりの頭では、会話の内容を正しく把握できない。ただ、一方的な話し方から、声の主は電話でやりとりをしているようだ。

「見送りはいるか。俺が直接動いてもかまわないが」

カチリ、と小さな音が鳴るとともに、春日の鼻先に煙草の香りが漂ってくる。恐る恐る瞼を動かすと、ずれた目隠しの布の隙間から、夕暮れのオレンジ色に染まった部屋の天井と、バスローブを着た陣内の姿が見えた。

ここに監禁されて何日経《た》っているのだろう。陣内を視界に捕らえた途端、怒りや羞恥心《しゅうちしん》や、様々な感情が、春日の腹の奥でとぐろを巻いた。

(体じゅうが、膿《う》んでるみたいだ。体の内側を毒素にやられて、腐った臭いを放ってる)

シャワーを浴びたいと、単純に思った。ベッドシーツに擦れた背中が汗ばんでいる。陣内におもちゃにされた体を、思い切り洗いたかった。

(くそ……っ。こいつがしたことは、力で人を言いなりにする、最低のやり方だ。俺を挫くことが目的なんだ。くそっ、くそっ)

体の痛みは和らいでも、心に受けた痛みは残る。暴力に屈した自分の弱さをまざまざと突き付けられ、欲望に負けた浅ましい体を暴かれて、命乞いまでさせられた。陣内が春日に味わわせた地獄は、ただ殴られたり蹴られたりする方がずっと楽だと思えるような、心身に刻み付けられた爪痕だった。

(俺は絶対に屈さない。人を勝手に支配するな。俺を痛めつけたくらいで、何でも言うことを聞くと思うな)

犯された屈辱感で自滅するくらいなら、刃向かって陣内と刺し違える方がいい。地獄に落とされて泣いている時間は、春日にはなかった。

（——俺には助けたい人がいるんだ。こんなところに、いつまでも閉じ込められてたまるか）

地獄から抜け出すために、春日は自分を奮い立たせた。まず、忌々《いまいま》しい手錠を外して自由を取り戻したい。手錠の鍵の在り処《あか》はどこか、必死に考えていると、陣内の立っている窓辺から忍び笑う声が響いた。

「少しは俺のことを頼ってくれないと困る。無茶をされて尻拭いをするのは、どうせこっちだ。捨て駒の若頭なんて、割に合わない役職だな。まあ、それはそっちの方が骨身に染みて分かっていると思うが」

煙草の香りが濃くなって、急に咳《せき》をしたくなる。しかし、眠ったふりをしていなければ、電話はすぐに切られるだろう。何せ陣内は、人をベッドしかないこの部屋に閉じ込めて、一切の情報を遮断していた男だ。隙のない彼が見せた、一瞬の油断を、せいぜい有効的に使わせてもらいたい。

「厭味の一つで逃亡資金が手に入ると思えば、安上がりだろう？　運び屋には手配済みだ。首尾は連絡を待ってくれ。——ああ、そのことなら安心してくれてかまわない。身柄は俺が確保している」

耳を澄ませても、陣内の電話の相手の声は聞こえなかった。それでも、逃亡資金や、運び屋や、会話の中の単語を繋ぎ合わせれば、おおかた想像はついた。

（秋月さんと話してるのか。あの人は、無事でいるんだ）

安堵の溜息が漏れそうになるのを、どうにか堪えて、唇を引き結ぶ。

陣内は以前、秋月に敬語を使っていたのに、まるで対等な相手と話をしているようだ。秋月組が発足して、二人が組長と若頭の関係になってから、陣内の存在は秋月にとって部下の範疇《はんちゅう》を超えたものになっているのかもしれない。だからこうして、逃亡中の今も、秋月は陣内と連絡を取り合っているのだ。

（俺だって、心配してるよ。秋月さんと話したい。元気かどうか、確かめたい）

自分が属していた佐々原組から、結納直前の組長の娘を連れて、姿を消した彼。二人が追っ手から逃げ続けていられるのは、陣内が協力しているからに違いない。

（……こいつは追っ手じゃなかったのか。悔しいけど、秋月さんに一人でも味方がいて、よかった）

こんな非常事態に限って、くだらないことを思い出す。秋月は、陣内を敵に回したくないと言っていた。手強い弁護士だった彼の首に、鈴をつけるためにスカウトした、と。

陣内と秋月の関係は、古めかしいヤクザの世界の義理や、盃を交わすような疑似親子や疑似兄弟の繋がりとは、少し違う気がする。真反対の立場で出会って、きっと彼らは、お互いに気付いたのだ。物事の見方や考え方、価値観が似ていることに。

（秋月さんは、俺とこいつが似た者どうしだと言ったけど、二人の方がよく似てる）

共感し合っていると言った方が、正しいかもしれない。そうでなければ、秋月は陣内に助けを求めないし、陣内も、裏切り者の仲間だと責められるリスクを冒してまで、秋月を助けないだろう。

(……秋月さんは、俺には一度も連絡をくれない。全然頼りにならない俺は、いつでも蚊帳《かや》の外だ)

秋月のもとへ駆け付けたいのに、寝たふりをして電話を盗み聞きすることしかできないなんて。もどかしくて仕方なくて、春日は思わず寝返りを打った。

頭の上で両腕を纏めていた手錠が、がちゃりと鳴る。自分が馬鹿な真似をしたことに気付いた時には、もう遅かった。

「このまま切らずにいてくれ。——起きたのか」

手錠の音を聞き付けて、ベッドのそばに陣内が近付いてくる。寝たふりを続ける春日を、陣内は鼻で笑って、頬まで落ちていた目隠しの布を剝《は》ぎ取った。

「おい。下手な芝居はやめろ」

「……脅しても怖くないぞ。外せよ、これ。いつまで俺に、裸で手錠をかけとく気だよ」

「少しは懲《こ》りたと思ったら、学習能力のないガキだな。従順だったのは突っ込まれている間だけか」

かっ、と顔を染めた赤色が、鼓動とともに春日の全身へと広がっていく。動揺を隠したいのに、裸ではどうしようもない。

春日は恥ずかしさを振り切って、自由な足でベッドを蹴った。スプリングの反動を利用して、陣内へと爪先を伸ばす。

「この野郎…っ！」

「おっと。行儀が悪いな」

「あんたにだけは言われたくない。電話を渡せ。相手は秋月さんだろう。俺にも話をさせろ」

「助けを呼んでも無駄だぞ。組長は今それどころじゃない」

「分かってるよ！　声が聞きたいだけだ！　くそ…っ、電話を寄越せ！」

蹴っても蹴っても、陣内に軽々といなされて、苛立《いらだ》ちが増すだけだった。がちゃん、がちゃん、と鎖が引っ張られて、手錠の圧迫がひどくなる。金属が肌を擦る痛みに歯を食いしばって、それでもしつこく暴れていると、陣内は盛大な溜息をついた。

「分かった。少しだけ話をさせてやるから、俺のベッドを壊すな」

「俺の……？　ここはあんたの部屋だったのかよ」

「誰にも教えていない自宅だ。お前のような危なっかしいガキを監禁するにはちょうどいい」

「自宅に鎖なんか常備しやがって、変態。早く電話を貸せっ」

はあ、ともう一度溜息をついて、陣内はベッドの縁に腰掛けた。長い腕を伸ばして、春日の耳元に携帯電話を宛がう。

「秋月さん……っ！　俺だよ。春日。声を聞かせて！」

電話の向こうは、やけに静かだった。秋月が息をひそめてどこかに隠れているのかと思うと、心配でたまらなくなる。電話に耳を擦り付けるようにして、じっとしていると、やがて待ち侘《わ》びていた秋月の声が聞こえてきた。

『――春日か？　随分久しぶりな気がするぞ』

「秋月さん、よかった…っ、秋月さんだ」

『何だ、ちょっと涙ぐんでないか、お前』

「泣いてなんか、ないよ。でも、安心した。ケガとか、してない？」

『とりあえずまだ、無傷だよ。心配をかけて悪かったな』

「本当だよ！　本当に、本当に、心配してたんだ。俺…っ、秋月さんに会いたい。今どこにいるの？　俺が助けに行くから、場所を教えて」

電話の向こうがまた沈黙した。少し会話が途切れるだけでも、心配で鼓動が乱れた。

『春日、お前は陣内のところにいるんだろう。そこを絶対に動くな』

「秋月さんっ？」

『ここはお前の来るところじゃない。……春日、最後にお前と話せてよかった』

「最後って、何だよ、これでさよならみたいじゃないか」

『そう取ってくれていい。俺はもうすぐここから消える』

「嫌だ……っ、秋月さん！　居場所を教えて！　助けに行かせて！」

『――バカヤロ。堅気に助けを求めるヤクザなんか、いやしねぇ』

秋月の声は、唐突に途切れた。春日の耳を、複数の怒号が劈《つんざ》いた。

「…え…っ」

パンッ、パンパンッ、何かが弾ける音と、判別不明の唸《うな》り声、そして夕立が窓を叩くような激しい雑音。さまざまな音声に、秋月の声は掻き消されたまま、ブツッ、と通話は切断された。

「秋月さん⁉　何、今の」

「どうした」

「電話の向こうで、変な音がした……っ、まるで、銃声、みたい、な」

それ以上は、唇が震えて話せなかった。陣内がリダイアルをしても、秋月には繋がらない。

二度目のリダイアルをしながら、陣内はバスローブを脱ぎ捨て、部屋の壁に据え付けてある扉を開けた。そこにずらりと並んだワイシャツとスーツを、彼は手早く選び取り、刺青の施術の痕が生々しい体に纏った。

無言で身支度をする陣内の姿に、春日はひどい胸騒ぎを覚えた。秋月の身に、重大な危機が起きている。繋がらない電話をスラックスのポケットに収めると、陣内はそのまま部屋を出て行こうとした。

「待てよ……っ！　これを外せ！」

春日は手錠をされた両手を掲げた。暴れるたびに手首に作った擦過傷は、今は少しも痛くなかった。

「秋月さんのところに行くんだろう。俺も一緒に連れて行ってくれ！」

「――お前の助けがいると彼が言ったか？　役立たずのガキは黙って待て。彼のことは、俺に任せろ」

「陣内さん！　一人で待ってるだけなんて嫌だ！　俺も行く！」

陣内は険しい顔つきをいっそう険しくすると、スーツが並んでいたクローゼットの物入れから、何かを取り出した。小さなそれを手に持ったまま、彼はベッドに乗り上がった。

「口を開けろ」

ペキッ、と折った銀色のシートが、春日の胸元に落ちてくる。陣内が手にしていたのは、錠剤の粒だった。

「い……っ、嫌、むぐっ」

咄嗟に口を閉じた春日に、陣内は舌打ちをした。彼は春日の鼻を塞ぐと、忌々しそうに呟いた。

「時間がないのに手こずらせるな」

「んっ、うぐっ、……うう、ぅ……んーっ、んーっ、――ぷはっ！　はあっ！」

「クソガキ」

窒息寸前の春日の頭上で、陣内は自分の口に、錠剤を放り込んだ。あ、と春日が呆《ほう》けた一瞬、彼の顔が視界を埋め尽くす。

「……ん……っ」

春日の唇を、前触れもなく陣内の唇が覆った。再び呼吸が奪われ、頭の後ろの方がびりびりと痺《しび》れてくる。必死に求めた酸素の代わりに、春日の唇の中へと、錠剤が押し込まれた。生き物のように動く陣内の舌が、錠剤を喉の奥へと誘導し、強引に嚥《えん》下《げ》させる。

「んむっ、んんぅっ！　バッ、馬鹿！　げふっ、ごほっ！」

どちらの唾液か分からない雫を、口角から垂らしながら、春日は激しく咳き込んだ。しかし、飲み込まされた錠剤は出てこない。

「くそ……っ！　何を飲ませた！」

「眠ってろ。――お前が目を覚ます頃には、事は全部終わっている」

「眠剤か…っ。何でこんなことするんだよ！」

「お前を死なせたくないからだ」

――どくん、と大きく響いた鼓動が、春日に眩暈を齎《もたら》した。鮮烈な風が体の中を吹き抜けていったような、生まれて初めての感覚に包まれる。

「今の……どういうこと……？　陣内さん、もう一回、言って」

睡眠薬を飲ませてまで、この部屋に閉じ込めておくことに、いったい何の意図があるのだろう。錠剤が溶け出すより早く、春日の舌下に、甘くほろ苦い味が広がる。眩暈が強くなるごとに、その味も濃くなっていく。

陣内は何も答えずに、ベッドに春日一人を残して、部屋を出て行った。閉めて行かなかったドアのずっと向こうで、彼が革靴を履くのが見える。

「待って――。陣内さん！　陣内さん！　……ちくしょう……っ、連れてけよ！」

声の限りで叫んでも、春日の願いは叶わなかった。陣内のスーツの後ろ姿が消えていく。秋月のもとへ向かった彼を、春日はベッドに繋がれたまま、見送ることしかできなかった。

「何で、俺だけ。……俺にめちゃくちゃやっといて、死なせたくないって、意味が分かんないよクソヤクザ！　悪徳弁護士！」

もどかしさと、敗北感と、自分の無力さに泣きながら、春日はシーツを蹴り上げた。

「この手錠さえなかったら……っ……」

陣内が塡めた恨めしい鉄の環《わ》を、今すぐ引き千切《ちぎ》れる力がほしい。たとえ危険が待っているとしても、さっきの電話を、秋月との最後の会話にしたくない。

（ぐずぐずしてたら、薬が効き始める。胃内部の錠剤の崩壊時間は――水なしで二十分ってところか。今吐き出さないと、眠らされて終わりだ）

春日は頭をのけぞらせて、手錠を睨み付けた。秋月に会えないまま、結果だけを陣内に知らされるのは、あまりに悲しい。何もかも陣内の思い通りにされて、一人でここで待っていることは、春日にはどうしてもできなかった。

「――――」

頭の近くで皺を作っていたシーツを、春日は頬と鼻でたぐり寄せて、思い切り噛んだ。手錠を外す方法が一つだけある。春日は痛みに耐える覚悟を決めて、左手の親指の付け根を、右手の力の限りで圧迫した。

「……ううッ！　い……っ痛《て》ぇえ！」

靭帯《じんたい》が切れ、骨が外れる恐ろしい音とともに、春日の絶叫が部屋の天井を震わせた。あまりの痛みに悶絶し、びくっ、びくっ、と痙攣しながら、春日は脱臼させた親指を掌の内側に寄せた。

「く――、う……っ、うう……っ！　――うあぁぁっ！」

手負いの獣のような咆哮《ほうこう》を上げて、左手を手錠から引っこ抜く。激烈な痛みを伴った、無謀な行為と引き換えに、春日はついに自由を取り戻した。

片側だけ外れた手錠から、そこに通してあった鎖が、じゃらじゃらと音を立てて抜けていく。春日はベッドから転がり下りると、まだ手錠がついたままの右手の指を、口の中に突っ込んだ。喉の奥を圧迫する、咽頭反射の不快感とともに、苦い胃液が逆流してくる。

「…っ…、っ！　――げほっ！　はっ、は…っ、……間に合っ、た――」

一部が溶けかけた錠剤を、床を汚した吐瀉物《としゃぶつ》の中に見付けて、春日は泣き笑いをした。痛くて、気分が悪くて、つらくて、頭のどこかがおかしくなっているのかもしれない。応急処置に、親指の脱臼部分を填め直すと、また新たな痛みが襲ってきた。

「く、そ…っ。あいつ、後で絶対、同じ目に遭わせてやる…っ」

春日はずるずると床を這って、クローゼットまで辿り着いた。左手を庇い、自分にも着られそうな服を探して、懸命に袖を通す。陣内の持ち物を荒らすついでに、錠剤が保管されていた物入れを開けて、ありったけの痛み止めの薬と、包帯、そしてたまたまそこにあった現金を少し拝借した。

「これぐらい、許せよな」

薬も包帯も、自分のためではなかった。手近にあった鞄にそれらを詰め込んで、気絶しそうになりながら部屋を後にする。

マンションなのか、ビルなのか、瀟洒《しょうしゃ》な内装のフロアをふらふらと歩いて、春日はエレベーターに乗り込んだ。裸足《はだし》だったが、別のことで頭がいっぱいで、気にはならなかった。

(頭がぼうっとする……。どこにいるんだ、秋月さん。——よく考えろ。思い出せ。あの人たちは電話で話してた。柊青会とか、隠れ場所がどうとか……っ)

寝惚《ねぼ》けた頭で聞いた、電話越しの陣内と秋月の会話を、春日は必死で思い起こした。すると、下っていくエレベーターの動きに反比例するように、ある場所の名前が記憶から浮上してくる。

（……新宿……、そうだ、区役所通りの……ＭＭＬビル。秋月さんは、そこに身を潜めてる）

エレベーターのドアが開くと同時に、春日は裸足で駆け出した。断続的な痛みで動けなくなる前に、無人の広いロビーを横切って、見知らぬ建物の外へと出る。

「乗せて……っ！」

表の通りを少し走ったところで、タイミングよく現れたタクシーに、春日は右手を挙げた。辺りはすっかり暮れて、薄暗い夜の帳《とばり》が下りている。春日の右手首に残っていた手錠に、運転手は気付かなかったようだった。

「お客さん、どちらまで」

「新宿まで！　急いで！」

動き出したタクシーの中で、春日は祈った。

速く、早く、秋月と陣内のもとへ、取り返しがつかなくなる前に、ハヤク。

薬と包帯を入れた鞄を抱き締め、祈り続ける。――車窓に映る街の風景が、どこの街なのかも知らないまま。

陣内の部屋を出てから、永遠のように長い時間が過ぎた。車内の時計はたいして進んでいなくても、左手のじくじくとした疼きが、壊れた秒針となって春日を焦らせている。

新宿の繁華街を走っていたタクシーが、区役所通りの奥まったエリアで停車した。春日が足を踏み入れたことがない、派手な風俗店のネオンや小さなクラブの看板が目立つ、雑居ビルが林立する界隈だ。運転手が教えてくれたＭＭＬビルも、そんなうらぶれたビルの一つだった。

「秋月さん、どこ――？」

建て替え中なのか、ビルのエントランスには赤いコーンが立っていて、エレベーターは動いていない。非常階段を探しあてた春日は、床に踏み荒らされた血痕があるのを見付けて立ち止まった。

「下へ、続いてる」

ぽっかりと黒い口を開けた、地下へ向かう無人の階段。覗いてみると、階段の先に明かりが見える。

春日は迷わず、足跡に混じった血痕を追った。明かりが漏れていた、バーか何かの半開きのドアに体を寄せて、室内を窺う。

「……っ！」

むっとするような血の匂いが、春日の鼻を焼いた。床に広がる鮮血と、その向こうに佇む人影。黒い一塊のようなそれは、床に片膝をついた陣内と、彼の腕に抱かれている秋月のシルエットだった。

「秋月さん！　陣内さん！」

自分の痛みも忘れて、春日は二人のもとへと駆け寄った。春日を見て、陣内は渋面を浮かべ、ぐったりとしていた秋月は、おぼつかない瞼を瞬いた。

「……春日……、……ここへは、来るなと、言ったろう」

秋月の服は、夥しい彼の血で赤く染まっていた。陣内が止血を試みたのだろうか。丸めた上着で押さえられていた傷は、明らかに銃弾を受けた痕だった。

「何だよ……っ。俺に任せろって、陣内さん言ったじゃないか。何だよこれ……っ！」

秋月の体を、いったい何発の銃弾が襲ったのか、分からない。手の施しようがない銃創がいくつもあるのを、唾棄《だき》したい思いで見つめながら、春日は抱き締めていた鞄の中身をぶちまけた。

「すぐ、すぐ…っ、助けるから。俺の止血の方がうまいから！　動かないで！」

「春日、もう、いい、よ」

「秋月さん！　痛み止め飲んで…っ。少しでも楽になるよ…っ。飲んだら病院に行こう。救急車を呼ぶよ」

「――それは、無理だ。銃創の、ヤクザを診る医者なんか、いねぇから」

弱々しい呼吸をして、微笑んでいる秋月の口元に、春日は薬を含ませた。しかし、彼にはそれを飲み込む力は残っていない。大腿部《だいたいぶ》を包帯で締め上げ、出血のひどい動脈を押さえても、大量の血を既に失っている彼は、意識を朦朧《もうろう》とさせたままだった。

「しっかりして！　……どうして秋月さんが、こんな目に遭わなきゃいけないんだ」

「報復、は、覚悟の上だ。真梨亜お嬢さんが、逃げてくれりゃ、それでいい」

春日は涙の滲んだ瞳で、店内を見回した。ボトルもグラスも、スツールさえも埃《ほこり》をかぶっているその場所には、秋月と一緒に逃亡していたはずの、佐々原組の組長の娘はいなかった。

「真梨亜さんは――？」

「別の隠れ場所から、無事に脱出した。ボディガードをつけてヘリで成田へ向かっている」

「別って…、じゃあ、秋月さんは」

「……ハナから、俺は、囮《おとり》だ。追っ手を、足止め――するための、捨て駒だよ」

「何で！　一緒に逃げればよかったじゃないか！　秋月さんは真梨亜さんのこと…っ、好きだったんだろ。だから結納する前に真梨亜さんを連れ出したんだろ！」

「馬ァ鹿……。お嬢さんには、惚れた相手がいるんだ。堅気の、いい男がよ。ヤクザの俺が、出る幕なんか、ねぇよ」

「それなら、どうして――？　他に好きな人がいる人を、命を懸けて守るなんて、おかしいよ。秋月さんだけつらい思いをしてる……っ」

そうでもねぇよ、と、秋月は少し寂しい顔で笑った。うつろな彼の瞳が、春日の右手の手錠を見つめて、ふ、と焦点を合わせる。

「お前、何だそりゃあ」

「陣内さんがやったんだ。俺、ずっと手錠をされて閉じ込められてたんだよ。この人ひどいんだ。秋月さんは偉い組長なんだから、この人のことぶん殴ってもらわないと、俺の気が済まないよ」

秋月を元気づけるために、明るく言ったつもりが、涙が溢れて止まらなかった。秋月の瞳がまた、焦点を失い、宙を彷徨《さまよ》い始める。

「お前を、守るのに、手錠が必要だったんだろ。春日、ほんとに、人を守りたい時は、どんな手を使っても、いいんだ。無茶しても、汚《きたね》ぇ真似しても、守ったもん勝ちだ。失うよりは、ずっといいんだ……ぞ」

「——秋月さん？　秋月さん！」

「お前ら、いいかげん……、仲良くしろよな。鷹と椿は、絵になる。なかなか、似合いの、ふた、り」

秋月の瞳が、瞼の奥に隠れていく。陣内が彼の頬を叩き、気つけを促しても、反応は鈍かった。

「目を開けて！　秋月さん……っ！」

「はは……やべぇな……。最期の、最期で、欲が出てきた……」

「いいよ！　出しなよ！　俺が聞くから、何でも言って！」

「……お嬢さんが、無事にこの国を出るまで、見届けたかった。俺が、ヤクザでなかったら、あの御人が選んだのは、俺だったかもしれねぇ」

「秋月さん……」

「俺の背中に、龍がいる限り、俺はヤクザだ。堅気には、戻れねぇことを、今になって、後悔してる」

「秋月さん、龍を、消したいの？　俺のじいちゃんの傑作は、もういらなくなったの？」

「すまない――。消せるもんなら、消してぇなあ。ずっと昔、お嬢さんが、俺の龍を見て大泣きしたんだ。……何でだろうなあ。あの時も俺は、同じことを思ったんだ」

背中の龍を消すことは、春日にとって、彫り師の祖父を否定されることと同じだった。しかし、銃弾に傷ついた体で、声を絞り出しながら呟いた秋月の願いを、春日は叶えてあげたいと思った。

「俺が…っ、俺が消してあげる。医師になって、俺が秋月さんの龍を消してあげるから、お願いだ、死なないで……っ」

血だらけの秋月の背中に、そっと手を伸ばして、服の上から龍を撫でる。彼の命が助かるなら、この龍を無にしてもかまわない。鋭い鉤爪と、見る者を畏怖させる眼を持つ、勇壮な昇り龍。ずっと憧れていた秋月の龍を、自分の手で消したい。

「ありがとうよ、春日。彫花さんには、世話になったのに、我《わ》が儘《まま》言って、すまなかったな」

「ううん……っ、もっと我が儘言ってよ、秋月さん」

「――悪ぃ。そろそろ、頃合いだ」

「え……っ？」

ざりっ、と埃塗れの床を踏み締める足音が、ドアの方から聞こえた。春日が気付かないうちに、そこには秋月組の組員が数人、顔や目を真っ赤にして立っていた。

「組長、お嬢さんは先程、無事出国されたと連絡がありました」

「もう安心なさってください、組長」

秋月の蒼白の頬が、微かに笑みを浮かべている。組長、組長、と組員たちの涙声が響く中、陣内は逞しい腕に秋月を抱いたまま、立ち上がった。

「このガキを捕まえておけ」

陣内が顎をしゃくったと同時に、春日の周りを組員たちが取り囲む。訳も分からないまま、秋月と引き離されて、春日は叫んだ。

「待てよ！　秋月さんをどこへ連れて行くんだ！」

「お前は知らなくていい。ヤクザにはヤクザの終わり方がある」

秋月の命は、もう潰《つい》えかかっていた。祖父の時と同じ、何の役にも立てなかった春日は、悔しさをぶつける先すら見つけられなかった。

秋月は、刺青を消して、堅気の人間に戻りたいと言った。ヤクザとして生きてきた人は、ヤクザとして死ぬしかないのだろうか。もしそうなら、なんて悲しい人生だろう。自分の望む死に方さえ、秋月には与えられない。

「……さよなら、だ、春日」

「秋月さん――！」

「お前は、俺の、かわいい弟。元気で、いろよ」

「秋月さん！　行かないで……っ、嫌だ！　秋月さん……っ、岧さん――！」

彼の後を追い駆けたくても、組員たちに阻まれて、春日は一歩も動けなかった。陣内の腕に弛緩した体を預けて、秋月が去って行く。

きっとこれが、二度と会えない彼との永遠の別れになることを、春日は分かっていた。

（俺は、また、失うのか。大切な人を助けることもできずに、また――）

泣きながら秋月を見送るだけの春日は、何者でもない。彫り師であることを否定し、医師になるのも間に合わなかった、ただの二十歳の男だった。

＊＊＊

「――『は、や、く、よ、く、な、っ、て、ね。はあと』。かわいいー」

「かわいいかわいい！　私も書いていい？」

「いいよ。俺ピンクのペンが好き」

「花井くんもかわいいー。『な、おっ、た、ら、あ、そ、び、に、い、こ、う、ね。はあと』」

左手の親指を固定するギプスの上に、一緒に講義を受けていた女の子たちが、いろいろメッセージを書いている。自分で脱臼をさせてからまだ日が浅いせいで、筆圧が高いと、実は結構骨に響く。

「花井くん、階段で転んで脱臼なんてかわいそう。手をついた時に、中手骨基部《ちゅうしゅこっきぶ》をやっちゃったんでしょ？」

「うん、まあ」

「利き手じゃなかっただけよかったね。外科志望なら致命的だよ？」

「まだ早いよ。専門決めるの初期臨床研修の後だし、その頃には完治してるよねー」

パステルのジェルネイルの指で、つん、とギプスをつつかれて、春日は微笑んだ。

「ほんと、箸《はし》を持つ方が無事でよかった」

「あ、お腹《なか》すかない？　学食行く？」

「うん行くー。お箸を持てても、私たちが重症患者の花井くんに食べさせてあげるよ」

「あーん、ってしてあげる」

「えー、いいなあそれ。でも、ごめん。この後は用事があるんだ。ランチはまた明日ね」

つまんなーい、と口を揃える女の子たちに、左手でバイバイをしてから、春日は講義室を出た。この場所には、平穏で緩やかな、大学生としての日常の風景が広がっている。ハートでいっぱいになったギプスだけが、たくさんの事件があり過ぎた、たった十日ほど前の非日常の名残《なごり》だ。

（……同じ東京なのに。吸ってる空気が、違うよな……）

ここにはヤクザもいなければ、銃声も聞こえない。撃たれて血を流している人もいない。あまりに何事も起きなくて、講義と実習に精を出していないと、平穏な時間を持て余してしまう。

医学部の教育研究棟から、正門に向かって歩いていると、右手に大学の敷地内にしては広い緑地が見えてくる。中央の池を取り巻く公園は、外部の見学者もたまに訪れる、学生や職員の憩いの場だ。何気なくその公園を眺めていると、とても学生には見えないスーツ姿の男が、春日の方へ向かって歩いてきた。

「医学部まで足を運ぶ手間が省けた。三四郎池《さんしろういけ》は相変わらず静かだな」

珍しく眼鏡をかけているからと言って、その男が日本の最高学府の中を闊歩《かっぽ》しているのは、違和感がある。春日は学生たちの学び舎《まなや》を守るように、彼の前で仁王立《におうだ》ちした。

「陣内さん。何でここにヤクザがいるんだよ」

「俺はこの大学のＯＢだ。ゼミの恩師が退官すると聞いて、挨拶に来た。お前に会うのはそのついでだ」

眼鏡越しの陣内の瞳が、法学部の研究棟群をちらりと見る。医学部と肩を並べるエリート集団に、陣内もかつて属していたらしい。つくづく変わった経歴を持つヤクザだ。

「俺に脱臼までやらせといて、よく会おうとか思えるね」

「お前が勝手にしたことだろう。おとなしくあの部屋で待っていれば、無駄に痛い思いをせずに済んだものを」

「無駄とか言うな。俺は自分の持ってるものを総動員して、あんたに対抗してんだぞ」

「総動員？　この大学の医学部も、随分レベルが下がったな」

「そっちこそ。うちの法学部を出た人は、みんな政治家か官僚になるんだと思ってたよ」

「法曹界も進路の選択肢の一つだぞ」

「――あんたの場合は、とっくにそこからはみ出してるだろ。俺に何か用？　今日は忙しいんだけど」

「彫花の四十九日の法要の日だろう。献花は断られたが、上から線香代を託された。供養の足しにしてくれ」

上着の内ポケットから、陣内は紫の袱紗の包みを取り出した。祖父の葬儀の後も、彼は同じように香典を持って来て、遺影の前で手を合わせてくれた。

「いいよ。いつまでもあんたたちに気を遣われるのは、悪いし。組関係の献花を断ったのも同じ理由なんだ」

「義理事にうるさい業界だ。これで最後ということにして、受け取ってほしい」

祖父の親しい顧客だった人々から、春日は距離を取りつつある。学業に専念する、という理由を建前に、今は祖父の家のアトリエも施錠していた。

「ほら、早く収めろ。妙な取引をしていると疑われるぞ」

「それはあんたの人相のせいだよ。──それじゃあ、ご縁が切れたということで、ありがとうな。陣内さんたちの分も、俺が手を合わせておく」

春日は苦笑を浮かべて、袱紗の中身を受け取った。重みのあるそれを、斜め掛けのバッグに収めながら、春日は口を噤んだ。

（秋月さんは、あれから、どうしたの）

銃弾に倒れた秋月は、瀕死《ひんし》の状態で新宿のビルから消えた。彼をどこへ連れて行ったのか、陣内は教えてくれない。秋月が生きているのかも、亡くなっているのかも、春日は知らなかった。

（……あの傷では助からない。多分もう、どこかへ埋葬されてるはずだ。墓参りだけでもし

たい。でも——確かめるのが、怖い）

秋月の死が現実になってしまったら、平静を保っていられる自信がない。身近な人を相次いで亡くして、普通に日常生活を送れるほど、春日は大人でも冷血漢でもなかった。

（生きてるって、信じる方が、まだいい。最後まで秋月さんと一緒だったこの人が、死んだって言わない限り、俺がどう思おうと勝手だ）

僅かな希望が、自分の進んでいく先を照らしてくれることは、きっとある。失ったものは大きく、他の何にも代えられない。だから今は、大切な人たちを思いながら、一人で生きていく覚悟を決めたかった。

「あ…、そうだ。あんたに返さなきゃいけないものがあったんだ」

「俺に？」

「この間、タクシー代を勝手に借りた。あんたの部屋のクローゼットの中のお金。——はい、これ。お釣りはいらないから」

財布から出した一万円札を、春日は陣内に差し出した。受け取ろうとしない彼にじれて、無理矢理上着のポケットに突っ込む。

「おい」

「ヤクザに借りを作りたくないんだよ。ああすっきりした。じゃあ俺、もう行くから」

いつまでも陣内の顔を見ていると、秋月のことを聞きたくなってしまう。すっかり季節の進んだ風に背中を押されるようにして、春日は歩き出した。

「――春日」

「何」

「俺のスミの続きは、いつ入れてくれるんだ」

陣内の囁きに、春日は足を止めて振り返った。彼の背中を彩る、月を戴《いただ》く鷹の図柄の刺青は、施術の途中で止まっている。

一度彫り始めた刺青は、彫り師の技と心を込めて、最後まで彫り上げなければならない。祖父に教えられた最も基本の心得を、春日は自ら捨て去った。

「陣内さん、ごめん。腕の確かな、じいちゃんの仕事仲間を紹介するから、鷹の続きはその人に彫ってもらってくれ」

「俺の彫り師はお前だろう」

「――俺は彫り師にはならない。二度と人の体に、刺青は入れない」

背中の龍を消したいと言った、別れ際の秋月の言葉が、春日は忘れられなかった。刺青を入れなければ、彼には違う形の生き方があったかもしれない。

刺青がどんなに美しく、崇高な技を磨いた芸術だとしても、人を幸福にできないものを、自分の手で彫ることはできない。

「俺は、彫り師とは真逆の道を行くよ。秋月さんに約束したんだ。あの人をヤクザの世界に縛った龍を、俺が消してあげるって」

「刺青は一生消えないと言ったのは、お前じゃなかったか？」

「——撤回する。いつか必ず、消してやるよ。俺は医学部生だ。刺青を完全除去する方法を、この手で見付けてやる」

刺青を消して、新しく生き直したいと思う人を、幸福にしたい。そのために医師になる。

「だから、ごめんなさい。俺に、陣内さんの鷹の続きは彫れない」

「勝手な奴だな」

「……自分でもそれは分かってる。でも、決めたんだ」

揺るぎない気持ちを込めて、春日は陣内を見返した。春日を初めて彫り師と認め、初めての客になってくれた男。服の下に、未完成の鷹を背負った陣内は、刺青と同じ冴えた鷹の目をして頷いた。

「分かった。お前の気が変わった頃にまた会おう。それまで俺の鷹は眠らせておく」

「陣内さん——。人の話を聞いてたか？　俺はもう彫り師にはならないよ」

し、と陣内は、長い人差し指を唇の前に立てて、春日を黙らせた。

「お前が先に、勝手なことを言ったんだ。俺も勝手にさせてもらう」

「俺の気が変わるのを待ってたら、鷹はずっと未完成のままだよ。彫りかけのまま止まった刺青なんて、ヤクザがかっこつかないだろ」

「そう思うならさっさと施術しろ」

「嫌だって言ってるのに。あんたなあ、一度でも俺の言うことを聞いてくれたことがあったか？　ああもうっ、腹が立ってきた。どうぞ好きにしろよっ。陣内鷹通は、施術の途中で痛くて尻尾巻いたって、恥ずかしい噂が立っても知らないからなっ」

ふんっ、と鼻息を荒くして、春日は踵《きびす》を返した。後ろで陣内が、不敵に笑っている気配がする。振り向いたら最後、その怖い笑顔に搦《から》め捕《と》られて、逃げ出せなくなる。だから春日は、前を向いて歩き続けた。

「……本当に喰えない奴。俺の決意を揺るがす人がいるとしたら、あんただけだよ」

悔しいけど、と言葉を付け足して、春日は茶色の髪を掻き上げた。

陣内が嵌めた手錠は、今はその手にはない。心地いい自由と、ほんの少しの心細さを感じながら、春日は大学を後にした。

爪痕　第二章

1

人の血と、硝煙の入り混じった匂いは、何度嗅《か》いでも慣れるということはない。潰れて時間の経《た》ったバーの床に、降り積もった埃《ほこり》を覆い尽くしながら、真紅の海が広がっていく。何発もの銃弾を撃ち込まれ、血の中心で倒れている男は、ほんの数十分前まで、電話で言葉を交わしていた相手だった。

「組長！　秋月《あきづき》組長！」

「くそ……っ！　目を開けてください、組長！　柊青会《しゅうせいかい》の奴ら、許さねぇ……！」

組織を裏切り、裏の社会に破門状が回された男の末路は、無惨の一言では表し切れない。彼に恨みを持つ敵たちは、容赦なく命を奪いにここへやって来た。部下を巻き添えにはしたくない、と、彼が一人で行動していたところを狙った、狼《おおかみ》の群れがウサギを狩るような嬲《なぶ》り殺しだった。

「陣内さん、俺たちも打って出ましょう。組長をこんな目に遭わされて、報復もできないなんて情けない」

「組長の仇《かたき》を取らせてください！　あいつら全員、地獄へ送ってやる！」

「——黙れ。微《かす》かだが、まだ息がある。ここは俺に任せて、お前たちは持ち場へ戻れ」

「しかし……っ」

「何のために彼が囮《おとり》になったか、よく考えるんだ。一時の感情で動くな。柊青会に報復するのは後でいい」

殺気立つ部下たちの息遣いが、慟哭《どうこく》のように激しく乱れた。悔しさと憤り、爆発しそうになっている感情に必死で蓋《ふた》をして、彼らは血塗《ちまみ》れの男の服を握り締めた。

「必ず——必ず、俺たちにその機会は来ますか？」

「約束してください、陣内《じんない》さん。その時が来たら、俺たちの命を使わせてくれるって」

「ああ。遠慮なくそうさせてもらう。分かったら散れ。ここにいては、お前たちも危ない」

二人は顔を見合わせ、涙を振り切るようにしながら、その場を離れた。地下階の店特有の、陰鬱《いんうつ》な静寂とともに、血の匂いが濃くなる。瀕死《ひんし》の男の瞬《まばた》きの音が、微かにその静けさを破った。

「……陣内……か……？」

震える瞼《まぶた》の下から、まだ光を失っていない瞳が、こちらを捕らえる。ああ、と頷《うなず》いてやると、唇を歪《ゆが》ませて彼は笑った。

「俺の、始末を、つけに、来たか」

皮肉な笑みは、彼が自分の最期を、何もかも理解していることを意味する。裏切り者の汚名を着たヤクザに、安楽な死はない。彼には入る墓も用意されない。

「組長。残念だが、骨一つ残すなという上からの命令だ」

「……分かって、る。お前の、いいように」

「遺体の処理は、あんたがかわいがって育てた部下にやらせた方がいいか？」

「馬鹿野郎――。澤木《さわき》と、橘《たちばな》に、かわいそうな真似、させられるか」

死を覚悟した男と、心から慕った彼を銃撃された二人と、彼の死に立ち会う自分は、誰が最も悲劇的だろう。けして自分ではないことを確信しながら、呼吸のたびに血が噴き出す彼の傷痕《きずあと》に、脱いだ上着を宛がった。

「誂《あつら》えの、スーツが、ざまァねぇな」

「もう話すな。表の車まであんたを運ぶ」

「死んで、からで、いいぞ……。ここは、静かで、嫌いじゃねぇ」

彼が死に場所と決めた薄暗い店内に、濁った咳《せき》が、ごほっ、と響く。まるで生きている証《あかし》のように、何度か続いたそれに混じって、人の気配がした。

ひたひたと足音を忍ばせて、店の外の階段を下りてくる誰か。靴音ではない、裸足《はだし》だ。こんなところへ裸足でやって来る人間は、たった一人しか心当たりがない。

(まさか。――いや、あの男ならきっと、どんな檻《おり》に閉じ込めても逃げて、自分の行きたい場所を目指す)

店の入り口で、足音は止まった。中を窺《うかが》うのを躊躇《ちゅうちょ》しているのかもしれない。噎《む》せ返るような血の匂いは、きっとそこまで届いていることだろう。

「すまない、組長。春日《かすが》が来たようだ」

「……あいつ……が……？」

「あのクソガキ、やってくれる。俺の足止めは失敗したらしい」

――最も悲劇的なキャストは、死にゆく者でも、死に立ち会う自分でもない。一人の男の命を救うために、裸足でここへやって来た、彼だ。血の海の光景を見て、彼は何もできずに泣くだろう。死を前に無力であることを思い知らされ、間に合わなかった自分自身を悔やんで、心に深い傷を負うだろう。

（おとなしく足止めされていればいいものを。何故《なぜ》お前は、わざわざ泣く方を選ぶ？）

舌打ちをしたいこの気持ちは、明確な怒りだった。他人のために彼が涙を流す姿は見たくない。純粋な涙の一滴まで支配して、手に入れておかずにはいられない。

「組長。頼みがある」

「何、だ」

「――春日が泣くから、もう少し生きていろ。あいつにさよならを言ってやってくれ」

「もう……眠るところ、だったのに、ひでぇ奴だな……お前……」

小刻みな呼吸を繰り返しながら、瀕死の男は、また笑った。今度は皮肉な笑いではなく、優しい微笑《ほほえ》みだった。

「秋月さん！　陣内さん！」

半開きだったドアの向こうから、静寂を破る声が聞こえる。

あと数秒もすれば、涙声に変わるそれを聞きながら、怒りとは裏腹の憐憫《れんびん》を胸に抱いた。

＊＊＊

陣内鷹通《たかみち》。三十三歳と数ヶ月。

マカオで過ごすなら秋から冬がいい。亜熱帯気候の厳しい夏を乗り越え、十一月に入ると、スーツを着てちょうどいい季節になる。

この街特有の濃い霧が、巨大なカジノホテルの雄姿に幻想的なシルエットを与えている。数年来の見慣れた光景も、飛行機が離陸したばかりの憂鬱な気分の時に見れば、いい癒しになるかもしれない。

隣の国に帰るだけの短いフライトだが、月に一度のこの恒例行事が、だんだんと億劫《おっくう》になってきている。楽しみの一つくらいなければ、義理事とシノギで齷齪《あくせく》している連中のご機嫌伺いなど、したくないのが本音だ。かといって、マカオは生来静かな場所を好む自分には賑《にぎ》やか過ぎて、心からは寛《くつろ》げない。

「……今回は少し、長く滞在するか……」

帰りの便のチケットを持たないままで、機上の人になるのは、まるでさすらい人のようでおもしろかった。スケジュールの管理を任せている部下は、ビジネスクラスの隣の座席で、不服そうな顔をしている。現在ダウンタウンのカジノを新たに買収する話が持ち上がっていて、日本で用を済ませたら、さっさとそちらの仕事に戻ってほしいと言いたげだ。

マカオを出立して、直行便で五時間弱のフライトの間、退屈しのぎに日本滞在のスケジュールを確認した。部下が差し出したタブレットの画面を埋める、コマ割りされたハードワーク。優先順位の低いものから消去していって、今夜開かれる『泉仁会本部定例会《せんじんかい》』の項目に、タップしていた指を留めた。

マカオで所有するカジノが増えるたび、日本で納める泉仁会への会費、所謂《いわゆる》上納金として消える金も増えていく。シノギを上げ続けることが出世の一番の近道だと、何年も前に裏の社会へ自分を招き入れた男が言った。結果的に、その男の話は正しかったということが、名前入りの金バッジを拝領している今はよく分かる。

権威と序列の象徴は、社会のどんな組織にも存在するものだ。金バッジも、マフィアのタトゥーも、組織とその中のピラミッドを可視化するためにある。ただ、自分に裏の社会を生き抜くノウハウを教えた男だけは、最初に盃《さかずき》を交わした相手だからか、義兄弟の契りに特別な意味を感じていた。

「――陣内組長、遠いところをご苦労さんでございます」

成田空港で出迎えたのは、泉仁会直参の組織の、車番の組員だった。定例会のたびの送迎は幹部の特権だが、彼の紋切型《もんきりがた》のヤクザの挨拶には毎回辟易《へきえき》させられる。

「次からは、アシは回さなくていい。俺の組の人間にやらせる」

「しかし、金庫番の陣内組長への接待は怠《おこた》るなと、上の者から厳しく言われてますんで」

「気を遣わなくても結構だ。それより、誰が俺のことを金庫番だと？」

「執行部の柊《ひいらぎ》さんです」

「――柊青会の会長か。厭味《いやみ》なことだ」

「とんでもない！　陣内組のこのところのご活躍には、執行部をはじめ泉仁会のお歴々が、みなさん舌を巻いてらっしゃるんです。うちの組長も、お若いのに陣内組長のシノギは見事だって、そりゃあもうベタ褒《ほ》めで……」

送迎車の革張りのシートに体を預け、存外によくしゃべる車番の話を、東京に向かう道すがら延々と聞かされた。男の長話は共感できないが、彼の世辞には裏も下心もない分、オーディオ代わりに聞き流しておける。

発足して六年目を迎えた陣内組は、シノギの八割を海外で賄《まかな》う、泉仁会系の組織の中では特色のある組だ。日本国内で組を運営するには、慶弔にまつわる日々の義理事をこなし、シマ内の見回りを欠かさず、警察関係者との慣れ合いにも付き合わなければならない。そういった無駄なしがらみを省いた結果、最大のビジネス相手であるマカオのカジノ街に、陣内組の事務所を開いたのだ。

ヤクザも合理化と企業化の時代か——と、泉仁会の会長は、陣内組の海外進出に理解を示した。しかし、会長の下の幹部たちの中には、陣内組の特例の措置を問題視する者もいた。

「陣内組長、本日はご足労をおかけしてすいやせん」

「お疲れさんです。お荷物お持ちいたしやす」

浅草にある泉仁会の持ちビルに、次々と送迎車が到着する。月に一度、系列の組織の組長や若頭たちが集まる定例会は、車の入出庫の順番まで決まっている完全なピラミッドだ。定例会に顔を出せるのは、泉仁会系の百ほどの組織の中で、トップの十数組に限られる。そのほとんどが、泉仁会会長から親子の盃を受けた直参の二次団体で、三次団体は陣内組だけだった。

ビルの三階、畳を敷いた大広間では、人相に一癖も二癖もある男たちがふるまいの茶を飲んでいる。会が始まるまでの、雑談を交わすこのひとときが、いつも時間の浪費に思えて仕方ない。

「ご登場だぞ、金庫番が」

「陣内か。義理事に使う金は惜しんでも、マカオから飛んで来る金はあるらしい」

「歴代最年少の組長殿は、景気がよくて羨《うらや》ましい限りだ。——なあ、陣内」

聞こえるように厭味を言っていた数人が、近くの座布団に腰を下ろした陣内に、胡乱《うろん》げな眼差《まなざ》しを向ける。大広間に入った瞬間から感じていた、異分子に対する排他的な目だ。

「聞いたぞ。会長と昵懇《じっこん》の芸能事務所の社長たちを、そっちで接待したそうだな。カジノを一軒貸し切りとは、豪勢じゃないか」

いつそんな接待をしただろうか、と、陣内は首を傾《かし》げた。ビジネス以外の、部下の采配《さいはい》で可能な付き合い事は、なるべく任せるようにしている。マカオからずっと同行していた澤木に目配せをすると、彼が代わりに答えた。

「ええ、フジシマプロの皆さんは一週間ほどのご滞在でしたが、大変喜んでいただけたようです。藤島《ふじしま》社長からお褒めの言葉をいただきました」

「事務所のタレントの女でも、褒美に宛がってもらったのかい。陣内、お前ほどの男ぶりじゃあ、相手が一人や二人じゃ満足しねぇだろう」

下品な話の水を向けられて、陣内は失笑した。金と女の話題しかない男は、たいてい中身が空っぽだ。しかし、彼らからこの話題が出た目的は、ただの雑談とは別のところにある。

「叔父貴《おじき》、あんたも人が悪い。飛ぶ鳥を落とす勢いの陣内組長は、実はビビリで、女の前で裸にもなれないって話だぜ」

「筋彫りが残ったスミじゃあ、恥ずかしくって服を脱げねぇか、ええ?」

「——さあ。俺は自分のスミを、鏡で見たことは一度もないので、答えかねます」

「ハハッ、情けねぇ奴」

「スミもまともに入れられない半端者が、天下の泉仁会の金庫番とはな」

馬鹿にし切った男たちの笑い声は、漣《さざなみ》のように大広間に拡散した。先に怒りを表した澤木が、座布団を蹴る勢いで立ち上がろうとするのを、陣内はそっと制した。

「言わせておけ」

「しかし……っ」

「くだらん厭味だ。相手になるだけ馬鹿らしい」

「何をこそこそ話してんだ、コラァ」

「いえ。そろそろ執行部がお揃《そろ》いの時間ではないかと」

「チッ」

涼しい顔で茶を啜《すす》る陣内の背中には、実際に、筋彫りの残った鷹の刺青《いれずみ》がある。針の痛みに耐えかねて、刺青が完成する前に諦《あきら》めたヤクザは、半端者だと仲間内に笑われ馬鹿にされる運命だ。

月を戴《いただ》く雄々《おお》しい陣内の鷹は、それを彫った彫り師の都合で、未完成のまま放置されている。見栄えが悪いから別の彫り師に施術を頼めと、澤木や他の部下たちは勧めるが、陣内にその気はなかった。

――誰に笑われても、背中を預けるのは、一人の彫り師と決めている。その男は、跳ねっ返りを絵に描いたような、医学部に通う二十歳《はたち》の大学生だった。部下に命じて、彼の生存だけは確かめさせているが、今どんな人間になっているか想像もつかない。

（まともに免許を取っていれば、もう研修医を終えて、いっぱしの医師か）

そこいらのヤクザよりよほど威勢のいい、破天荒で一本気な彫り師のことを思い出すと、苦み走った陣内の頬《ほお》が微かに綻《ほころ》ぶ。またどこかで彼が無茶をしていないかと、いらない気を回して、おもしろがってしまうのだ。

「どうされました？　陣内さん」

「ただの思い出し笑いだ、気にするな。――来たぞ」

大広間に設けられた執行部席に、定例会の役員を兼ねた古参の幹部たちが、一人、また一人と姿を現す。貫禄も威厳も周囲とは一線を画す彼らの中に、柊青会の柊会長がいた。

数年前に二次団体に昇格した柊会長は、泉仁会会長の直系の親族ということもあって、後後は若頭就任もあり得る出世株だ。陣内が因縁のある相手を静かに見つめていると、後ろの方から、これみよがしの噂話が聞こえてきた。

「柊の息子の縁談が纏まったそうだな。柊青会の執行部就任とセットとは、めでたい」

「五、六年前だったか、柊が婚約までした佐々原《ささはら》んとこのお嬢に逃げられた時は、すわ内紛が始まるかと肝を冷やしたぜ」

「フタを開けてみりゃ、佐々原が柊に賠償金を払ってあっさり手打ちだと。息子の面子《メンツ》を潰されて、金で解決するなんざ、拍子抜けだ」

「泉仁会系の身内どうしの戦争は、両成敗の破門対象だから仕方ねぇ。――見てみろ。トラブルを処理した下っ端が、一番の得をしてやがる」

陣内の背中に、複数の視線が集まってくる。嫉妬《しっと》と羨望《せんぼう》が混じったそれを、スーツ越しに感じながら、陣内は茶を飲み干すことでやり過ごした。

「お嬢を逃がした張本人は、佐々原の懐刀《ふところがたな》だった秋月だ。裏切り者の秋月の尻拭《しりぬぐ》いに、億単位の金をバラ撒《ま》いて、まんまと秋月組を乗っ取るとは恐れ入る。おい、陣内、てめぇのことだよ、聞こえてんだろう？」

「――――」

「お前みたいな野郎のことを、漁夫《ぎょふ》の利ってんだ。義理も人情もある俺たちには、とても真似できねぇよ」

「世話んなった兄貴分に感謝しろや。秋月の失脚のおかげで、てめぇは今の地位にありつけたんだからな」

「本来なら、この会に顔を出す資格なんかねぇんだぞ。金儲《かねもう》けしか能のねぇハイエナが。何とか言ってみろ。あァ？」

陣内は体半分を後ろへ向けて、無言で会釈した。挑発に乗ったら乗ったで、彼らの神経を逆撫《さかな》ですることは経験上分かっている。

資金力か戦闘力か、最低限どちらかの力がなければ、裏の社会では成功しない。勢いのある者に対して、出る杭《くい》を打とうとする者がいるのは、実力主義の弊害だ。自分たちの立ち位置が脅かされるのを嫌って、必死で吠えている彼らを、心の中で冷笑するのはいい趣味とは言えないだろう。

「もう黙っていられません。陣内さん、少しは反論してやったらどうですか」

「熱くなるな。奴らの言っていることは、ほぼ事実だ」

「だからって、自分のボスがあんまり言われっ放しでは、気分が悪いです」

「だったら耳を塞いでいろ。短気な部下はいらない」

「――すみません。自分は、秋月組長のことを悪く言われるのも、我慢ならないので」

それについては同感だ、と陣内は頷きを返した。『秋月組長』は、陣内の部下たちにとっては、父とも兄とも慕うかつての親分だ。陣内も秋月に敬意を持ち、自分のことを『陣内組長』とは呼ばせずに、部下たちの気持ちを尊重している。他の組の人間には奇異に見えるだろうが、それが陣内組の発足当時からの変わらないスタンスだった。

「会長のお出ましだ」

定例会が始まるその時刻、ざわついていた大広間の空気が一変し、場内にいた全員の注目が一人の老侠客《ろうきょうかく》に集まった。屈強で獰猛《どうもう》な目をした男たちが、日向《ひなた》の縁側が似合いそうなその老人に向かって、一斉に頭を下げる。関東最大の暴力団組織、泉仁会の会長は、陣内組にとっては恩人である。

六年前、柊青会と佐々原組の縁談が破談になった折、その原因を作った佐々原組傘下の秋月組は、過酷な報復と制裁を受けた。裏切り者の汚名を着せられた秋月組長は銃弾に倒れ、組も取り潰しに遭うところを、当時若頭だった陣内が賠償金を用意したことでどうにか存続できたのだ。

陣内を介して、佐々原組から柊青会へ支払われた婚約不履行の賠償金は、三億円に上る。他にも泉仁会、執行部、その他幹部たちへの付け届けを合わせると、総額五億円ほどの金が動いた。内紛回避と秋月組存続に成功した陣内の手腕を、泉仁会会長はいたく気に入り、秋月組の新しい組長に陣内を据え、組の名義も陣内組と改めさせた。

しかし、会長のこのはからいが、逆に周囲のやっかみを生んだのも事実だった。陣内は三十三歳の若き組長というだけでなく、定例会に召集されるほど資金力は群を抜く。あまりの急成長ぶりに、陣内を金の力で地位を買ったハイエナだと、口の悪い幹部たちが揶揄《やゆ》するのも仕方のないことだった。

「本日の会の幹事を務めます、執行部の蜂谷《はちや》です。先日は古橋《ふるはし》若頭の放免祝に多数お集まりいただき、執行部より感謝申し上げます」

幹事の挨拶で定例会が始まる。組織内の冠婚葬祭や、事務所開きの祝い事、友好団体との交流行事についてなど、事務的な申し送りがされた。

眠たくなるような退屈な会を過ごすのと、幹部たちの口撃を受け続けるのと、時間の使い方としてはいったいどちらがましだろう。これほどつまらない二者択一はないな、と、自嘲気味に思いながら、陣内は会が早く終わってくれることを願った。


六本木の会員制高級クラブ『ＭＩＳＴ』は、東京の繁華街に点在する陣内組のシマの中で、安定した売上を誇る資金源の一つである。普段マカオに滞在している陣内に代わって、国内のこういった店舗は、陣内組の下部組織が管理や運営を担っている。

泉仁会への上納金を含め、組の経営はマカオのカジノ利権で十分お釣りがくるが、末端の組員たちに働き場所と収入を与えることは、とても重要だ。安定した暮らしをさせることで、強引なシノギに走る組員を抑止できる。

数あるシノギの中でも、リスクの高い薬物や人身売買の類《たぐい》は、陣内組では禁じている。人脈と頭を使えば、合法的に金を生み出す方法はいくらでもあるのだ。いつまでも非合法なシノギに頼ることが、ヤクザのアイデンティティを保つ方法だとは、陣内は思わなかった。

見栄えのいい気の利くホステスを揃えた『ＭＩＳＴ』の店内は、今夜もよく賑わっている。

常連の会員の中には政財界の重鎮が名を連ねていて、警視庁の管理職クラスも顔を出す店だ。表の社会の人間たちが、裏の社会のシャンデリアの下で、夜毎ボトルを空にしている。その大きな矛盾を遠目に見ながら、店の奥の静かな席でグラスを傾けるひとときが、陣内は嫌いではなかった。

「陣内オーナー、個室のお客様が、先程からオーナーをお待ちです」

「適当に俺のボトルを出して飲ませておけ。——それで？　他に何か組周りで変わったことはなかったか」

「佐々原の下のチンピラが二人、銃刀法で挙げられて勾留《こうりゅう》中です。根城《ねじろ》にしていた店にガサが入ったとかで」

「迷惑なことだな。佐々原の事務所の方はどうしている」

「そちらもサツに少し探られたようですが、形式程度のものです。捕まった二人も、二年ほどの勤めで放免でしょう」

陣内組の親分筋である佐々原組は、柊青会との縁談が破談になって以来、不遇が続いている。子分の陣内組が泉仁会会長に引き立てられ、佐々原組と同格扱いとなったことで、組織内での佐々原組長の力は、弱体化の一途を辿《たど》っていた。

「組から見舞いは出したか？」

「ぬかりなく。佐々原組長が、陣内さんがこちらに滞在中に、一度酒を飲みに来いとおっしやっています。その際には、柊青会の幹部も同席されると」

「……妙だな。佐々原と柊は、あの破談を境に決裂状態だったはずだ。また接近しているのなら、目的なしではあり得ない」

「探りますか」

「とりあえず、佐々原の酒の誘いには乗ろう。場所は彼のシマの歌舞伎町《かぶきちょう》だな?」

「はい。——そう言えば、新宿界隈で気になることがあると、橘の奴が」

陣内とテーブルを囲んでいた澤木が、近くの席で若手の組員と飲んでいた橘を呼び寄せる。橘は陣内組の国内の活動を取り纏めるリーダーで、秘書の澤木と並ぶ有能な部下だ。鷹の翼に見立てて、仲間内では二人のことを、陣内組の両翼と呼んでいた。

「先日、破門状《チラシ》が回ってきた組員のことなんですが、ちょっとこれを見ていただけますか」

橘は陣内の正面に座り直して、破門状の実物と携帯電話を取り出した。組織内の掟《おきて》や仁義を破った組員に、追放の処罰を下すのが破門状である。これは全国の裏社会の組織に配布されるもので、追放された者は組員を名乗ることはできなくなる。秋月もこの処罰を受けて、柊青会の彼への報復にお墨付きを与えてしまった。

見てもあまり気分のいいものじゃない破門状を、陣内はそっと手に取って、紙面に並ぶ名前を検《あらた》めた。そのうちの一人に面識がある。

「定例会の幹事をしていた、蜂谷のところの舎弟じゃないか」

「はい。俺も何度か酒の席で一緒になったことがあって、顔を覚えてたんです。そいつ、首から頬にかけて、でっかいスズメ蜂のスミを入れてたの、ご存知ですか？」

「ああ。趣味の悪いスミを名刺代わりにしていたな」

「この間たまたま新宿でそいつを見かけて、ぎょっとしましたよ。——これ、その時に撮ったものです。スズメ蜂がいなくなってます」

携帯電話の画面に、橘は件《くだん》の舎弟の写真を表示させた。都心の雑踏をサングラスをかけて歩いている男から、確かにスズメ蜂の刺青が消えている。

「これを見た限りでは、橘の言う通りだが——」

「俺はよく似た別人だと思いますよ。スミが簡単に消える訳ないですから」

「澤木、この話には続きがあるんだ。そいつがうろついていた区役所通りに、小さいクリニックがあって、キャバ嬢や風俗嬢の間では評判らしいんです。タトゥーや痣《あざ》を綺麗《きれい》に消してくれるとかで」

「……ほう」

「それが本当なら、破門された舎弟がスミを消しに通院していたとしても、おかしくないと思いませんか？」

眉唾《まゆつば》ものか、確かな情報か、どちらにしても興味深い話だった。一度破門状が出回ると、当人は組織の庇護を失い、裏の社会では底辺で生きることしかできなくなる。かと言って、目立つ刺青があっては堅気《かたぎ》の仕事に就くことも難しい。可能なら刺青を消して、再出発を図りたいヤクザも世の中にはいるだろう。

「どうせレーザーか何かだろう？　その手の病院はどこにでもあるじゃないか」

「詳しいことは調べてみないと分からないな。とにかく、こいつのスズメ蜂は消えていたんだ。俺が実際に見たんだから間違いない」

とん、と写真の舎弟の首を指でつついて、橘は語気を強めた。

本当にそんな治療が可能か、俄《にわ》かに信じることはできない。しかし、刺青を消してやると昔誓った男なら、陣内は一人知っていた。

「橘、そのいわくつきの病院の場所は分かるか」

「あ……、いえ。区役所通りのどこか、というくらいしか」

そうか、と独り言のように呟《つぶや》いて、陣内はロックのウィスキーを呷《あお》った。グラスをずっと握っていたせいか、氷はすっかり解けかけて、水割りの味になっている。破天荒な昔馴染《なじ》みの男が、自ら立てた誓いを守ったかどうか確かめてみたくなって、陣内は薄いその酒を飲み干した。

『ＭＩＳＴ』で二時間ほど過ごし、眠らない六本木の街から、もう一つの眠らない街へとタクシーで移動する。澤木も橘も同行したがっていたが、普段はマカオと日本に離れている者どうし、彼らは会えば必ず長酒になる。高いボディガードのスキルを持つ二人でも、酔っていてはたいして役に立たない。それに、組の活動とは関係のないところへ、部下を引き連れて行きたくなかった。

「ここでいい。降ろしてくれ」

歓楽街の偵察代わりに、新宿の歌舞伎町をぐるりと一周してから、区役所通りでタクシーを降りる。歌舞伎町の渦巻くネオンが、この辺りにも眩《まぶ》しい明かりを散らしていて、目が痛いくらいだ。マカオのカジノホテルの電飾には慣れていた陣内も、サングラスをかけておけばよかったと、後悔した。

新宿区役所の建物を仰ぎ見ながら、数え切れないほど並んでいる店の看板の下を、一人で歩く。東京の十一月の夜は、マカオのそれよりも肌寒い。乾いたビル風に舞うコートの裾《すそ》は、陣内の艶《つや》のある黒髪と同じ色をしていて、ネオンの中では逆に目立つかもしれなかった。

酔客と腕を組んで歩いていたどこかの店のホステスが、擦《す》れ違いざまに陣内を視止《みと》めて、蠱惑的《こわくてき》な笑みを向けてくる。純粋な日本人ではない、マカオの少姐《シャオジェ》に似た中国系の血が混じった顔立ちだ。

この辺りはシマの境が複雑で、泉仁会系のシマもあれば、以前から泉仁会と小競り合いが続いている星竜会《せいりゅうかい》のシマもあり、香港から進出してきたチャイニーズマフィア、マダム・リーのシマもある。

混沌《こんとん》として危険な界隈は、身を潜めたい人間にとってはオアシスだ。昔の記憶を頼りに、区役所通りと交差する路地を進んでいると、古ぼけたMMLビルという名の雑居ビルが見えてきた。

「……まだ残っていたのか……」

MMLビルの地下の、使われていない廃墟のようなバーの床が、血で真っ赤に染まった光景を覚えている。記憶の中に、澱《おり》のように沈殿した、気が重たくなる光景だ。

陣内が関わってきた数多《あまた》のヤクザの中で、古き良き時代の任侠《にんきょう》の匂いを残していた男。生き方において、真の極道者だった秋月岴《ちから》が撃たれた場所。そのMMLビルの前に、『花井《はない》医院』という小さな看板が立っている。

「分かりやすいぞ。少しは隠せ、クソガキ」

陣内は、背中からどくっと血が沸き立つような、不可思議な感覚に包まれた。風に乗って飛ぶ鷹が、眼下に獲物を見付けた時のような、本能的な高揚感に似ている。遅い時間だというのに、病院の窓からは煌々《こうこう》と明かりが漏れていて、酔っ払いのサラリーマンや、チンピラや、ホステスなどが出入りしていた。

場所柄、花井医院は昼よりも夜の方が繁盛しているのかもしれない。看板を見ると、地下一階と二階が病院で、他の階はネイルサロンや風俗店などがテナントに入っている。あまり医療環境がいいとは言えないビルを、はす向かいのビルの物陰から窺っていると、エントランスに白衣を着た男が現れた。

「――症状が落ち着いてよかった。急に熱が出てびっくりしたね」

その男を間近に見るのは、何年ぶりだろうか。学生の頃よりも長めに伸ばした茶色の髪と、水商売で成功しそうな華やかな顔立ちは、眼鏡をかけていなければ白衣とあまり親和性がない。彼の後ろを、小さな子供を抱いた女がついて歩いている。

「すみません。……私の仕事が忙しくて、この子のこと、あんまり見ていてあげられないから……」

「子供はちょっとした変化で体調を崩しちゃうからなあ。ユイカちゃんはよくがんばってるよ。お酒苦手なのに、この子を育てるために毎日飲んで、俺はユイカちゃんの体のことも心配だ」

「春日先生――」

「月に一回くらいは、自分のために検診を受けにおいで。病院に行くって言えば、少しの時間でもお店を休めるだろ。もちろん、この子を一緒に連れて来てもいいからさ」

「はい。先生、ありがと」

「ママはいつでも元気でなくちゃな。タクシー捕まえようか？」

「ううん、寮近いから大丈夫。おやすみなさい」

「気を付けて帰りなよ。おやすみ。タイチくん、お大事にね」

「せんせい、ばいばい」

マスクをした子供が、甘えるように伸ばしてきた手を、彼は優しく包んだ。医師が患者に慕われる姿は、なかなかいい光景だ。彼らの頭上に場違いな風俗店のネオンがなければもっといいが、それが新宿という土地柄の現実なのだろう。

陣内は足音を立てずに、母子を見送っている彼のそばへと歩み寄った。ざあっ、と気まぐれに吹き付けた夜風が、白衣の裾と、陣内の黒いコートの裾を舞い上げさせる。

「おい、てめぇ」

女を相手にしていた時と違う、剣呑《けんのん》で不機嫌な彼の声。間合いをはかって立ち止まった陣内を、彼は背中を向けたまま牽制《けんせい》した。

「さっきからずっと、こっちを見ていただろう。お前、ユイカちゃんの元ダンナか」

思わぬ勘違いをされて、陣内は一瞬、言葉に詰まった。こんな間抜けな再会は想定外で、つい意地の悪いことをしたくなる。

「──だったらどうする？」

「事情は聞いてるぞ、このＤＶ野郎。嫌がってる子を、いつまでもしつこく追い回すな」

「お前はあの女の何だ」

「主治医で友人だ。お前が彼女にストーカー行為を続けるなら、出るとこ出てやるぞ」

「どこへ？」

「警察に決まってるだろ、クソ野郎！」

振り向きざま、白衣を翻《ひるがえ》して繰り出してくる蹴りを、習い性の空手の技で受ける。そうだ、この男は誰よりも向こう気の強い、とても活きのいい男だった。彼の回し蹴りを受け止めた足に、びりびりと痺《しび》れるような興奮を覚えながら、陣内は苦笑した。

「この馬鹿が。喧嘩をふっかけるなら相手を選べ」

「な……っ！　え……っ？　あんたは、ちょっ……何で……っ……」

「お前の力では俺には敵《かな》わん。前にも言わなかったか」

「陣内さん――」

彼は、幽霊でも見ているように何度も瞬きをした。長い睫毛《まつげ》がネオンの光彩を弾いて、色白の彼の頬に鮮やかな陰影をつけている。元から整っていた顔に、年月という深みが加わって、子供っぽさの残る二十歳の学生だった彼は、麗《うるわ》しい大人の男に変わっていた。

花井春日。誕生日がまだ来ていなければ、二十六歳。開業医としては若過ぎる医師だ。

「元気そうだな。春日先生」

「やめろよ。あんたにそんな風に呼ばれると、体じゅうがむずむずする」

春日は反射的に体を引くと、乱れていた白衣を整えた。ばつが悪そうな顔をして、眼鏡越しに陣内の方を窺っている。

「何年も顔一つ見せないで、突然現れるな。びっくりするだろ」

「お前の方こそ、まだ臨床研修を済ませて間もないだろう。よく個人病院を開業できたな」

「それは…、まあ、運がよかったというか。そんなことよりいったい何しに来た。何であんたがここにいるんだ」

「区役所通りに、スミを消せる病院があると聞いた。——お前の患者の中に、スズメ蜂のスミを入れていた組員はいないか」

「言うと思うか？　患者の情報を第三者に与えるのは、守秘義務違反だぞ」

つん、と鼻の先を上向けて、春日はそっぽを向いた。そのあからさまな態度こそが医師の義務に違反している。うまい嘘をつけるタイプでないことは、年齢を重ねても変わらないらしい。すると、二階の窓ががらりと開いて、白いナース帽をつけた女が顔を出した。

「せんせーい、患者さん一段落したんで、私そろそろ上がっていいですかー？」

「いいよー。遅くまでごめんねー。陣内さん、うちはスタッフが少なくて、深夜は俺一人で対応してるんだ。忙しいから、これで」

「待て。お前の城の中が見たい」

「は？　何言って……。あんたが患者なら診《み》てやるけど、冷やかしなら帰れ」

久しぶりに会ったというのに、春日はすげない態度を崩さない。懐かしがるような温《ぬる》い関係ではないことを、陣内は今更思い出して、勝手にビルのエントランスをくぐった。

「おいっ、どこへ行くんだよ」

「凶暴な男の回し蹴りをくらって、骨にヒビが入った。医師の診察が必要だ」

「思いっ切り受け身取ってただろ、さっき。——ったく、あんたは相変わらず自分勝手だな」

悪態と溜息《ためいき》を両方ついて、春日はコンクリートの剝《は》げた階段を上った。二人分の靴音が響く中を、陣内の鷹の目が、春日の城を冷静に観察する。

一階のフロアは全てロビーで、二階にある花井医院のテナントは、普通の店舗なら二軒分ほどの広さがあった。出入り口のドアのところで看護師と擦れ違い、受付、待合室と続く院内に入ると、アイボリーの壁や床に、薄いグリーンの長椅子を置いた、落ち着いたインテリアが目を惹《ひ》く。

「暇そうだな」

「終電が近くなると、いつもこうだよ。この時間帯は、休憩を取るのにちょうどいいんだ」

「ほう、この奥が診察室か」

「あっ、また！　勝手にドアを開けるなっ。カルテとか絶対見るなよっ」

部屋の中は、診察台と、デスクと、治療器具を載せたワゴンがコンパクトに並んでいる。院内は全体的に新しいものを揃えた明るい印象で、患者が足を運びやすい雰囲気づくりをしているようだった。

「この病院が、お前の今の根城なんだな」

診察室の傍らに、毛布が畳んで置いてあることに気付いて、陣内は呟いた。深夜までここで診療をして、泊まり込むことも多いのだろう。

さっきの子連れの女への対応といい、小さな病院を切り盛りしながら真摯《しんし》に患者に向き合う、町医者の春日の姿が想像できる。それは、六年前の彫り師だった彼の、アトリエでひたむきに刺青を施術していた姿と、まったく同じだった。

「基本的にうちは、病気でもケガでも何でも診るスタンスだ。一番多いのは喧嘩やトラブルで運ばれてくる、そこいらの店のボーイや酔っ払いかな」

「小児科も受け付けているんだろう」

「まあ、歌舞伎町は子供を預けて働く女の子も多いから。近所の託児所から連絡があれば、往診にも行くよ」

春日は待合室の自動販売機で、コーヒーを二つ買ってきた。熱いそれの片方を陣内へ放り投げてから、彼は自分の缶のプルトップを、左手で開けた。

「俺の記憶では、右利きだったと思うんだが」

「ん？　ああ、明日手術が入ってるんだ。器械出しができる看護師はいないし、万が一俺の利き手に何かあると困るから、手術の前は極力使わないことにしてる」

小規模の病院のわりに、手術ができる程度の設備も整えているらしい。内科、外科、小児科、刺青を消せる噂が本当なら、皮膚科や美容外科も当然含まれる。

狭くて古いビルとはいえ、この辺りの地価は相当なものだ。二十六歳の男に、複数の診療科を持つ病院を、簡単に開業できるとは思えない。

「——よく開業する金があったな、とか、思ってるだろ」

図星を指してきた春日の勘の鋭さに、陣内は苦笑した。二人きりの静かな診察室に、ほろ苦いコーヒーの香りが広がっていく。

「お前のその顔なら、貢いでくれるパトロンがいても俺は驚かない」

「あんたの冗談、全然笑えないよ。パトロンなんかいない。この病院は、じいちゃんの遺産の一部で開いたんだ」

「遺産？」

「ああ。じいちゃんが契約していた銀行の貸金庫に、遺言書が残されてた。世田谷《せたがや》のじいちゃんの自宅や、預金とか、全部俺に相続させる、って。……いちおう家族や親戚にも遺言書を見せて、遺留分を分けたり、じいちゃんに金を貸したって主張する人には、その分を返済したりしたんだ」

「俺に相談をすればよかったのに。お前の相続分がもっと有利になるように、いくらでも口添えしてやれたぞ」

「はは。嫌だよ。あんたは悪徳弁護士だから、弁護士費用を相場の百倍取るんだろ？」

屈託のない顔で笑って、春日はコーヒーを啜った。彼の泣き顔は何度も見たのに、笑った顔はほとんど見た記憶がない。それだけ、彼が今、心を許していることに気付いて、陣内は黒い瞳を細めた。

「……親戚に『ヤクザで稼いだ金を寄越せ』って言われた時、本音を言えば、ちょっとだけ頭にあんたの顔が浮かんだ。じいちゃんが生きてる時も、葬儀の時も、あれだけ冷たいことをしておいて、金だけ欲しがる人たちに腹が立って……。陣内さんなら、そういう人たちを理路整然と蹴散らしてくれると思ったんだ」

彼の中に、少しでも自分の存在があったことが、意外だった。最終的に甘えも縋《すが》りもしてこなかったのは、彼なりの意地だろうか。

「俺はお前の期待に応えられたはずだ。何故頼らなかった？」

「それは……その」

「ヤクザに借りは作りたくないか」

以前きっぱりと、春日にそう言われたことがある。表の社会で生きる人間が、裏の社会へ落ちないための、当然のけじめだ。二人の間にある見えない壁の向こうで、春日は凜《りん》とした瞳を伏せた。

「それもあるけど、遺産を分けることで、じいちゃんが家族のもとに戻れる気がしたんだ。うまく言えないけど、背中を向け合ってた花井の家が、これでやっと一つになれたんじゃないかって。俺は間違ったことはしていないと思ってる」

「お人よし。俺にはお前一人が損をしているように見えるがな」

「うるさいな、分かってるよ。とにかく、じいちゃんのおかげで設備を揃えて、この病院を開業することができたんだ。さすがに物件を買い上げるのは無理だったから、賃貸だけど」

「――賃貸かそうでないかは関係ない。ここはお前だけの城だ。立派だな」

「うわ。気持ち悪《わり》い。何か、あんたに褒められると、めちゃくちゃくすぐったいよ。いつかここをビルごと買って、オーナー院長になるのが目標なんだ」

鼻の先を指で擦《こす》って、照れたように微笑む彼は、自分で開いた病院をとても誇らしく思っているらしい。

ネオンだらけの繁華街から少し離れれば、治療に適した環境のビルは、他にいくらでもある。春日が高い賃料を払ってまで開業したのは、このＭＭＬビルが、秋月が銃弾に倒れた場所だからだろう。

春日は秋月を慕っていた。秋月も、春日のことを弟のようにかわいがっていた。彫り師の祖父と同じ道を歩んでいた春日を、医師の道へ転向させたのは、銃撃された秋月を救えなかった後悔の念に違いない。

「この場所で医師をすることが、お前にとっては重要だったんだろう？」

「そうだよ。他の場所は考えられなかった。ここは朝から晩まで、いろいろな人が治療を求めて訪ねてくる。訳ありの患者も多いけど、頼られると嬉《うれ》しいんだ。だから、できる限り診療時間を長くして、患者を多く受け入れるようにしてる」

あの人の代わりに、と続く、春日の心の中の声が聞こえる。秋月を慕う春日の気持ちは、きっと今も変わらない。陣内は、コーヒーの缶を握る手に俄かに力を込めて、噂の真相を確かめた。

「訳ありの患者の中に、スミを消したがる人間がいるだろう」

「何の話——？」

「ごまかすな。お前が医師になって、本当にしたかったことはそれだ。こんな場所に病院を開いて、分かりやす過ぎる。あの男が……秋月がお前に、スミを消したいと言い残したから、お前はその通りにしたんだろう」

陣内の低い声が、いつしか張り詰めていた診察室の空気を震わせる。春日は、は、と短く息を吐き出して、蛍光灯が照らす白い天井を仰いだ。

「やっと秋月さんの名前が、あんたの口から出たね。秋月さんがこのビルの地下で撃たれてから、もう六年だ。もしかしたら陣内さんは、あの人のことを忘れてるんじゃないかと思ってた」

「心外だな。俺を裏の社会へ引き込んだのは、彼だぞ。忘れる訳がない」

「……うん。秋月さんが、陣内さんをスカウトしたって、以前俺に言ってた。俺、陣内さんのことを羨ましく思ってたよ。秋月さんはあんたのことをすごく頼りにしてた。何でも任せられる本物の右腕だったんだ。秋月さんが撃たれた時、何もできなかった自分が悔しくて、すごく悔しくて、六年かかって、やっと俺にもできることを見付けられたよ」

夢を見ている子供のように、どこか遠い目をしながら、春日は白衣の下に両手を伸ばした。スラックスのウェストを寛げて、するりとそれを脱ぐ。

肌に傷一つない、しなやかに伸びる両足が、陣内の視線を捕らえて離さなかった。春日は、す、と診察台に左足を載せ、椿の刺青があったはずの太腿《ふともも》の内側を、露《あら》わにした。

「……跡形もないな」

彫り師の修業をするために、春日が自分で彫った、精巧な深紅の椿《つばき》。陣内の記憶に鮮やかに焼き付いていたそれが、一輪も残さず彼の左足から消えている。驚きを隠さずにはいられずに、陣内は大きく瞬きをした。

「綺麗に消えてるだろ。レーザー治療や皮膚切除術では、こうはならない。どうしても痕が残って、刺青を入れる前の肌には戻らないんだ」

「やはり、噂は本当だったのか。いったいどんな手術をすれば、こんなことが可能なんだ」

「詳しいことは言えないけど、墨や顔料を分解する薬品を、刺青の施術とほぼ同じ方法で皮膚に注入するんだ。この除去手術には、真皮に達している部分にもピンポイントで薬を注入できる、高度な腕が必要だ」

「それは、彫り師だったお前にしかできない手術だということか？」

「今のところはね。……これから先も、きっとそうだろうけど」

「何故？」

「決まってるだろ、無認可で非合法の手術だからだよ」

「お前――」

陣内は啞然《あぜん》として、秀麗な額に手をやった。

「無茶もたいがいにしろ。こんなことが知れたら、医師免許を剝奪されるぞ」

「法律を守ってたら患者は救えない。銃を持ってる相手に狙われた秋月さんを、陣内さんは丸腰で救えたか?」

「それとこれとは話が違う。仮にも医師なら、もっと慎重に事を運べ」

「安心しろよ。薬品の認可は元々下りてる。一部の国では、これと同じような治療法の臨床研究が進んでいるし、そのうち合法になるだろ」

まるで、自分の体が実験台だとでも言いたげに、春日は椿の刺青があった場所を、指で撫でた。

「陣内さん。秋月さんは俺に、背中の昇り龍を消して、堅気に戻りたいと言った。あの人と同じ考えを持つ人が、この病院をわざわざ探して訪ねてくる。幸せに生きるために、刺青やタトゥーが不必要なら、俺がそれを消してやる」

「春日」

「消したい過去がある人を、俺は助けたい。俺はそのために医師になることを選んだんだ」

強い信念を湛《たた》えた眼差しが、陣内を射るように見つめていた。生半可に止めたところで、

春日はおとなしく引き下がるような男ではない。患者のために、自分の立場を危うくする医療行為をしていることは、百も承知なのだ。

——滑稽だ。法を犯している春日を前にして、陣内はやるせない笑いを嚙《か》み殺した。法を守ることも、守られることも放棄して、裏の社会で法を利用して生きている人間が、この揺るぎないものを持った医師にどれほどの正論を吐ける。

曲がりなりにも、春日は自分を頼ってくる患者を助けようとしている。春日に救われている患者がいる限り、せいぜい遠巻きに彼のことを見ているくらいしか、陣内にできることはなかった。

「なあ、陣内さんの背中に、六年前に俺が彫った鷹は、まだいるの？」

陣内のスーツの下の背中が、かっと燃え立つように熱くなる。ずっと眠っていた鷹が、唯《ただ》一人の彫り師との再会に、目を覚ましたのかもしれない。早く自分を羽ばたかせろ、と、陣内にせっついているのかもしれない。

「俺の鷹は、あの時のまま、未完成で止まっている。お前の気が変わるのを待っているんだが、施術の続きはいつしてくれるんだ」

「……俺は彫り師はやめたって言っただろ。今の俺なら、鷹を消してあんたの背中を元に戻せる。まっさらな状態で、俺よりもっと腕のいい彫り師に、新しい鷹を彫ってもらいなよ」

「断る」

「陣内さん、何で――」

「俺は、お前の腕と、お前の祖父が描いた鷹の下絵が気に入って、自分の背中を預けた。他の彫り師に施術を頼む気はない」

もう何度も春日に伝えた、六年前から変わらない意志を、陣内は繰り返した。

いったい何をこだわっているのかと聞かれたら、明確な答えはない。春日を彫り師に選んだ自分の目は正しかったと、確認したいだけなのかもしれない。

六年前の春日との出会いの瞬間、陣内の視界に飛び込んできたのは、自慰に耽《ふけ》っていた彼のパセティックな顔でもなく、脱げかけていたジーンズでもなく、汗ばんだ肌に刻まれた刺青だった。血のように赤く、妖艶で、それでいて鮮烈だった椿。あの美しい刺青を彫った春日の腕が、ただ欲しいのだ。

「春日」

露出したままの春日の左足に、陣内はたっぷりと視線を落とした。未練なのか、愛着なのか、もう椿の花弁も残っていない太腿に指を伸ばす。

「一輪くらい、俺のために残しておけよ」

「……え？」

「綺麗な椿だったのに。だいたいお前は勝手過ぎる。俺の鷹を消してやるだと？　医師になったくらいで、ガキが生意気な口を叩くな」

腹いせに、春日の白く柔らかな肌に爪を立てて、陣内は自分の痕をつけた。どんなにそれが椿に似た赤い痕でも、指を離せばすぐに消えてしまう。

「痛、いよ、馬鹿力…っ」

顔をしかめて、春日は陣内の手を払いのけた。ふーっ、ふーっ、と太腿に息を吹きかけている姿が、昔のように子供っぽい。陣内は軽く溜息をつくと、床に落ちていたスラックスを拾って、春日の顔に目がけて放った。

「ぶっ。何するんだっ」

「しばらく六本木のシンシアリー・ホテルに泊まっている。時間ができたら、食事でもしに来い」

「そんな暇ない。俺は二十四時間無休の医師だ」

「不養生だな。ヤブ医者と言われないように、加減をして励め。またな」

「忙しいから見送らないぞ。そうだ、今度は患者じゃなきゃ院内に入れてやらないからな」

春日の悪態を背中で受け止めながら、陣内は診察室のドアを開けた。休憩時間の終わりを告げるように、待合室の長椅子に患者が数人座っている。危険そうな人物がいないことを、素早く患者の顔や風体に目を走らせて確認してから、陣内は花井医院を後にした。

「……無認可で非合法な手術か。いずれ警察か、どこかの組織に目を付けられて、こんな小さな病院は潰されるぞ。無鉄砲な男だな」

拾ったタクシーの後部座席で、待合室の窓の明かりを見上げながら、独り言を呟く。エンジン音に混じった声が、やけに真剣だったことに、陣内は自分で気付いていた。

2

花井医院の所在を知ってから、陣内は監視役の部下を近くに置いて、それとなく患者の出入りを見張らせた。区役所通りの裏街にあたるあの界隈は、治安がいい立地とはとても言えない。どんな患者でも診るという、春日の医師としての無防備なスタンスでは、簡単にトラブルに巻き込まれてしまうだろう。

病院が一つ潰れたところで、新宿の街の風景に変化がある訳ではないが、あの跳ねっ返りが服を着て歩いているような男が、根城を失ってしまうのは忍びない。一人の名もなき医師が、どこまで意地を通して自分の信念を貫けるか、陣内は試してみたかった。

春日は不思議なくらい、自分自身を曲げない男だ。頑固といえばそれまでの、彼の内側にあるしっかりとした芯は、何にも屈しない。彫り師の祖父を持つ、子供の頃から裏の社会に限りなく近い環境にいた春日が、並の人間よりも健やかでまっすぐな男に成長したのは、奇跡的なことなのかもしれない。

彼のような男を、陣内組の部下に迎えたいかと言えば、けしてそうではなかった。裏の社会の住人になってから数年で、自分の組を持つまでになった陣内には、対等に話ができる人間があまりいない。手足となって働いてくれる有能な部下と、出る杭を打とうとする上の幹部たちの前では、孤高な存在として振る舞っている。春日は陣内にとって、限りなく素に近い自分を見せている、稀有《けう》な相手なのだ。

春日はどこにも属さず、裏の社会もヤクザも恐れない、独自の価値観で生きている。そんな彼を、誰の目にも触れない場所に取っておきたい。それは一番の気に入りのおもちゃを、箱の下の方に隠す子供の心理に似ている。おもちゃ扱いをすれば、春日は烈火のように憤慨するだろうが、彼のそんなところも見ていておもしろいのだ。

表の社会を一人で懸命に生きる春日は、郷愁に似た、かつて陣内が纏《まと》っていたものと同じ匂いを纏っている。司法試験を受けた頃は、官僚や政治家、経済人、各界のトップの椅子《いす》を目指す学友たちを俯瞰《ふかん》して見て、自分も何者かになろうと考えていた。法の知識は、使い方によっては善にも悪にもなる、大きな力だ。その力を使って何かの頂上に立ちたいと考えた時、数ある選択肢の中で、最も危険で、最も困難で、もっとも魅《ひ》かれた世界が、今陣内が生きている裏の社会だった。

「陣内さん、着きましたよ。一階の『紫蘭《しらん》』で佐々原組長がお待ちです」

「……ああ」

とりとめもないことを考えている間に、部下の運転する車が、歌舞伎町のとあるビルの前に着く。新陳代謝の激しい街の中で、佐々原組が昔から幅を利かせているシマだけは、代わり映えのしない風景が広がっている。陣内は車を降りると、秘書の澤木だけを伴って、若い組員が出迎えに立つ『紫蘭』のドアをくぐった。

「いらっしゃいませ。奥のお席へどうぞ」

「おお、陣内、待ちくたびれたぞ。忙しいお前を呼びつけてすまなかったな」

「いえ」

「まあ座れ。駆け付けは水割りでいいか」

酔うことが目的でない会合に、うまい酒は無用だ。クラブというよりはスナックに近い、安っぽい緋色のソファを並べた店の奥に、佐々原組長と数人の組員、そして面識のある柊青会の幹部が陣取っている。

「恐れ入ります。水だけいただければ結構です」

「そうつれないことを言うな」

泉仁会と親子の盃を交わす柊青会は、若頭補佐以上の役職の人間は、泉仁会の幹部も兼ねている。定例会に参加している陣内組は、今は佐々原組より地位が高いが、独立する前と同じように、陣内は敬語を使った。

「それでは一杯だけ、ご相伴に預かりましょう」

「——失礼します。お注ぎします」

陣内が席に着くと、すらりとした細身の男がそばに来て、慣れた仕草で水割りを作り始めた。グラスを持つ彼の左手の手首に、とても特徴的な、羽根の曲がったアゲハ蝶の刺青がある。既に人払いをしているのか、店のホステスたちは酒を作るのを彼に任せて、誰も近付いてはこなかった。

「たまにはうちの事務所にも顔を見せろ。月に一度は、マカオからこっちに帰ってんだろう?」

「不義理をしてすみません。佐々原組長、お嬢さんの近況ですが、あちらで恙《つつが》なくお過ごしだと先日連絡がありました」

「ふん、育ててやった恩を忘れて、親を裏切る娘なんぞ、放っておけ。真梨亜《まりあ》との縁はとっくに切った。くだらん報告はいらん」

柊青会の若頭との政略結婚を嫌がり、結納を交わす直前で逃亡した娘のことを、佐々原組長はあしざまに罵った。

しがらみのない海外で、静かに暮らしている彼女は、もう日本に帰る気はないという。恨み節を唱える父親よりも、娘の方が、今の暮らしに馴染んでいるだけ強《したた》かなのかもしれなかった。

「どうぞ」

こと、とコースターに水割りのグラスを置いて、給仕の男は会釈した。用が終わると、柊青会の幹部の足元に跪《ひざまず》き、おとなしく寄り添っている。細い首に、ペット用の首輪をつけている彼は、その幹部の個人的な持ち物らしい。いかつい金のリングを塡《は》めた幹部の手が、髪に隠れがちの白磁の彼の頰を、猫をあやすように撫でている。性的な主従関係であることを隠さない、淫靡《いんび》な撫で方だった。

「飲め、陣内。固めの盃といこうや」

「――固め?」

「お前の兄貴分の不始末で、一度は戦争寸前だった二つの組が、こうして雁首《がんくび》揃えてんだ。佐々原のおやっさんの前で、詫《わ》びにそいつを飲み干せ」

「婚約不履行の賠償は既に済んでいます。秋月も制裁を受け、佐々原組、柊青会、双方に遺恨はないはずですが」

「こいつは俺の気持ちの問題だ。金と秋月の首一つで、柊のおやじが本当に溜飲を下げたと思うか? おやじを宥《なだ》めすかしてやった俺に、少しは感謝しろや」

ガン、とテーブルの足を蹴りつけて、幹部は陣内を睨《にら》んだ。組どうしが正式に話し合って終わらせたことに、いつまでも因縁をつけてくる相手に、まともな対応をしてやる義理はない。揺れたグラスの内側で、牽制するように氷がぶつかり合っている。

「飲め。毒なんか入ってねぇ」

「…………」

「ビビリは人の酌じゃ飲めねぇのか。――おい」

幹部は足元にいた男の髪を摑んで、手荒く顔を上げさせた。間接照明のセピア色の明かりの下、美麗な男の容貌が露わになる。少年のようにも見える、年齢不詳の硬質な美形だ。感情の見えない、冷ややかな人形に似た瞳が、店の天井のずっと遠くを見つめている。

　幹部は水割りに使ったスコッチのボトルを取ると、片手で栓を外して、美形な男の唇に逆さまに突き刺した。まるで自分の一物《いちもつ》を銜《くわ》えさせるように、ボトルの頭を口中深くねじ込んで、中身を飲ませる。

　ごぼっ、ごぼっ、と息苦しい音を立てて、それでも男は、従順に飲んだ。口角から溢《あふ》れたストレートのスコッチが、すべらかな彼の喉元《のどもと》を伝い、扇情的な線を描く。ボトルの半分ほどが空になってから、やっと幹部は、彼を解放した。

「汚ねぇな。床を濡《ぬ》らしちまったじゃねぇか。拭け」

「は、い」

　咳《せ》き込みながら、男は自分の服を脱いで、床に散ったスコッチを拭き始めた。彼はそうするように躾《しつ》けられているのだろう。表情を変えずに従う彼の姿を、痛々しいと思ったのか、近くに控えていた澤木が声をかける。

「自分も手伝いましょうか」

「あァ、いい、いい。やらせとけ。こいつは少し頭の足りねぇ奴でな、顔だけは見られるってんで、猫の代わりに飼ってんだ」

　幹部の革靴の爪先《つまさき》が、テーブルの下で男の頭を小突く。本物のペットの猫の方が、彼よりもきっと大事にされているだろう。

拷問のような毒見を目《ま》の当たりにした後、陣内は溜息をついて、水割りを飲み干した。床を拭き終えた男が、おかわりは、とでも問うように、陣内を足元から見上げた。

「俺はいい。ご主人様に酌をしてやれ」

「……はい」

「お前の作った水割りは、俺の口に合う」

凍《い》てついた真冬の湖のような、感情の波のない男の瞳が、ゆっくりと瞬《また》く。ヤクザに飼われ、貶《おとし》められている人間が、ひどく澄んだ瞳をしているのが印象的だった。

「いい飲みっぷりじゃねぇか。これでやっとまともな話ができるな」

「陣内、お前を今日呼び出したのは、他でもない。今うちと柊青会さんが進めているシノギの件だ」

「合同のシノギとは、大掛かりですね」

佐々原組長の言葉に、適当に追随しながら、陣内は思考を巡らせた。決裂していた佐々原組と柊青会が再び接近した理由が、金のためなら納得できる。

組員たちのカリスマ的な存在だった秋月を失い、陣内も独立した後の佐々原組は、細々とした稼ぎで食い繋《つな》ぐことでしか組の運営ができなくなっている。合同のシノギとは名ばかりで、実際は背に腹は代えられず、柊青会に泣き付いたというところだろう。

柊青会としても、婚約不履行の弱みがある佐々原組を顎《あご》で使えば、労力も必要なく相応の利益を上げられる。しかし、この二つの組が結び付くことによって、迷惑を被るのが陣内組だった。

「デベロッパーの情報でな、一丁目の周辺に新しい商業ビルが建つ。権利の曖昧《あいまい》になってる土地を、今そこらじゅうの組が漁《あさ》ってるところだ。余所者《よそもの》にくれてやる前に、目ぼしいショバはこっちで押さえようって話になってな」

「確かな情報ですか」

「柊のおやじのスジからの情報だ、疑う余地はねぇ。陣内。お前、うちのフロントに出資しろや」

「今回のシノギには、それなりの準備金が必要だ。お前なら融通できるだろう」

「……こちらに一割の利回りをもらえれば、融通しても結構ですが」

「ハッ！　取り過ぎだァ、ふざけてんじゃねぇ」

陣内の言葉を一蹴して、幹部は酒臭い口元に煙草《たばこ》を銜えた。ペットの男が翳《かざ》したライターの火が、ジジジ、と小さな音を立てて、陣内の胸の内までも炙《あぶ》る。

単なる金の無心で呼び出されたことが、腹立たしくて仕方ない。見返りのない出資は、出資をした方が損をするだけの、馬鹿馬鹿しい行為だ。

「一丁目のどこに新ビルが建つのか、具体的な情報が欲しい。出資をするかどうかは、それから検討させてもらいます」

「おい、陣内。てめぇの親分さんのシノギだぞ。子分のてめぇは、四の五の言わずに力を貸せや」

「――勘違いしてもらっては困る。陣内組は、組長をそちらに潰された秋月組が前身だ。破門状を回された時に、佐々原組との親子の義理は無効になっているはずだ」

「陣内！　口を慎め！」

佐々原組長の激昂《げっこう》を、陣内は静かな眼差しで受け流した。この程度の挑発に反応するとは、佐々原組はよほど金に困って、切羽詰まっているらしい。

こめかみに怒りの青筋を立てた佐々原組長は、脇にいた組員に怒鳴って、書類を出させた。それには新ビルの建設計画と、用地買収の候補地の情報が載っている。

「そいつを持って行け。ようく中身を確かめて、金を用意するのがお前の仕事だ」

「この書類はしばらく預かります。出資に見合うかどうかは、こちらで判断させていただく」

「陣内、気を付けろ。あんまりナマ言ってると、今度はお前が潰されるぞ」

「ご忠告と思って肝に銘じておきますよ」

「チッ。態度がでけぇ。前々から思っちゃいたが、けったくそ悪ぃ奴だな、てめぇ」

お前もな、と言い返す代わりに、陣内は冷めた瞳で幹部を睥睨《へいげい》した。幹部は床に汚い唾《つば》を吐くと、指先の煙草を苛々《いらいら》とちらつかせた。

「灰皿がねぇぞ。何やってんだ」

「すみません」

ペットの男が、自分の両手を水を掬《すく》うような形にして、幹部に差し出す。何の躊躇もなしに、男の掌《てのひら》を灰皿にして、幹部は煙草を揉《も》み潰した。

「ちょっ…」

異様な光景に、陣内の後ろで澤木が息を呑《の》んでいる。熱いとも、痛いとも言わない男は、相変わらず表情を変えないまま、火傷《やけど》を負った掌を陣内へも差し出してきた。

「てめぇも使えや。大麻《ハッパ》もあるぞ」

「――いえ。自分は煙草も大麻も吸いませんので」

煙草のところだけ嘘をついて、陣内は閉口した。アルコール臭よりも強い、肉の焦げる臭いが辺りに漂っている。不快極まりない、嫌な臭いだ。

陣内はアイスペールの中から氷を一つ摘《つ》まみ、ペットの男の手を自分の方へと引き寄せた。傷付いた掌に氷を握らせ、彼の耳元で囁《ささや》く。

「病院へ行くか？」

形のいい耳が、ぴく、と震えた。花井医院はここからそう遠くない。春日ならきっと親身になって、火傷の治療をするだろう。

「俺はどこにも行きません」

感情らしい感情を見せなかった男は、澄んだ瞳を揺らしながら、小さく首を振った。

「おい、こっちへ戻れ。男と見りゃあ色目使いやがって、殺すぞ、こらァ」

するりと陣内の手を解き、男はまた、幹部の足元に跪いた。スーツの膝に侍《はべ》るようにしなだれかかり、ご主人様の股間に自ら顔を埋めて、奉仕をしようとしている。

「何だ、ご機嫌取りしてんのか。淫売はどうしようもねぇ。場所を弁えろや、んん？」

苛立《いらだ》っていたことを忘れたのか、猫撫《ねこな》で声を出した幹部は、男の髪を摑《つか》んで卑猥《ひわい》に腰を振った。口淫を始めた二人の傍らで、佐々原組長が白けた顔をして水割りを飲んでいる。陣内も白けた気分で席を立った。

「用が済んだのなら、我々はこれで」

「待て、陣内」

「何か」

「秋月の奴は、どこに埋まっている」

グラスの向こうから、佐々原組長は陣内をねめつけた。探るような、じっとりとした視線が喉元に絡《から》みついてきて、まるで首を絞められているようだった。

「あれの最期の処理を任せたのはお前だ。化けて出てきたら、俺がこの手で鉛玉をぶち込んでやるんだがな」

「――心配は無用です。今頃は静かに、土に還っていますよ」

「ふん。あれは死んでも許されんことをした。お前は二の舞になるなよ」

自分を落ちぶれさせた秋月への、佐々原組長の恨みは、今も深い。脅しか忠告か分からないことを呟く彼に、陣内は無言で一礼した。

『紫蘭』を出て、店の外の空気を吸った途端、全身を疲労感に襲われる。すぐに煙草と酒が欲しくなったのは、一緒に店を出た澤木も同じらしかった。

「陣内さん、気分直しにシマ内の店へ寄りませんか。何だあれ……、やばいですよ」

「顔が青いぞ。奴らの毒気にやられたんだろう」

「はい。佐々原組長は、もう駄目ですね。柊青会に顎で使われているようでは、下の者はついて行かない。いずれ佐々原組は分裂崩壊しますよ」

「もともと一つになるはずだった組だ。柊青会がうまく佐々原組を吸収すればいい」

「すんなりそうなればマシですけど……。トップがあれでは、下手に足掻《あが》きそうですね」

「今後も様子見は続けろ。向こうが自滅するのは勝手だが、巻き込まれるのは困る」

店の前に停めていた車に乗り込んで、陣内は早速煙草を吹かした。心地いい苦味と香りに、ほっと息をつきながら、佐々原組長から預かった書類をめくる。不動産デベロッパーの名がある、体裁の整った書類だ。

新しい商業ビルが建つという、歌舞伎町一丁目の地図に、何ヶ所も蛍光ペンで印がついていた。佐々原組と柊青会が買収しようとしている土地は、区役所通りの近くのある一画に集中している。ピンク色のペンで囲まれた、ＭＭＬビルの表記を見て、陣内は舌打ちした。

「運のない奴」

ＭＭＬビルには、花井医院がテナントとして入っている。もしもこのビルが佐々原組の手に渡れば、春日が築いた城は、組員たちによって厳しく立ち退《の》きを迫られるだろう。シノギを上げられず、経済的に追い込まれている組織の行動は、過激にエスカレートするのが常だ。

かつて自分が属していた組織を前に、どう立ち回るべきか、一本の煙草が灰になるまでの時間を、陣内は思案に宛てた。清《すが》しい白衣姿の春日を思い浮かべていると、三分の一も吸わないうちに、もう答えが出てしまう。

「――澤木。橘を呼んで、明日までに金を準備しておけ」

「え…っ。陣内さん、さっきの出資話に乗るんですか？」

「詳しいことは事務所で話す。奴らが動き出す前に、先手を打つだけだ」

歌舞伎町を疾駆する車中で、陣内は夜空と同じ色の髪を掻き上げながら、嘆息した。頭にまだ春日の残像があるせいで、煙草の味が心なしか甘く感じる。舌先を痺れさせるその感覚が、もう少し長く続くように、陣内は新しい煙草を吸いつけた。

3

毎朝ホテルの窓に映る、目の覚めるような空の青を見て、ここはマカオではないことを認識する。住んでいた頃は気付かなかったが、霧の多いあの街に比べて、東京の朝は色鮮やかだ。

加速度的に冬へ向かっている街並みは、気の早いクリスマスのイルミネーションのせいで、既に季節を通り越している。ブランチにオーダーしたスープの具材が、旬の茸《きのこ》だったことくらいが、かろうじて陣内に秋の名残《なごり》を感じさせた。

ここ数日、人と酒を飲む機会が続いていて、起き抜けにシャワーを浴びても、食後のコーヒーを口にしても、どこか頭がすっきりしない。MMLビルの買収は特に障害もなく進み、元のオーナーからの引き渡しも書類上は既に終わった。近隣の物件とともに、数年後に商業ビルとして生まれ変わるMMLビルは、所有しているだけで価値が上がる。転売すればかなりのシノギになるが、陣内にそのつもりはなかった。

「――これで当面は時間稼ぎができる。小さな病院のために、予定外の買い物をした」

自己嫌悪と紙一重の、自己満足の呟きを落として、陣内はミニキッチンのシンクにコーヒーカップを置いた。バスローブを羽織ったまま、たまにしかないオフの時間に二度寝を決め込んで、キングサイズのベッドに体を預ける。

「あのガキが知ったら、鬼の形相でここへ乗り込んでくるだろうな」

いつかビルごと買い取って、花井医院のオーナー院長になりたい、と、春日は言っていた。夢見がちな彼のその言葉がなかったら、こうして自分がMMLビルを買収しようとは思わなかった。

MMLビルのオーナーが変わったことも、将来的に更地にされて新しいビルが建つことも、春日はまだ知らない。たとえ花井医院を立ち退きから守るためでも、一人の医師の健気《けなげ》さを金の力でねじ伏せた陣内は、横暴には違いなかった。

(結果として、俺は佐々原と柊青会に喧嘩を売ったことになる。戦争になったら、お前のせいだぞ、クソガキ)

常にクレバーに、選択と判断を間違わないことが、これまでの陣内の信条だった。春日に関わることでなければ、自ら戦争の火種を作るような真似はしない。

自分の組を手に入れ、人も力も必要なものは全て備え、裏の社会の成功を着実に収めてきたはずなのに、春日によって信条を曲げさせられた。何の力もない、医師として歩み始めたばかりのただの男に、わざわざリスクを背負わされたのだ。

(お前には分からないだろうな。春日。俺に愚かな真似をさせるのは、お前だけなんだぞ)

自分が採った選択肢に、自分で呆《あき》れながら、胸の奥で春日に語りかける。花井医院の延命を楯《たて》に、今度こそ彼を支配してやろうか。この間会った、あの凍てついた瞳をした男のように、春日を従順なペットに仕込んだら見返りもあるというものだ。

昔、一度だけ抱いた春日は、無垢《むく》だった体を蹂躙《じゅうりん》されて苦悶《くもん》に泣いていた。あの時と同じ思いを味わわせたら、彼を今度こそ自分のものにできるだろうか。

「そうまでして、俺はあれが欲しいのか」

心の中で呟いたつもりが、声となって寝室の静寂を破る。人に対しても、物に対しても、執着はあまり感じたことがない。手に入れられなかったものの方が少ないから、自分が望めば、何でも得られると思っていた。

しかし、春日は違う。あの男だけが、意のままにならない。捕らえたと思ったら陣内の手を擦り抜けて、彼は薄氷のような自由を生きている。掌の上で踊らない唯一の男だからこそ、強く惹きつけられ、余計に彼を手に入れたくなるのだ。

思考に沈んでいた陣内のそばで、部屋の電話がけたたましく鳴り響く。まだシャワーの香りの残る前髪を、溜息混じりに掻き上げて、陣内はベッドサイドへ指を伸ばした。

「――はい。ああ、こちらへ通してくれ。他の来客には俺は外出中だと伝えてほしい」

受話器を耳に添え、フロントからの来客の報せに返答する。バトラー付きのジュニアスイートのこの部屋に、あと三十秒ほどで嵐が訪れるだろう。

クッション代わりの枕に預けた陣内の背中が、ぞくぞくと奮《ふる》え出した。枕元のペットボトルの水を飲んで待っていると、鷹の支配欲を駆り立てる獲物が、バトラーの取り次ぎも無視して部屋の中へ駆け込んでくる。

「陣内さん！　いったいどういうことだよ！」

予想と対して違わない第一声に、陣内は苦笑するしかなかった。今日は白衣を着ていない春日が、怒りで髪を逆立てながら、ベッドサイドへ詰め寄ってきた。

「うるさい奴だな。入ってくるなり何だ」

「さっき不動産会社から連絡があった。うちのビルのオーナーが変わったって。急におかしいと思って追及したら、新しいオーナーは陣内組の関係会社だと言われた。それって、所謂フロント企業だろ」

「ああ、そうだな」

「やっぱり…っ。どうしてあんたがそんなことするんだ！　俺の病院があることを分かってて、ＭＭＬビルを買い取ったのかよ！」

「お前の病院の周辺は、いずれ更地にされて商業ビルが建つことになっている。黙っていても価値が上がる物件を、ヤクザが見逃すと思うか？」

「何だそれは……。俺がどんな思いで病院を開いたか、全然分かってない。金になるなら人の気持ちは無視してもいいのか！」

「組のシノギを上げるためだ。お前が払う賃料は、今後は俺の懐に入る。当分転売は考えていないから安心しろ」

「そんなの、いつかは立ち退けって言っているのと同じだ。俺の病院に手を出すなよ！」

その立ち退きから守られているとは、春日は少しも思っていない。頭が怒りで沸騰している彼に、陣内は本当のことを打ち明けなかった。彼からすれば、ＭＭＬビルのオーナーが陣内だろうと、佐々原組だろうと、柊青会だろうと、ヤクザに買収されたという事実は変わらないからだ。

「陣内さん、あのビルを元のオーナーに返してくれ。俺はあそこで病院を続けたい。立ち退きなんて嫌だ。あの場所は、俺には特別な場所なんだ」

「……秋月が撃たれた場所だからだろう」

「そうだよ。俺はあそこで、秋月さんに医師になると約束した。最後にあの人に会ったのも、あそこだった」

「最後──」

じりっ、と胸が熱く焼けつくような何かを、ずっと以前にも感じたことがある。六年前、逃亡中の秋月を助けに行こうとした春日を、手酷く抱いて足止めした。手錠を填めて監禁し、命知らずの彼の心と、体を砕いた。そこまでして止めなければ、春日も銃撃に巻き込まれる危険があったのに、彼の頭には秋月を救うことしかなかった。

（六年経っても、お前は何も変わっていないのか）

今もなお、春日の中に存在し続ける男がいる。じりっ、とまた陣内の胸が熱傷を負った。

――あり得ない。こんなつまらないことで心が乱れたことはなかった。これではまるで、秋月に嫉妬をしているようなものだ。

「くだらん」

メスで患部を切り捨てるように、陣内は自分自身を一蹴した。伸ばした手で春日の腕を摑み、力強く引き寄せる。

「な…っ！　何――」

「あのビルはもう俺のものだ。お前の病院を潰されたくなかったら、邪魔をするな。俺のすることに黙って従え」

ベッドを軋《きし》ませながら、春日の体を陣内は胸で受け止めた。腕を摑んだまま、跳ねる彼の背中へともう片方の手を回し、自由を奪う。

「離せよっ、ちょ…っ！　陣内さんっ」

「騒ぐな。前にも一度、お前に力尽くで言うことを聞かせたことがあったな」

「やめ――」

手荒く上着を剝ぎ取ってやると、シャツ一枚の彼の肩が震えた。六年前の苦悶と痛みを思い出したのかもしれない。怯《ひる》んだ春日に、陣内は追い討ちをかけて、シャツのボタンをひといきに引き千切《ちぎ》った。

「やめろ！　離せ！」

我に返ったように、春日が再び暴れ始める。激しく波打つベッドの上で、陣内は春日の両腕にシャツの袖を巻き付け、背中側できつく縛った。

「……くそ……っ」

「ふふ」

それでも頭突きで刃向かってくる春日の姿に、たまらず微笑む。乾いた陸《おか》で跳ね回る魚のような、敵わないと分かっていても抗《あらが》う姿が、狩猟本能を刺激して楽しかった。

あのペットの男が美しく従順な人形なら、春日はしなやかで生意気な命の塊だ。どんな方法を使ってでも手に入れたいと渇望させる、腹立たしくていとおしい、何にも代えられない唯一の男。

「このまま俺のものになれよ」

自分の唇が勝手なことを言っている。しかし、本心から出た言葉を、否定する気はない。

「お前を抱きたい」

「……前は無理矢理やったくせに。俺がうんと言うとでも思ってるのか」

「あの時は、手錠を塡めてもお前は俺のものにならなかった。今度は平身低頭して頼んでいるんだ」

「あんたのどこが頼んでる態度だよ。両腕を縛っておいてよく言う――」

「それはハンデだ。お前のことだけは、俺の方が分が悪い」

意味が分からない、と言いたげに、春日は首を傾げた。たいして重みのない彼の体が、陣内の体の上で緊張を解いていく。抗いをやめた彼の、茶色く垂れた前髪を、陣内は慎重な指先で梳《す》いた。

「触っていいなんて言ってない」

「医師にしては、少し長いな。美容師を呼んで切らせるか」

「無視するなよ」

「いい服を着せて、このホテルのラウンジにでもお前を置いておく。男か女か、何人声をかけてくるか見ものだな」

「趣味が悪い。どうせあんたは、それを遠いところから観察してるんだろ」

「ああ。お前がどこかの部屋へ連れ込まれそうになったら、攫《さら》いに行ってやる」

「——俺の方から誘った相手ならどうするんだよ」

「ないな。お前は女を抱けない。お前を欲情させて、満たしてやれる男は、俺しかいない」

春日の心の中に誰がいようと、手で触れ、彼の体温を感じられるのは自分だけだ。

「目を閉じろ」

髪を梳いていた指を、陣内は春日の頬へと滑らせた。緩やかにカーブを描くそこが、ぶるっ、と震えている。

「ん……っ」

嫌悪や恐れとは違う、どうしようもなく人肌に飢えた、孤独に生きている人間の本能の反応だ。自分も同じだから分かる。野生の獣のような敏感さで、理屈や気持ちよりも確かな、互いの欲情を嗅ぎつけている。

「春日。俺に同じことを二度言わせるな」

俄かに熱を孕《はら》んだ春日の瞳が、瞼の奥に消えた。頬や耳、顎の下、首筋、柔らかな場所を撫でて愛玩していると、春日はぐったりと陣内に体を預けて、逃げなくなった。

「あれから誰かに抱かれたか」

「……ううん。な、い」

「抱きたい男はいたか」

「それも、ない。——医学部の先輩に、付き合わないかって、言われたけど、その気になれなかった」

「かわいそうな奴だ。また自分で慰めていたんだろう」

「う……っ」

「お前は尻を指で掻き回すのが好きだったからな。俺が教えてやったところは、指では届かない。抱いてほしくてたまらなかったはずだ」

「……そんなこと、口が裂けても、言わないよ……」

恥ずかしそうに、春日は自ら陣内の掌に頰を擦り寄せて、赤くなった顔を隠した。色を濃くした春日の唇が、無意識に半開きになり、なだらかな掌丘《しょうきゅう》を食《は》んでいる。朝食に添えられていた蜂蜜《はちみつ》でも、そこに塗っておけばよかったと、陣内は少し後悔した。

重なり合った二人の体の、同じ場所が熱く火照《ほて》っている。下腹部の昂《たか》ぶりに気付いた春日は、もじもじと細い腰を上げて、ベッドの隣へ移ろうとした。

「そのままでいろ」

目を閉じている春日は、自分が服を脱がせやすい格好になったことを知らない。ベルトを緩め、スラックスの前を開いてやると、春日は狼狽《うろた》えた。

「待っ、て。駄目だ」

「かわいいのが下着からはみ出しているぞ。本当は待てないんだろう？」

「違……っ」

直接触れてもいないのに、春日の先端からとろりと雫《しずく》が垂れてくる。バスローブの下で猛《たけ》っているものを、陣内は手荒く摑み出して、濡れている春日に擦りつけた。

「何して……、んっ、ん、ふ、……うう……っ」

くちくち、粘性のある音を春日に聞かせて、後戻りしようとする彼の意識をちらす。経験の浅い彼の体が、ひどく敏感なことは知っていた。感じ始めると途端に蕩《とろ》ける、淫《みだ》らな性質《たち》だということも。

「は……っ、はぁ……っ、やめろ――やだ……っ、前みたいなのは、嫌だ」

「素直にしていれば楽しませてやる。お前の好きなところも、俺が気持ちよくしてやるよ」

「あっ、……んんっ、くっ」

下着の中に両手を入れ、小ぶりな尻を鷲摑《わしづか》みにすると、春日はがくがくと腰を跳ねさせた。服が肌を擦れるだけでも、彼の快感は波状に広がっていく。膝まで落ちた下着とスラックスを足枷《あしかせ》にして、陣内は春日の尻の狭間《はざま》を割り開いた。

「ああ……っ！　や……っ」

「部屋の入り口にバトラーがいただろう。彼に鏡を持ってこさせようか」

「んん、う、恥ずかしい――、も、やめて、くれ」

「お前のここは、いい眺めだと思うがな」

「……あぁ……、駄目……だめ……っ」

露わにした窄《すぼ》まりに、ぐ、ぐ、と指を埋め込んでいく。関節に纏わりつく肉のうねり、熱くて仕方ない粘膜の温度、全てが六年前の春日と同じだった。彼と会わずにいた、流れ去った時間の空白を埋めるように、陣内は指を搔き回した。

「あぁっ、あっ、あっ、んああ……っ……、あぁ……っ！」

明るい陽射《ひざ》しの溢れた寝室に、甘い悲鳴が溶けていく。窓の外が暮れるまで、春日のこの声を聞いていたい。

しかし、濃密な二人きりのひとときを、激しいノックの音が破った。バトラーが何か早口で言いながら、寝室のドアを叩いている。

「お客様！　フロントから連絡があったのですが、た…っ、大変です！　警備の者を振り切って、こちらへ大勢のご来客が……っ」

「――かまわない。通してくれ」

「か、かしこまりましたっ！」

不粋《ぶすい》な来客に、くそっ、と陣内は吐き捨てた。高まっていた気分が急激に萎《な》え、なし崩しにされた欲情が、深い溜息になって零《こぼ》れる。春日も瞼を開けて、室内の眩しさに眩暈《めまい》を起こしながら、乱れていた呼吸を静めようとしていた。

「思ったよりも早かったな」

「え……」

「俺のところへ怒鳴り込んでくるのは、お前だけではないということさ」

春日の中に埋めていた指を、ねっとりと粘膜を抉《えぐ》りながら、陣内は引き抜いた。狭く収縮するそこが、まだやめてほしくないと訴えている。瞳を赤くし、困ったような顔をしている春日を、陣内は素早く脱いだバスローブで包んだ。

「絶対に声を立てるな。このまま俺に凭《もた》れて、適当に甘えていろ」

「腕、解いてくれよ。適当なところに隠れるから」

「そんな時間はない。とばっちりを受けたくなかったら、顔を上げるなよ」

春日の頭の後ろを、大きな手で包んで、陣内は自分の胸に抱き寄せた。競うように脈打つ鼓動が、寄り添った二人の体温を熱くする。仄《ほの》かに消毒薬の香りが混じった、春日の髪の香りを鼻先で感じていると、ドアの向こうが騒々しくなった。

「陣内！　出て来いや、コラァ！」

「お客様っ、困ります。他のお客様のご迷惑になりますので、お静かに願います」

「こっちはナシつけに来ただけだ、関係のねぇ奴はすっこんでろ！」

柄《がら》の悪い怒声とともに、寝室のドアが蹴破られる。事情が分からないまま、びくん、と震えた春日へと、陣内は耳打ちした。

「佐々原組の連中だ。お前は奴らに面が割れているから、じっとしていろ」

頷いた春日を、いっそう強く抱いて、陣内は雪崩《なだ》れ込んで来た男たちを一瞥《いちべつ》した。

「何をしに来た。人の寝室を荒らすほどの用件はあるんだろうな」

「陣内、用件はてめぇが一番よく分かってるだろう。うちの組を差し置いて、一丁目のビルに先に手をつけるとは、どういう了見だ」

「MMLビルの権利書を渡せ。おやっさんに恥をかかせた詫びを入れろ！」

「自分で手付金も払えずに、陣内組の金をアテにしたことは恥とは言わないのか」

「うるせぇ、てめぇ！　スカしてっと女の目の前でぶち殺すぞ」

「――聞いたか？　お前、女に間違われたぞ。いい笑い話だな」

かり、と春日の耳の先を嚙んで、陣内は微笑んだ。血気盛んな組員たちは気勢を削《そ》がれ、春日の方こそが、人を殺しそうな目で陣内を睨んでいる。

「そこにいる奴らより、お前の方がよっぽど脅しが利いている。そんな怖い目をするな」

悪戯《いたずら》ついでに、耳孔《じこう》にそろりと舌を這《は》わせてやると、春日は息を詰めた。んっ、ん、と声を殺して感じている姿が、いじらしくてもっといじめたくなる。

「……こいつ…っ、何を余裕かましてんだ」

「陣内、くだらんおふざけはもういい。ＭＭＬビルは、元々こちらで買い取る話が進んでいた。お前の先走りは許してやるから、おとなしく権利書を出せ」

佐々原組長が、組員たちの前に進み出て、陣内を諭すようにそう言った。声音は落ち着いているが、彼の腹の底が煮えくり返っているのは、険しい目つきで分かる。しかし、陣内は一歩も引かなかった。

「権利書が欲しいなら、俺が買った倍の価格を提示する」

「何だと？」

「陣内、黙れやてめぇ！」

「その程度のシノギにはなると踏んで、ＭＭＬビルに狙いをつけていたんだろう？　柊青会に泣きついて金を用意してもらったらどうだ。自分の部下を撃った相手に尻尾《しっぽ》を振るという

のは、そういうことだ」

「陣内！」

佐々原組長の右手が、彼が着ているスーツの内側へと伸びた。怒りに任せて銃を取り出そうとしている。緊張を帯びた春日の体を、裸の胸に抱いて、陣内はいつの間にか汗ばんでいた彼の髪に頰を預けた。

「――右手に握ったものを一瞬でも出してみろ。あなたと部下の頭が吹き飛ぶぞ」

ドアの方から、佐々原組長たちの後頭部に、いくつかの銃口が向けられた。澤木と橘、そして陣内組の組員が数人、一触即発の殺気を帯びて寝室へ入ってくる。

「遅いぞ、お前たち」

「すみません。陣内さん」

「佐々原組長、お帰りください。真っ昼間から血を見るのは、お互い避けたいでしょう」

「澤木、橘…っ、誰にハジキを向けてんだ」

「おい、てめぇらが親子の盃を交わした相手は誰だ。組長がてめぇらをいっぱしの筋モンに育ててやったんだろうが」

「佐々原の部屋住みだった俺たちを、かわいがって面倒をみてくれたのはあんたじゃない」

「何ィ？」

「六年前、佐々原と柊の婚約が進んでいた時、独立という形で佐々原組を追い出されたのが、秋月組です。一度捨て駒にされた自分たちに、親がいるとしたらたった一人だ」

「ＭＭＬビルで秋月組長が撃たれたことを忘れたのか。俺たちの仇《かたき》、柊青会の靴を舐《な》めたあんたに、あのビルでシノギなんか上げられちゃ困るんだよ！」

銃を構えた澤木と橘の啖呵《たんか》に、佐々原組長たちは怯んだ。

秋月、という名前を聞いて、春日が身じろぐ。心なしか潤んで見える、上目遣いの春日の瞳を受け止めて、陣内は笑みでなく唇を歪《ゆが》めた。

――違う。澤木と橘には、ＭＭＬビルを守る大義名分がある。秋月のためだと臆面もなく言える彼らと、陣内は同じ立場ではいられなかった。陣内があのビルを買い取ったのは、もっと小さな、もっと独りよがりな理由だ。

「もういいだろう。佐々原組長、そろそろ解放してくれないか」

「陣内――」

「あのビルは陣内組のフロントが管理する。澤木、橘、客にお帰り願え」

「はい」

「くそ…っ。図に乗るな。少し出世をしたくらいで、いつまでもこっちが下手に出ると思うなよ」

捨て台詞《ぜりふ》を吐いて、佐々原組長は逃げるようにその場を立ち去った。彼の後ろを、銃で脅されながら、佐々原組の組員たちがぞろぞろとついていく。

茶番の結末はあっけなかった。寝室のドアが閉め切られてから、陣内は重たい溜息をついて、春日の体にかけていたバスローブを剝いだ。

「やっと終わったぞ。しつこい奴らだ」

春日の両腕を縛っていたシャツを解き、自由にしてやる。体力を消耗したのか、両腕を動かせるようになっても、春日は陣内の胸に凭れていた。

「佐々原さん——久しぶりに会った。あの人は、引き下がらないんじゃないのか。あんたはすごく恨みを買ったんじゃ……」

「ああ。そうだろうな」

「あんまり危ないことはしないでほしい。あんたたちはみんな、平気で銃を持ち歩いてる」

「何だ、心配してくれるのか」

「当たり前だろ！　もう誰かを失うのは嫌なんだ。何もできない自分を、悔しく思うのは、二度とごめんだ」

ぶるっ、と頭を振って、春日は体を起こした。陣内を真正面から見つめて、何故か畏《かしこ》まった表情をする。

「陣内さん。陣内さんは、佐々原さんからあのビルを守るために、新しいオーナーになったのか」

「……勘違いするな。俺は偽善者じゃない。澤木たちのように、秋月に義理を立てた訳でもない」

「じゃあ、どうして」

「お前のためだ」

「え……」

「あのビルのテナントに、お前の病院があったから。何の力もないお前の唯一の城に、奴らが立ち退きを迫るのかと思うと、黙って見過ごすことはできなかった。奴らは手段を選ばない。メスを握る手を潰すぐらい簡単にやってのける。お前の命が危険に曝《さら》されることも、十分考えられるからな」

言わなくてもいいことだと、頭はそう判断しているのに、唇が打ち明けてしまう。しまった、と思った時には遅かった。大きく見開いた春日の瞳と、視線がかち合う。

「俺のことを、守ってくれたのか？　陣内さんが――？　ずっと前にも、こんなことがあったよな。俺のことを死なせたくないって、あんたが言ったの、今も覚えてる」

「俺から見れば、お前はいつまで経っても死にたがりのガキだ。ヤクザをやきもきさせるなんて、上等じゃないか」

「陣内さん……」

「無鉄砲な医師にかまっていると、こっちは苦労させられる。お前だけは、俺の思い通りに動いてくれない。六年前も今も、いつも、いつもだ」

今回の諍《いさか》いをきっかけに、佐々原組と陣内組は決裂するだろう。小さな病院を守った代償は、きっと大きく陣内に跳ね返ってくる。

それでも、逃げ水のような春日を手に入れていたい。掌から彼が零れ落ちないように、後先も考えず立ち回っている自分を、自分で笑い飛ばしたくなる。

愚かなことをした。裏の社会の頂上を目指す階段は、こんなところで罠《わな》を張っていた。罠は春日の姿形をして、陣内のすぐそばで熱っぽい瞳を瞬かせ、たどたどしく両腕を伸ばしてくる。

「ありがとう。陣内さん」

陣内の首にしがみ付き、嘘みたいな甘やかな声で、春日はそう言った。耳朶《みみたぶ》を掠《かす》めた彼の吐息が温かい。存外に強い力で抱き締めてくる彼の腕が、少し苦しい。

「礼はいらないから、お前を寄越せよ。キスくらいして俺を喜ばせてみろ」

どくん、と鳴った鼓動は、春日の方から聞こえてきた。それを境に、彼の吐息の間隔が速くなる。

震えているその唇が欲しいと思った。ＭＭＬビルを買い取った金も、佐々原組との間に生まれた火種も、春日と交わすキスほどの値打ちはない。堕《お》ちたらもう抜け出すことはできない、致命的な罠に、陣内は真っ逆さまに堕ちた。

「一度、きりだよ――」

春日の唇が、陣内の唇を塞《ふさ》ぐ。

触れるだけの、子供騙《だま》しのようなキスに、恋をした。

「これで二度目だ。クソガキ」

離れていく春日の唇を追い駆けて、恥ずかしげに閉じたそれを抉《こ》じ開ける。舌をねじ込み、彼の口腔を吸い上げて、息ができなくなるまで貪り尽くした。

たかがキスに夢中になったことはない。キスだけで満足したこともない。しかし、三度目の約束のないこのキスを、陣内は止めることができなかった。

4

「――困るな、陣内。今回のことはやんちゃが過ぎる。いくら会への貢献度が高いお前でも、庇い切れんぞ」

泉仁会の本家の座敷で、正座の膝を畳に擦らせながら、居並ぶ執行部の面々に陣内は頭を下げた。

「申し訳ありません。考えるところがありましたので、多少の波風を立てました」

「多少で済むか。独立したとはいえ、佐々原はお前の組の親筋だ。子が親を出し抜くのは、この世界の道理に反する」

陣内の隣で、佐々原組長も同じように頭を下げている。三次団体の二人の組長は、ともに執行部から見下ろされ、叱責される立場だった。

「とりあえず陣内の方から矛先《ほこさき》を収めろ。件《くだん》のビルの権利書を、我々執行部預かりにして、佐々原とは手打ちだ」

「陣内、これは即刻破門になってもおかしくない案件だぞ。お前は謹慎でもしていろ！」

非公式な会合に、執行部が何人も揃うことは珍しい。誰が告げ口をしたのか、陣内と佐々原組長の諍《いさか》いは、たちどころに上部組織の泉仁会の知るところとなってしまった。

組織の弱体化に繋がるという理由で、泉仁会は身内どうしの小競り合いを嫌う。弱体化は即、他の組織につけ込まれる隙を作ることになるからだ。

「お待ちください。こちらのみが責任を負わされるのは、承服しかねます」

泉仁会系の組が百もあれば、身内のシノギの削り合いはあって当たり前だろう。しかし、一つのビルを巡って親子関係にあった組が火花を散らしている事実は、執行部からすれば看過できるものではなかった。

「偉そうに意見できる立場か！　会長のお耳に入る前に、我々が諫《いさ》めてやっているのを感謝しろ！」

「ご迷惑をおかけしております。――自分からも、一言よろしいでしょうか」

「おう、佐々原、お前もこの若造に言いたいことが山ほどあるだろう。遠慮はいらんぞ」

「これ以上、執行部のお歴々に大事なお時間を割いていただくのは、心苦しい限りです。元元これは、親と子のごく内輪の諍い。解決への筋道も、我々の合議の上で探りたいと思っております」

「サシで冷静に話し合えるか？」

「はい。そのようにさせてください。陣内、日を改めて、手打ちへ向けた席を設ける。それでいいか」

「――恐れ入ります。そういうことでしたら、こちらも従います」

陣内が恭順すると、執行部の面々は一様に苦々しい顔をした。陣内の処遇を巡って、執行部は穏健派と強硬派に分かれている。陣内の異例尽くしの出世や待遇に、普段から不満を抱いている強硬派は、ここぞとばかりに糾弾の手を休めなかった。

「子分がやっと謝る気になったか。佐々原、お前も苦労をさせられるな」

「会長の気に入りをいいことに、陣内組はのさばり過ぎたんだ。もうお前たちの好きにはさせんぞ」

「金儲けしかできん男は、最後はやはり金に目が眩《くら》んだか。お前の代わりなんぞいくらでもいる。偉そうな態度も今日までだ」

陣内は非難を一身に浴びながら、もう一度頭を下げた。佐々原を擁護する強硬派が、彼を労《ねぎら》うように周りを固めて座敷を出ていく。

長い会合が終わり、執行部が退席するまで土下座をしたままでいると、最後の一人が立ち止まって、陣内を睥睨した。

「顔を上げろ。お前もヤキが回ったな」

「柊さん――」

「お前や佐々原組とは因縁があったが、こんな結果になるとは思わなかった。親と子の潰し合いをするのは、お前たちの勝手だ。執行部にこれ以上面倒はかけるなよ」

踵《きびす》を返して座敷を去って行く柊青会の会長を、陣内は黙って見送った。たとえ佐々原組と戦争をすることになっても、後悔はしないと決めている。春日の病院を存続させるために、MMLビルを買い取ろうと思った瞬間から、こうなることは予想できていた。

陣内が針の筵《むしろ》に座っていることも知らず、春日は今日もあの診察室で、患者に向き合っていることだろう。数日前、ホテルでキスを交わした彼は、真っ赤な顔をして寝室から逃げてしまった。バスルームに立てこもって、もうしない、と恥ずかしがる姿を、いとおしいと思った。

「本当に、ヤキが回った。こんな時にお前の顔が頭に浮かぶ」

温い自分自身に釘を刺して、誰もいなくなった座敷を見渡す。しんと静まり返った室内に、強硬派の執行部の殺伐《さつばつ》とした空気が残っていて、頭をクリアにするにはちょうどいい。

「親と子の潰し合いか。どのみち、戦争になればお互いに破門は避けられない」

破門の先に何が待っているか、陣内は知り過ぎるほど知っていた。結末の見えた戦争なら、せめて勝って終わりたい。むざむざと潰されてやる気は、陣内にはなかった。

その日は冷たい雨の一日だった。植え込みの木々の葉は濡れそぼり、夜の風景の中に沈んで、どこか物悲しい雰囲気を醸し出している。乗り慣れた車のタイヤが、キュッ、と雨を弾いて、石畳の小径《こみち》に続く通りの脇に停車した。

近隣に建つ神社の鎮守の杜《もり》が、エアポケットのような都心の隠れ家を演出する料亭、『十和田《とわだ》』。赤坂の元人気芸者が女将《おかみ》をしている店で、裏の社会の人間たちにもよく利用されている。今夜はここで、陣内組と佐々原組の、手打ちに向けた話し合いが行われる予定だった。

「――本当に一人で大丈夫ですか。店内に一歩入ったら、何が起きるか分かりません。俺が護衛につきますよ」

「身軽でかまわない。互いに丸腰で話そうと、佐々原から事前に連絡があった」

静かに佇む料亭に、本来なら争い事は似合わない。今日の話し合いは、展開によっては殺し合いに発展する可能性がある。自分が銃を携行しない代わりに、陣内は武闘に長《た》けた橘とその部下を伴って、ここへ乗り込んできたのだ。

「中の様子は俺が一人で探る。橘、お前は部下たちと予定通り配置につけ」

「はい」

「まず先に、店の東南側の出入り口を確保しろ。離室《はなれ》のある方だ」

「分かりました。イヤホンマイクは絶対に外さないでください。お気を付けて」

革手袋をしてハンドルを握る橘を、一人運転席に残して、陣内は後部座席のドアを開けた。車を降りると、傘のない陣内のコートの肩を、ざあっ、と雨の粒が跳ねていく。何年も前の雨の日も、同じように肩を濡らしたことを思い出した。

「……あの時、車を降りたのはお前だったな」

まだ医師になる前の、あどけなさの残る二十歳の春日の顔が、ふと思い浮かぶ。酒席にかこつけた、佐々原組長との戦争の場に赴くには、少し緊張感が足りない気がした。

「今は消えろ。クソガキ」

小径を目隠しするように連なる、植え込みの緑の葉を、ぴん、と指で弾く。そうした後で、椿の葉だったことに気付いて、陣内は苦笑した。

雨に打たれながら小径を進むと、『十和田』の表玄関が見えてくる。和の佇まいで客を迎えるそこに、着物姿の仲居が立っていた。

「――いらっしゃいませ。陣内様でございますね」

「ああ」

「お待ちしておりました。離室の方へご案内するよう、佐々原様から承っております。コートをお預かりいたします」

「いや、このままでいい」

コートの雨粒を適当に払って、陣内は靴のまま入ることができる店内を、離室まで歩いた。建物よりも、庭園の方がずっと広いこの料亭は、晩秋から初冬へ向かう季節の移ろいを間近に感じられる。雨を抱く池の水面《みなも》にも風情があって、今夜のような用事でなければ、ゆっくりと庭を眺めながら食事を楽しみたいくらいだ。

「こちらでございます。御履き物を脱いで、ごゆっくりお寛ぎください」

仲居が楚々《そそ》とした仕草で、離室への上り口を手で示す。陣内はそこで革靴を脱ぐと、案内を終えた仲居が下がるのを待って、用心のために靴をコートでくるんだ。

研ぎ澄まされた野性の勘が、離室を取り巻く不穏な空気を感じ取っていた。明確に説明することはできない、本能のようなものだ。

「失礼する——」

待ち伏せを予測して、慎重に出入り口の戸を開ける。しかし、室内には佐々原も、佐々原組の組員たちも、誰もいなかった。青々とした畳の上、酒器を並べた黒檀《こくたん》のテーブルのそばに一人、首輪をつけた男が控えている。

「お前は……」

佐々原組のシマの『紫蘭』で会った、凍てついた瞳をした人形のように美しい男。確か柊青会の幹部に飼われていた、ペットの男だ。

一瞬のうちに、陣内の体に緊張が走る。彼は、ここにはいるはずのない人物だった。

「何故お前がここにいる」

「他の客が揃うまで、あなたをもてなすように言われました」

「もてなす?」

「——はい。あなたに気に入られて、かわいがってもらえと」

男はそう言うと、形のいい唇を噤《つぐ》んで、部屋の奥の襖《ふすま》を開けた。床に置かれた、仄かに点《とも》るランプの明かりが、一組の寝具を照らし出す。ここにも酒が用意されていて、二つ並んだ枕のそばには、避妊具と何かの薬まで置いてあった。

「ヤクか。お前がご主人様といつも使っているのか」

「俺は、クスリはしません。……俺の飼い主が使っているクスリとも、違います」

「要領を得ないな。分かるように言え」

「あれを、酒に混ぜて、あなたに飲ませるように言われました。あなたを殺すための毒薬です」

「……何……？」

感情も抑揚もない、男の少しハスキーな声が、静かに真実を語り出す。陣内はもう一度、透明なパッケージに入った薬を凝視した。

「見くびるなよ。いかにも怪しい男が酌をした酒を、俺が簡単に飲むと思うか？」

「俺が毒殺に失敗しても、銃を持った佐々原が、もうすぐここへやって来ます。あなたを殺して、佐々原も、撃たれる。この離室は、俺の飼い主の仲間たちが、あなたと佐々原を逃がさないように、取り囲んでいるからです」

「ふん。想定内だな」

陣内は反射的に、室内を見回した。神経を尖《とが》らせながら窓に張り付き、ほんの数センチほど障子を開ける。庭先の木々の陰で、息を殺して潜んでいる、狙撃手のシルエットが見えた。

（俺と佐々原を相撃ちに見せかけて殺す――。そうすることで最も利があるのは、柊会長、お前だろう）

親子で潰し合いをしろと言った、柊青会の会長の顔が、頭の奥に蘇《よみがえ》ってくる。彼にとっては、陣内も佐々原組長も、六年前の婚約不履行で面子を潰された相手だ。彼の恨みの火種は、今もまだ燻《くすぶ》っていたのだ。

陣内は左耳に手をやって、耳孔に仕込んでいた極小のイヤホンマイクに話しかけた。冷静でいるつもりが、早口になるのは否めない。

「橘、聞こえるか。やはり今夜の会合は罠だった。この離室は柊青会の連中に囲まれている。庭の狙撃手の数を確認しろ。二分後にお前の合図でここを離脱する。外から狙撃手を陽動して、援護してくれ」

『はい！　東南側の出入り口の見張りは制圧しました。早く準備を！』

橘の返事を、高性能のイヤホンがクリアな音声で伝えてくる。この料亭は、最初から話し合いをするために用意されたものではなかった。柊青会が裏で糸を引いた、陣内と佐々原組長を暗殺するための、隔離された処刑場だったのだ。

「おい、お前」

部屋の隅で、所在無げに立っていた男が、陣内の方へ瞳を向けた。命のやり取りをしている場面でも、彼の瞳は不思議なくらい静けさを宿している。

「悪いが、俺はここで死んでやる訳にはいかない。柊青会が暗殺を企てた証拠に、お前か、お前のご主人様の身柄を預かる」

「……俺の飼い主は、女のところにいます。麻布《あざぶ》のリステルタワー、７３５号室です」

「麻布のリステルタワー、７３５。橘、聞こえたか」

『はい、澤木がもう確保に向かってます！　陣内さん、店の表玄関に佐々原の車が到着しました。奴はまっすぐそちらへ向かう模様。急いでください、離脱まであと三十秒、二十九、二十八……』

耳元で橘の秒読みが聞こえる中、男は自分の役目は終わったとばかりに、床に座り込んだ。痩せた白い頬に仄かな笑みを浮かべ、陣内を見上げている。

「逃げてください。俺の飼い主は疑い深いから、俺はいつも盗聴器をつけられて、行動を監視されています。今あなたに話したことは、外の連中に筒抜けだ」

「盗聴器――」

男は自分の首輪に指を添えて、こくん、と頷いた。

「出口は向こうです。早く行って。ペットは人質にはなれません」

「ここに残る気か？　お前、死ぬぞ」

「帰ってこいとは言われていないから、俺はここにいます」

男が何故、暗殺計画を打ち明けたのか、大きな謎が残っていた。あるいはこれも罠かもしれないが、男の澄んだ瞳を見ていると、嘘をついているとも思えない。

「何故俺を助けようとする」

「……前に『紫蘭』で会った時、嘘をついて、俺を助けてくれたから。あなたの服からは、煙草の匂いがしました。俺を灰皿にしないでくれて、ありがとう」

男はそう言って、煙草の火傷の痕がついた掌を擦り合わせた。陣内にとっては何でもなかった『紫蘭』でのやりとりが、彼には大きな意味があったらしい。

しかし、ここに残れば彼は確実に殺される。陣内を逃がした裏切り者として、美しい顔も愛玩用の体も、柊青会の銃弾の雨に曝されるだろう。

「お前も死にたがりなのか」

「俺はただ、自分の目の前で人が死ぬのを、見たくないだけです」

行って、と、男は裏口の戸の方へ、左手を伸ばした。彼の手首にある黒と黄色に彩られたアゲハ蝶が、陣内に退路を示す。蝶の羽が不自然に折れているのが、痛々しかった。

「――立て」

「え……？」

「早く。お前を死なせない。俺と一緒に来い」

陣内はアゲハ蝶の刺青の上から男の手首を摑むと、力任せに立たせた。

『四…、三…、二…っ、陣内さん！』

イヤホンから橘の呼ぶ声が聞こえたのと、庭先で眩しい光と音が炸裂《さくれつ》したのは同時だった。閃光弾《せんこうだん》に目を焼かれて、狙撃手たちが照準を誤る中、陣内は男を抱きかかえるようにして離室を飛び出した。雨の庭を突っ切り、銃弾に足元を削られながら、料亭の敷地の外へと振り返らずに駆ける。

「こっちです！　陣内さん！」

「先にこいつを乗せろ！　お前のヤサへ匿《かくま》って、絶対に外へ出すな！」

「さっきから誰と話してるのかと思ったら…っ。だ、誰なんですか、これ」

「――俺の命の恩人だ。橘、車を出せ、早く！」

陣内は橘から銃を奪い取ると、助手席に乗ってウィンドウから半身を出した。料亭から走り出てきたゴーグルの集団が、陣内に向かって銃を構えている。別の車に乗り込んだ橘の部下たちが、それを阻んだ。サイレンサーをつけた銃どうしの、鈍い銃撃音の応酬が、雨粒ごと夜を切り裂いた。

走り出した車の風圧が、陣内の黒髪を巻き上げ、援護をしていた銃の手元をぶれさせる。暗殺を遂行しようと、プロの狙撃手が放った銃弾のいくつかが、陣内の体を掠めていった。

「つ…ッ！」

右肩を撃たれた衝撃と、火に焼かれるような激しい痛みに襲われる。陣内は助手席に倒れ込みながら呻いた。

「陣内さん⁉　撃たれたんですか？　大丈夫ですか！」

「これくらい、何でもない……。幹線に出たら、手筈《てはず》通り車を換える。俺だけ降ろせ」

「手当てが先です！　このまま乗っていてください！」

「いいから降ろせ。二手に分かれた方が追っ手を撒ける。無事、ヤサに着いたら連絡しろ。この男を死なせるなよ、いいな」

「……はい……っ」

橘に男を預け、陣内は撃たれた肩を庇いながら、適当なタクシーに乗り換えた。料亭のあった細い通りから、猛スピードで走り出てきた数台の車が、橘の車を見失って見当違いの方向へ去って行く。それを確かめた後で、陣内は運転手へ行き先を告げた。

「青山のティリス・レジデンスまで。地下駐車場の方のエントランスに着けてくれ」

「かしこまりました」

手負いの獣は、誰も知らない隠れ家に身を寄せて傷を治すものだ。部下にさえ教えていない自宅へ向かいながら、出血で気が遠くなるのを、陣内は堪《こら》えた。

肩の銃創が、まるで心臓にでもなったかのように、どくっ、どくっ、と震えている。体のあちこちからも、同様の痛みがした。服や自分の掌では、流れ続けている血を押さえられそうもない。

「シートを汚した。後で弁償するから、名刺をもらえるか」

「あ、は、はい。そこの、精算用のトレーの上にありますよ。お客さん、それより病院へ行った方がいいんじゃ……」

「ああ。今、往診を頼もうと思ったところだ」

血染めの指で取った名刺を、スラックスのポケットに忍ばせる。それと入れ替わりに、携帯電話を引き抜いて、陣内は登録して間もない花井医院の番号を呼び出した。

「……先生、早く出ろ……」

電話を握る手から、刻々と力が失われていく。耳元のコール音に自分の命を託して、陣内は静かに、瞼を閉じた。


浮上と沈没を繰り返す意識の向こう側で、ぐわん、ぐわん、と、民族楽器の打楽器のような音が鳴っていた。地下駐車場でタクシーを降りてから、どうやってエレベーターに乗り、この部屋まで帰ってきたのかよく覚えていない。

いつもマカオから帰国する前にハウスクリーニングを入れているから、人は住んでいなくても、室内は綺麗だ。新しいシーツに染み込んでいく自分の血の温もりで、少し意識が鮮明になった。

「――陣内さん、陣内さん……っ！　どこだ……っ！」

どうやら、打楽器に聞こえた音は、人の声だったらしい。ひどく慌てた声と、乱れた足音。

それらは、開け放ったままだった寝室のドアの前で、急に静かになった。

「……陣内……さん……」

「遅い――」

新宿の区役所通りから、ここまでは、どう急いでも十数分はかかる。それすらも待ち切れないほど、彼を求めていたことを思い知って、このまま気絶したくなった。

「危険なことは、するなって言ったのに……っ」

花井医院を飛び出してきた格好のまま、春日は白衣の裾を撥《は》ね上げてベッドへ駆け寄った。

六年前、自身が監禁されていた場所で、彼は陣内の頬を思い切り叩いた。

「ふざけるな、馬鹿！　あんたは何やってんだよ！」

「……平手の前に、お前にはすることがあるだろう」

「うるさい！　重傷患者は黙ってろ！」

春日はよく使い込まれた診療鞄《かばん》を開けて、大量のガーゼや止血用の器具を取り出した。

血塗れの陣内の服を鋏《はさみ》で素早く切り裂き、肩と腕、そして脇腹の傷痕を露出させる。

「肩に弾が残ってる…っ。先にこれをどうにかしないと。局所麻酔をかけるよ」

「ああ」

「脇腹、自分で圧迫できる？　タオルを宛がうから、肩と腕を治療する間、しばらく我慢して」

「……っ…、もう少し、優しく、できないのか」

「一人なんだから仕方ないだろ！　部下はどこだよ！　あんた、どれだけ失血してるか分かってるのか。輸血が必要なんだぞ」

「部下は全員、出払った。奴らには奴らの仕事を任せている」

「こんな非常事態に、仕事も何もないだろ」

春日は呆れたように首を振って、診療鞄から何かのキットを取り出した。陣内の血を少し採取し、そのキットに付着させてから、並行して止血を続けている。

迷いなく動き続ける彼の両手と、三ヶ所の銃創へ注がれる、真剣な眼差し。銃弾に倒れた秋月を前に、泣くだけで何もできなかった六年前の春日と、今夜の春日は違っていた。自分の白衣が血に染まることも厭《いと》わずに、焼け爛《ただ》れたように変色した陣内の肩を、ガーゼで覆っていく。

「ここでできるのは、応急処置だけだから。ちゃんとした治療は、うちの病院に戻ってからやる」

「……銃創の、ヤクザを、病院で診るのか。医師として、お前は間違っているぞ」

「人を呼びつけておいて勝手なことを言うな」

生意気に微笑んだ春日の顔が、小さく、遠く、薄くなっていく。視界が急に狭くなったのを感じて、陣内は思わず身動《みじろ》ぎした。

「じっとして。陣内さん、鎮痛剤が効いてるんだ。このまま休んで」

「春日――」

「俺があんたのことを診てるから。絶対に死なせないから。安心して眠って」

「……いつからそんな偉そうな口が、叩けるようになった」

「医師になった時からだよ。――目を閉じて。右肩の弾は取り除いた。もう大丈夫。大丈夫だからね」

大丈夫、と繰り返す春日の唇が戦慄《わなな》いている。泣き出す前の子供のような、ひどく心細そうな彼の顔が、陣内の胸の奥を突いた。

「不細工な顔だ。患者を不安にさせる、お前はヤブ医者だ」

「……陣内さん……っ」

血が乾き始めた手を、陣内は春日の頬へと伸ばして、そっと包んだ。

「このまま、目覚めなかったら、俺が最期に見たものは、お前になるのか」

「そんなこと言っちゃ駄目だ。絶対に助ける。約束する」

「――賭けるか？　俺がもう一度、目を覚ましたら、褒美に背中の鷹を完成させろ。死んだら、部下たちに、遺体を処理させてくれ」

「陣内さん！　そんな賭けに俺は乗らない！　陣内さん……っ！」

「遺言になるかもしれないぞ。……ちゃんと……覚えておけよ……」

ふ、と意識が途切れて、陣内の視界は真っ暗な闇になった。

痛みもない、苦しみもない、安楽な眠りの淵《ふち》に落ちていく。

「嫌だ——。俺から、この人まで取り上げないで。神様。じいちゃん。秋月さん。俺……っ、何でもするから、この人を救う力をくれ……っ」

涙混じりの春日の声は、現実だったのか、夢の中で聞いた声だったのか、分からない。失血死する寸前で見た、単なる願望なのかもしれなかった。

（お前が、俺のために、泣くなんて）

他の誰でもない、自分のために泣く春日を、ずっと記憶に留《とど》めていたい。あの世という無の世界へ旅立つのなら、春日の泣き顔くらい、土産《みやげ》にしてもかまわないだろう。

春日の顔を見たくて、陣内は重たい瞼を震わせた。気を失って、いくらか時間は経っている。頭が働かないせいか、すぐには時計のある場所を思い出せなかった。

瞼を開けたすぐ先に、春日の茶色の髪が見える。ベッドの縁に突っ伏して、彼は眠っていた。夜だった窓の外は明るく、もう朝がやって来ている。カーテンの隙間から射し込む、白い朝陽に照らされた枕元には、簡易式の点滴スタンドがあった。

「また、無茶をしたのか。春日」

スタンドから、陣内の左腕に向かって、細いチューブが繋がっている。ゆっくりと陣内の体内に送り込まれているのは、点滴の薬剤ではなく、赤い液体だった。

春日の腕に、血の滲《にじ》んだガーゼがテープで貼ってあるのを、陣内はやるせない思いで見た。止血に使ったぐしゃぐしゃのタオルのそばに、血液型検査をしたキットが放置されている。治療をしながら、春日は自分の血を輸血に使って、陣内を救ったのだ。

「血液型が不適合なら、どうするつもりだった。……お前は本当に、馬鹿な奴だな……」

いとおしさの全てを込めて、陣内は春日の柔らかな髪を梳いた。彼がくれた血を、一滴も無駄にはしたくないと思った。

輸血が終わるのを待ってから、陣内はそっとベッドを離れ、服を着替えた。クローゼットの中にある、一番柔らかな毛布を選んで、疲れ果てて眠る春日の上にかける。

「落とし前をつけてくる。治療代はここに置いておくぞ」

この部屋に保管してあった、MMLビルの権利書を、陣内は春日の診療鞄に忍ばせた。春日がそれをどう使おうが、彼の自由だ。

もう一つ、ベッドの上にこの部屋の合鍵を放って、陣内は踵を返した。塞がったばかりの肩の傷痕を無視して、玄関を出る。

銃弾を受けた陣内の体を、早朝の冷たく澄んだ空気が洗っていく。少しも寒く感じないのは、麻酔が効いているからでも、傷痕が発熱しているからでもない。体内で混じり合う二つの血が、いとしい者を残していく男と、その男を全霊で救った男を繋いでいる。体を重ねるよりも深く、熱く結びついて、二人を別《わか》つことはもうできない。陣内はそれを、幸福だと思った。

5

料亭『十和田』で銃撃戦が起きた翌日、巷《ちまた》はそのニュースで持ち切りだった。ある新聞は裏の社会の組織どうしの抗争だと謳《うた》い、またある新聞は、都心を狙ったテロ事件かと大々的に書き立てた。

世間に様々な憶測が飛ぶ中、泉仁会内部には激震が走っていた。銃弾で荒らされた『十和田』の離室で、佐々原組長の遺体が発見されたからである。

全身に銃弾を埋め込まれた凄惨《せいさん》な遺体は、現在、警察で司法解剖が進められている。泉仁会執行部は、三次団体以上の主だった組長や若頭を集め、事の経緯の説明と、葬儀についての協議に追われた。しかし、もっぱら話題は、佐々原組長を殺害した犯人のことに集中していた。

「――あいつだ…っ。陣内の野郎に決まっている。佐々原といざこざを起こした張本人が、馬鹿な真似をしやがった」

「問答無用で撃たれた佐々原が不憫《ふびん》だ。奴は陣内と話し合いをするつもりで、部下もつけずに丸腰で『十和田』へ行ったんだろう?」

「親殺しは最も許されねぇ大罪。陣内一人の命《タマ》じゃあ、とても償《つぐな》い切れねぇぞ」

「陣内組を潰せ。重石《おもし》をつけて、一人残らず海へ叩き込め」

緊急の会合に集まった百人ほどが、座敷のあちこちで車座になって、怨嗟《えんさ》の声を上げている。この日ほど、泉仁会が揺れた日はなかった。陣内組への制裁を提案する執行部の采配に、異を唱える者は誰もいない。唯一人、泉仁会会長だけが、座敷の上座で静かに事の成り行きを見守っていた。

「ご報告します……っ！　陣内が…っ、陣内組長が、先程こちらへ到着しました。会長に目通りを願っています」

会長付きの下っ端の組員が、血相を変えて座敷へ駆け込んでくる。もとから騒がしかった場内が、沸騰するような熱気を帯びた。

「今更何の言い訳だ！」

「どのツラ下げて現れやがった！　首根っこ捕まえて、ここへ引き据えてこい！」

「——言われなくても、逃げも隠れもしない。下の組まで雁首そろえて、暇なことだな」

「陣内、てめぇ……っ！」

「親殺し！　お前を今ここで殺しても、誰も胸は痛まねぇ！」

座敷に姿を見せた陣内へと、四面楚歌《しめんそか》の苛烈《かれつ》な視線と罵声が浴びせられた。親子の義理を犯した者は、死ぬまで汚名と憎悪が付き纏う。組織の中でどれほど高い地位を築いた人間でも、そのルールに例外はなかった。

「陣内。執行部はお前とお前の組に、制裁を下すことにした。無論、警察が踏み込んでくる前に、お前たちは速やかに処分される」

柊青会の会長が、執行部を代表するように、陣内の前に立ちはだかった。計略を用いて、佐々原組長を殺した真の犯人が、勝ち誇った笑みを浮かべている。醜く歪んだ仲間殺しの唇が、呪いの言葉を吐いた。

「せっかく生き延びたお前も、ここまでだ。鮫《さめ》のエサになるのも、山の土に還るのも、どちらも苦しいぞ。佐々原と相撃ちで死んでおけばよかったな」

「言いたいことはそれだけか」

「――柊青会を虚仮《こけ》にし、俺に恥をかかせた秋月の後追いをさせてやる。佐々原も同罪、お前たちは蛆虫《うじむし》だ。何度殺しても飽き足りねぇクズなんだよ！」

陣内の右手の拳《こぶし》に、俄かに力が漲《みなぎ》った。口汚く罵った柊会長を、銃創の痛みも忘れて、一瞬のうちに殴り飛ばす。畳の上を転がる柊会長の姿に、座敷の中は静まり返った。立ち上がることもできない無様な彼を、遠くから甲高《かんだか》い声が呼んだ。

「ひ…っ、柊会長！　おやっさん、すみません！　そ、そ、そいつは全部知ってる！『十和田』をうちが張ってたことも、おやっさんが、そいつと佐々原に殺し合いをさせるつもりだったことも、全部知ってんだ！」

澤木と橘が、麻布のマンションで拘束した柊青会の幹部を連行してくる。急展開していく事態に、執行部も、他の組長たちも、ただ黙って見ているしかなかった。座敷に響き渡る澤木の声が、仕組まれた佐々原組長の死を、いっそう悲しいものにしていた。

「柊会長。佐々原組長は、あなたに利用された。うちのボスを撃てと、佐々原を焚き付けておきながら、『十和田』を狙撃手に囲ませて、証拠隠滅に彼を殺した。その上うちのボスに罪をかぶせようとしている」

「……何……を、……言ってんだ……、貴様、黙れ……っ」

「この男が全部吐きました。二人を相撃ちさせて殺すなんて、陣内組と佐々原組の両方に恨みを持っているあなたらしい。あなたしか思いつかない、汚いやり方です！」

「そいつの言うことなんぞ、証拠になるか。騙されるなよ…っ、佐々原を殺したのは陣内だ。俺は暗殺なんぞ、企てちゃいない」

言い訳を続ける柊会長の足元に、陣内は小さな機械を放り投げた。黒いボタンにしか見えないそれは、片面にスピーカーがつけてある。スイッチが入ったままだった機械は、ザザザッ、と雑音を奏でた後で、柊会長とその幹部、そして佐々原組長の会話を再生し始めた。

『腕のいい連中を集めた。「十和田」の備えはこちらに任せておけ』

『柊さんの手は煩わせません。隙のない陣内でも、私一人で相対すれば、多少の油断はあるでしょう』

『首尾よくいくよう、祈ってますよ』

『景気づけに、飲んでください。お二人にとびきりのを今、持って来ますから。ちょっとお待ちくださいい』

ザザッ、ザッ、とまた、雑音が聞こえる。耳障りなそれに混じる、ホステスの声や、流行の音楽。佐々原組長の声が消えると、柊会長と幹部の声は、逆に鮮明になった。

『……暢気《のんき》なもんだ。自分も死ぬとは露ほども思っちゃいねぇ』

『黙れ。ここは女の耳がある。確実に陣内と佐々原を仕留めたい。こちらの目的を伏せるために、念には念を――だ』

小さな機械に録音されていた会話が、真実を語っていた。柊青会の愚かな企てを知って、執行部の誰かは驚愕し、他の誰かは憤慨し、呆れて笑う者まで出てきた。

「何故……っ、こんなものが残ってんだ……っ」

「佐々原組のシマ、『紫蘭』で交わされたあなた方の会話です。これが佐々原組長の死の真相だ」

「制裁を受けるのは、謀略で身内を殺したお前たちだ。言い逃れができる証拠があるなら、出してみろ。何なら、俺の肩に埋まった弾丸をサツに持ち込んでもいい。そこから足がついて、どのみちお前たちは終わりだ」

「……くそ……、くそ……っ！　誰かこいつを殺せ！　殺してくれ！」

柊会長は声を上擦《うわず》らせ、敗北者の醜さを隠しもせずに喚《わめ》いた。見かねた執行部の面々が、自分たちの部下を使って彼を座敷の外へと下がらせる。

親殺しの大罪の真実は、それと変わらない身内殺しの大罪だった。この場に集い、事の真相を知った全員が、数人を除いて力を失ったように呆然とした。

「——終わったか、陣内」

一人、無言を通していた泉仁会会長が、顎の先の白い髭《ひげ》を撫でながら口を開く。陣内が畳に膝をつき、頭を下げると、百人近く居並ぶ男たちが、列を整えてそれに倣《なら》った。

「会長の膝元で、騒がしい真似をいたしました。申し訳ありません」

うむ、と頷いて、会長は齢《よわい》八十のしわがれた声で、泉仁会を揺るがした事件を収めた。

「柊の処分は執行部に任せる。佐々原には気の毒なことをしたが、身内の争いには、両成敗の沙汰《さた》を下すのが掟だ。陣内、お前には当分謹慎を申し付ける」

「……はい」

「体を治して、また大いに働け。柊と佐々原の穴を、お前が埋めろ」

「承知いたしました」

——今回の裁定は、再び泉仁会を嵐に巻き込む。しかしそれは、陣内組が柊青会と佐々原組のシマを吸収し、泉仁会会長と親子の盃を交わすようになる、これから数年後の将来の話だった。

マカオへ帰る直行便のチケットを、陣内は指で弄《もてあそ》びながら、まだ自由に動かせない自分の体に苦笑した。痛みが引けばリハビリも可能だろうが、謹慎処分をくらった身の上では、派手に立ち回ることはできない。

東京よりも温暖なマカオで、冬の間はおとなしくしていよう。そう心に決めて空港へ向かう車中は、目まぐるしかったここ一ヶ月近くの日々が幻のように、和やかな空気が流れている。こんなに長く東京で過ごしたのは、マカオで暮らすようになってからは初めてで、里心がついてしまいそうだった。

青山のマンションを出たタクシーは、空港へ向かう前に、回り道をして新宿の街を走っている。区役所通りから、ビルとビルの隙間を埋めるように、ＭＭＬビルの外観が見えた。花井医院は、昼間もきっと看板を掲げているだろう。小さなあの病院の院長は、二十四時間無休だと、自分で豪語していた。

春日に会わずにマカオへ発《た》つつもりが、ウィンドウ越しにビルがちらりと見えただけで、車を方向転換させたくなる。フライトの時刻まで余裕がないと、自分で自分に枷《かせ》を填めて、陣内は携帯電話を耳に宛てた。

『はい、花井医院です』

「俺だ」

『陣内さん――』

驚きと、微かな喜びが混じった春日の声を聞きながら、シートに深く背中を預ける。肩の傷に響いたが、春日と電話をしているというだけで、痛みは甘い何かへと変わっていった。

『陣内さん、あんた今、どこにいるんだ。俺に傷の具合を診せに来い。あんたはまだ治療の途中なんだぞ』

春日の声は、いつも歯切れがよく、威勢がいい。もう少し優しい方が医師らしいと、ぼんやり思っていると、春日はその声を小さくひそめた。

『あの……、陣内さんが残していったビルの権利書、どうしたらいいんだよ。俺が持っててもいいの』

「あれは治療代だ。現金の持ち合わせがないから、お前にやる」

『でも、治療代なら、正規のレセプトを出さなきゃ』

銃創を診ておいて、正規も何もあったものじゃない。くっくっ、と陣内は笑って、春日が困らない妥協案を提示した。

「俺がまた東京に戻るまで、権利書はお前が預かっていてくれ」

『え…、どこかへ行くのか？　ちゃんと病院はあるんだろうな。リハビリができるところじゃないと、主治医として許可できないぞ』

主治医、という響きが意外なほど心地いい。やはり車をUターンさせて、春日を攫いに行こうか。本気が半分、冗談が半分で、陣内は誘いをかけた。

「俺と一緒に行くか。春日」

しかし、今度は彼は、どこへ、とは聞かなかった。陣内の耳に、春日の名前を呼ぶ看護師の声が微かに聞こえる。花井医院と、空港へ向かうタクシーは、もう通りを何本分も離れていた。

『——ごめん。俺はここにいるよ。ここにいれば、あんたみたいなヤクザでも、いつでも診てやれるから』

とても春日らしい答えを告げて、彼はもう一度ごめんと言った。

『どこへ行くのか知らないけど、気を付けて。東京に帰ったら、ちゃんと連絡してほしい』

陣内に下された謹慎の沙汰は、何年後に解かれるか分からない。明日かもしれないし、十年後かもしれない。どちらにしろ、自由の身になれた時が、春日との再会の時だ。

「その時がきたら、連絡する。お前から電話をくれてもいいんだぞ」

『え？』

「もし、お前の力ではどうしようもない事態が起こったら、迷わず俺に連絡しろ。必ず助けてやる」

『陣内さん……』

「これも治療代の足しだ。お前のおかげで命拾いをした。またな」

春日の返事を待たずに、陣内は通話を切った。無意識に緩んでいた表情を引き締めて、強制的に瞼を閉じる。

「成田に着いたら起こしてくれ」

「はい、かしこまりました」

空港に着くまでの間、手持ち無沙汰の時間を眠りでごまかしたかったのに、肩の鈍い痛みが気になって起きたままでいた。まるで、「ちゃんと病院に行け」と春日に文句を言われているようだった。

成田空港のターミナル前でタクシーを降り、待ち合わせのゲートに向かうと、澤木や、マカオから同行してきた部下たちが先に到着していた。見慣れた数人の顔の中に、一人、行き交う人々の注目を集める美形がいる。

「お前か。この間は、世話になったな」

「……いえ」

長い睫毛を伏せた彼は、相変わらず無表情で首を振った。

「お前の首輪の盗聴器は、よく役に立ったぞ。何か報酬を考えよう」

自分の飼い主を裏切り、柊青会の暗殺計画をリークした男。彼は日本にいれば、報復されて殺される運命にある。

「俺はさっき、ふられたばかりだ。慰める気があるなら、お前も来い」

出国の手続きをしに、歩き出した陣内の後を、男は黙ってついてくる。そう言えば、彼の名前を知らないことに今更気付いて、陣内は振り返った。

「お前、名は？」

「俺は――」

彼の名は、矢嶋青伊《やしまあおい》。春日とは正反対の、凍えた瞳を持つ、とても美しい男だった。

爪痕　第三章

1

「もし、お前の力ではどうしようもない事態が起こったら、迷わず俺に連絡しろ。必ず助けてやる」

そう言い残して、陣内鷹通《じんないたかみち》が東京から去って行ったのは、今から五年ほど前のことだった。陣内が属する組織の内部抗争で、銃撃を受けた彼の体は、肩の銃創に弾丸が残ったままの重傷だった。暗殺されかかったという真相を後で聞いて、裏の社会の殺伐《さつばつ》さに、背筋を寒くしたことを覚えている。

その事件よりももっと前、陣内に初めて出会った頃は、自分も裏の社会に近いところにいた。刺青《いれずみ》の彫り師だった祖父に憧れ、医学部生として講義と実習に明け暮れる中、彫り師の修業に打ち込んでいたことが懐かしい。その頃とは逆に、自分は今、刺青を除去する治療に真剣に取り組んでいる。

刺青やタトゥーは、一度肌に入れると、完全に除去することは難しい。特に裏の社会の人間たちが好む、全身に及ぶ手彫りの刺青は、レーザーや皮膚を切除する方法でも大きな痕《あと》が残る。本来刺青は、彫り師と何度もカウンセリングを重ねて、後悔はしないという覚悟を決めてから入れるものだ。しかし、どんなに覚悟を持って彫った刺青でも、時間が経《た》てば考え方や価値観が変わって、後悔をする人がいる。その一方で、望まない刺青を入れられて、つらく苦しい思いをしている人もいる。

刺青を消すことで、それまでの人生に区切りをつけ、新しい人生を生き直したい。裏の社会に限らず、そう願う人々が、口コミや噂を頼りにして、自分のもとを訪ねてくる。

新宿の区役所通りに程近い、雑居ビルが並ぶ界隈で開業している花井《はない》医院は、外科でも内科でも小児科でも診《み》る、二十四時間無休の小さな病院だ。場所柄、普通の病院では診療を受け付けない、訳ありの患者も多い。刺青の除去手術を受ける患者も、事情や素性を隠したがる、訳ありの患者がほとんどだった。

祖父のもとで彫り師の修業をしていた頃から、数限りなく刺青を目にしてきた自分にとって、とても印象深い刺青が三つある。

一つは、兄のように慕っていた秋月《あきづき》組組長、秋月㓛《ちから》の背中にある、祖父が彫った最高傑作の昇り龍。二つ目は、実の親の虐待によって傷付けられた友人、矢嶋青伊《やしまあおい》の左手首のアゲハ蝶。そして三つ目は、自分が人の体に彫った最初で最後の刺青、未完成のまま陣内鷹通の背中に残る、月を戴《いただ》く鷹。

裏切り者の汚名とともに、秋月が報復と制裁の銃弾を受けた時、学生だった自分は、ただ泣くだけで何の治療もできなかった。背中の刺青を消したかったという、秋月の本当の気持ちを知って、彫り師の道を閉ざし、医師の道を進むことに決めた。ちょうどその頃施術中だった陣内の鷹が、今も未完成のままなのは、そのためだ。

彫り師には戻らないと何度言っても、陣内は自分に鷹の続きを彫らせたがって、諦《あきら》めてくれない。羽ばたけない鷹を背中に宿した彼に、罪悪感を抱いていない訳ではなかった。しかし、医師として刺青を消す立場を選んだ人間が、もう一度彫り師に戻るのは、自分の信条が許さない。

未完成の刺青を咎《とが》めない陣内は、銃で脅迫してくることもなく、こちらの気が変わるのを待っている。もう何年も、彫り師の道具に触れていない自分の手は、きっと彼が満足する刺青を彫ることができないだろう。

実は、それが一番気がかりで施術を断っていることを、陣内は知らない。これから先も、彼に本音を打ち明ける気はない。もっとも、陣内に会うことは数年に一度しかないから、話す機会も同様にないだろう。

日本一の繁華街、新宿歌舞伎町《かぶきちょう》の外れで病院を営んでいると、様々な世界の様々な噂話を耳にする。どこのキャバクラにかわいい子がいるとか、あそこの店はぼったくりバーだとか、たわいもない噂に混じって、裏の社会の情報も流れてくる。陣内が現在マカオ在住であることも、彼が関東最大の暴力団組織、泉仁会《せんじんかい》の若頭補佐を務めていることも、来院する患者たちの会話で又聞きした。

逸材と誰かが評した元弁護士のヤクザは、裏の社会の頂点へと着実に駆け上がろうとしている。少なくともこの街で医師をしていれば、陣内の生存確認だけはできるのだ。だから、また彼が暗殺されそうになっていないかと、やきもき心配しないで済む。

陣内組の組長として有能な部下に囲まれ、巨大な組織で地位を固めている男を、一介の医師が心配するのは余計な世話だと思う。しかし、会う会わないは別にして、陣内の存在はいつも心の中にあった。自分の方からは連絡一つしないくせに、彼に教えた古い携帯電話の番号とアドレスを変えないのは、そのせいだ。いつでも自分はここにいる、変わらないでいる、と、陣内に知っていてほしかった。

陣内を含めた、裏の社会の情報が集まってくる花井医院には、その情報を目当てにする人間たちも訪れる。

その代表格は、探偵、保険の調査員、厚労省の麻薬取締官、そして警察関係者だ。特に近所の新宿中央署の組織犯罪対策課の刑事たちは、事件が起きるたびに聞き込みにやってきて、情報を出せとうるさい。自分より三歳年下の、所轄署からの推薦で組対課に配属された狩野《かの》明匡《あきまさ》巡査部長も、同じ理由で来院した一人だった。

刺青の除去手術について話が聞きたいと、自分の前に現れた狩野は、開口一番にこう言った。

「左手首に、羽の折れたアゲハ蝶の刺青がある男を知らないか」

てっきり、無認可の除去手術を捜査しに来たのだと思っていたから、拍子抜けした。狩野はその特徴的な刺青を持つ、高校時代の同級生を探しに来たのだ。

その時の狩野は、「アゲハ蝶の刺青の男なんて知らない」と正直に答えるのが申し訳ないほど、真剣で、とても必死な顔をしていた。気になってよく事情を聞いてみたら、彼は突然失踪したその同級生のことを、十六歳の頃からずっと探していて、そのために刑事にまでなったのだという。

同級生を探し出すことをけして諦めない、狩野のまっすぐな信念に打たれて、それ以来彼に協力をすることにした。アゲハ蝶の刺青の情報を集める傍ら、刑事の仕事に有用な情報も提供していたら、花井医院で密かに行っている非合法な治療を、狩野が黙認してくれるようになった。

銃創などの、明らかに事件性のある外傷を治療した医師は、警察に通報することが義務付けられている。ましてや、刺青の無認可の除去手術は、見付かったら医師免許を剝奪されるかもしれない、犯罪同然の行為だ。

狩野に情報を提供する代わりに、非合法な治療を見逃してもらう、刑事と医師のギブアンドテイクの関係は、もう二年くらい続いている。新宿という、社会の裏と表がモザイク状に組み合わさった特異な街では、そんな奇妙な関係にも友情が成り立つ。いつしか自分も、狩野が探している同級生、矢嶋青伊のことを友人のように思い、二人の再会を願うようになった。

だから、狩野と青伊が十二年もかかって再会を果たした時、奇跡が起きたと思った。二人を繋《つな》いだ、青伊の左手首のアゲハ蝶の刺青は、羽の折れた状態で今もある。幼少期に彫られた刺青は、皮膚の成長に追い付かずに、図柄が変質することがよくあるのだ。青伊のアゲハ蝶が、彼が三歳の時に受けた虐待の痕だと知って、医師としても、彫り師だった人間としても、強い怒りを覚えた。青伊が望めばいつでもアゲハ蝶を消してやりたい。

虐待や、過去の経緯、そして十二年間の空白を乗り越えて、やっと二人は再会できた。狩野と青伊の未来は、幸福に包まれるはずだった。そばで見守っていた自分も、そう信じていたのに――。

「危ない！　避《よ》けろ！」

青伊が退院したばかりの、警察病院前のロータリーを、黒塗りのワンボックスカーが爆音のようなエンジン音を響かせて走ってくる。凶悪な顔で銃を構える男たちが、車のウィンドウから身を乗り出して、いきなりロータリーの周辺を銃撃し始めた。

「春日《かすが》！　青伊！」

植え込みに隠れた自分の方にも、容赦なく銃弾が飛んできて、身を守るのに必死だった。狩野の叫びと、アスファルトに跳ね返る跳弾に戦慄《せんりつ》する。目出し帽をかぶった男が青伊を羽交い絞めにし、あっという間に車へ乗せて、そのまま彼を連れ去った。

長く裏の社会で生きていた青伊は、薬物や人身売買が絡《から》んだ事件の重要参考人として、警察の事情聴取を受けたばかりだった。青伊が事件の秘密を警察にばらしたと、疑いを持った犯人たちが、彼を拉致《らち》したのだ。

「青伊くん……っ」

「待て――！　ふざけるな…っ、あの野郎！」

「狩野！　あいつらは道路を新宿方面に曲がった！」

「春日、撃たれていないか⁉　大丈夫か！」

「俺は平気だ！　通報をしておくから！　早く青伊くんを追え！」

狩野の乗った車が、猛スピードでワンボックスカーを追い駆けていく。警察に通報するだけでは、青伊の身が心配だった。彼は以前にも、同じ犯人たちに瀕死《ひんし》の重傷を負わされる被害に遭っている。裏の社会の人間たちは、そこから立ち直ろうとする青伊を、執拗に狙っているのだ。

「せっかく青伊くんは自由になれたのに…っ、何なんだよ、くそっ！」

一人の人間の命が危険に曝《さら》されているのに、医師の自分が見過ごすことはできなかった。青伊を助けられるなら、どんな方法でもいい。

銃一つ持っていない、無力な自分の胸に、裏の社会で名を上げている男の顔が思い浮かんだ。彼なら――陣内鷹通なら、青伊を救うことができるかもしれない。

「俺の力ではどうしようもないことが起こったら、連絡しろって言ったよな。必ず助けてやるって、言ったよな、陣内さん」

切羽詰まった思いで、携帯電話に登録していた彼の番号を呼び出す。使えるのかどうかも分からないその番号に、青伊の命と、彼と狩野の十二年間がかかっていた。

「出てくれ……っ、頼む――」

耳元に、永遠のように長いコール音が響いている。じれったいその音は、陣内との二度目の再会を果たすまでの、秘密の序章だった。

＊＊＊

花井春日。三十一歳の秋。

日曜の夜の大井埠頭《おおいふとう》は、港湾を行き来する船も少なく、僅《わず》かなコンテナ船のみが、年季の入ったドックで束《つか》の間《ま》の休息を取っている。

近世の外国の奴隷《どれい》貿易の拠点のように、この場所を人身売買や、禁止薬物へヴンの輸出入の拠点として使っていた者たちがいた。彼らの犯罪を知る青伊は、口封じに拉致され、埠頭の冷たい海の底へ沈められようとしている。青伊を救出するために、一人でここへ駆け付けた狩野も、銃口を向けられて絶体絶命の場面を迎えていた。

「二人揃《そろ》って頭をぶち抜いてやる――」

「逃げてくれ……！　俺なんかどうなってもいい。お願いだから、お前だけは生きろ……！」

「青伊。俺が死ぬのが、そんなに怖いか」

「――怖い――。嫌だ。お前がいなくなるなんて、嫌だ…っ」

青伊と狩野を殺害しようとしている拉致犯たちを、黒いスナイパースーツを着て闇夜に紛れた男たちが、スコープ付きの銃で狙っている。陣内組組長、陣内鷹通が擁する、狙撃専門のチームだ。

船のドックが並ぶ海側とは反対の、倉庫が連なる静寂した一角に、拉致犯たちを捕獲するために動員された、陣内組の車が数台停まっている。組長の陣内の一言で、普段東京の各所に散らばっている部下たちが、どこにでも馳《は》せ参じるのだ。

「お前が好きなんだ。死なないで。お前だけは、生きて」

「青伊――」

「狩野、俺は、お前のことだけ、ずっと好きだった」

「俺も、ずっとお前が好きだったよ。青伊、俺の命を、お前にやる」

満潮の波が打ち付けるドックの突端で、狩野は背中に青伊を庇《かば》い、拉致犯たちをねめつけた。十二年の時間をかけて再会を果たし、たった今想いを通わせた二人を、夜の海風は楯《たて》のように包んでいた。

「――撃て」

静かな合図が、スナイパーのリーダーから下される。次の瞬間、埠頭にたくさんの銃弾が放たれた。腕や足を撃たれ、地面に倒れ込んで呻《うめ》く拉致犯たち。その姿を、青伊と狩野は呆《ぼう》然《ぜん》として見つめている。

倉庫の陰に潜む黒塗りのベンツの車中で、手錠に繋がれて一部始終を見ていた春日は、ダッシュボードを蹴り上げる勢いで暴れた。

「青伊くん！　狩野……っ！　くそっ、外せよこれ！　俺もそっちへ行かせろっ！」

ガチャッ、ガチャッ、両手に別々の手錠を塡《は》められた春日は、わざと逃げられないようにした男を恨んだ。

指を脱臼《だっきゅう》させれば手錠を外せるが、メスを持つ利き手にそんな無茶なことはできない。青伊と狩野のもとへすぐに駆け寄って、二人が負傷していないか診たいのに、春日は車のドアを開けることもできなかった。

拉致犯を制圧したスナイパーたちが、大きなワゴン車に彼らを詰め込んで、どこかへ連れ去っていく。鮮やかな救出劇が終わり、青伊と狩野に、やっと平穏が訪れた。二人を拉致犯から解放した男が、黒いコートの裾《すそ》を海風に舞わせながら、春日のもとへと帰ってくる。

「済んだぞ。お前の大事な患者は無事だ。ありがとうの一つくらい言ってもらおうか」

運転席に乗り込んだ陣内鷹通は、一仕事を終えた一服とばかりに、煙草《たばこ》を唇に銜《くわ》えた。両手を助手席の後ろ側へ回され、手錠でシートに繋がれていた春日は、恨みを思い切り込めて陣内を睨んだ。

「何が『お前の患者』だよ……。青伊くんはあんたの部下だったんだろうが。部下を助けるのは組長の義務だろ！」

「矢嶋と俺は盃《さかずき》を交わしてはいない。どこにでも潜り込める器用さと、危険を恐れない特性を生かして、裏切り者のスパイをさせていただけだ」

「だから、それを部下って言うんだよ。あんたと青伊くんの関係を知っていたら、もっと早く彼を救えたかもしれないのに。どうして言ってくれなかったんだ」

「スパイの素性や仕事内容を話す馬鹿がどこにいる。矢嶋がお前に、余計な情報を一つでも与えたか？」

「与えてないけど、俺がどんな気持ちであんたに電話をしたと思ってるんだ。半年も前にあんたが青伊くんを連れて、東京に来ていたことすら知らなかったんだぞ？　秘密主義にも程がある――」

拉致犯から青伊を救いたい一心で、数年ぶりに陣内に連絡をした。陣内もまた、内偵の最中に行方《ゆくえ》を晦《くら》ませた青伊のことを探していたのだという。

青伊はその失踪中に、瀕死の状態で狩野に発見され、花井医院に連れて来られた。何も事情を知らずに、春日は青伊を入院させて治療をしていたのだ。せめて、青伊が陣内の部下だと知っていたら、彼をもっと安全な場所に移すなり、春日にもうまい立ち回り方ができたはずだった。

「……青伊くんの命が助かったからよかったものの、彼は満身創痍《まんしんそうい》なんだよ。狩野は彼のことを、高校の時から十二年間も探していたんだ。そんな大切な人を、あんたがスパイに使っていたなんて、俺は狩野に何て説明すればいいんだ」

「説明は不要だと思うが」

「そういう訳にはいかないだろ。——青伊くんは俺の患者で、狩野は友人だ。あんたと俺がこうして裏で繋がってることを、黙ってることはできないよ」

「矢嶋は俺たちのことを知らない。あの元刑事は論外だ。いらない腹まで探られたら困る」

「また秘密主義か、この野郎」

ガチャン、ガチャン、まだ外してもらえない手錠を揺らして、春日は抗議した。

久しぶりに陣内に会っても、口から出てくるのは恨み節ばかりだ。他に話したいことはあるはずなのに、相変わらず勝手者の彼に対して、腹が立って仕方ない。

そもそもこの手錠もそうだ。武器を持たない医師がスナイパーたちに敵《かな》わないのは分かるが、救出に邪魔だと言われて、反論する暇もなく手錠を填められて車の中に閉じ込められた。このままだと、自分が何のためにここにいるのか分からなくなってしまう。

「もう、いいかげん外してくれよ、これ。青伊くんも狩野も、また負傷してるだろう。早く手当てをしてあげないと」

「今診療鞄《かばん》を持って駆け付けても、歓迎してはもらえないと思うぞ」

「え？」

陣内は精悍《せいかん》な顎《あご》をしゃくって、コンテナ船のドックの方を示した。フロントガラスの向こうに広がる、鉄骨のクレーンに切り取られた海の風景。コンテナ船のブラケットライトの下で、青伊と狩野が、唇を重ねている。もう二度と離さないと誓い合うように、強く抱き締め合って、やっと訪れた二人きりの時を過ごしていた。

「……あ……、うん。あれじゃ邪魔できないな――。二人とも、よかった。狩野の奴、いい男だな。青伊くんもいい子だし、あの二人、映画みたいじゃないか」

「矢嶋を奪われた俺は大損だ。今後も役に立ってもらうはずだったのに、あの元刑事のそばにいたいらしい」

「青伊くんは、ずっと昔から狩野だけのものだったんだ。潔く諦めろ」

「俺に言わせれば、あの男は十二年も矢嶋を野放しにした、間抜けな飼い主だ」

「陣内さん」

がつん、と春日は膝でドアを蹴った。行儀が悪いのは承知の上だ。狩野は青伊を飼ったりしないし、青伊も狩野に飼われたりしない。

「あんたが青伊くんを飼っていたんだとしても、もう終わったことだ。しつこく彼にちょっかいをかけたら、俺が許さないぞ」

「――ほう？」

何故《なぜ》だか陣内は、にやりと微笑《ほほえ》んだ。その顔は楽しそうにも、人が悪そうにも見える。

「妬《や》いていると正直に言え」

「誰が、誰に？」

「お前が、矢嶋に」

「冗談よせ……。どうして俺が」

「矢嶋は躾《しつけ》のいらない猫だった。裏の社会で男たちに次々と飼われていれば、生きていく術《すべ》は自然と身につく。観賞に耐える顔と、従順な態度、服を脱げば嗜虐心《しぎゃくしん》をそそる体だ。あれの誘いを断れる男は、そういないだろうな」

「ちょっと待て。陣内さん、まさか」

「スパイだけをさせておくには、矢嶋はもったいない。何年も俺のそばで飼っていたんだ。寝酒の銘柄や、ベッドの硬さまで、矢嶋は俺の好みを知り尽くしているぞ」

耳元で、陣内の低い声がいたずらに春日の想像を煽る。髪をベッドに散らばらせ、細い脚を陣内の体に絡めて、抱かれている青伊の姿が思い浮かんだ。裏の社会の男に飼われるとはそういうことだ。

陣内は青伊をおもちゃにして、何度もいたぶっていたのかもしれない。乱暴にしたのか、それとも、猫をかわいがるように優しく抱いたのか、春日の想像はどんどん頭の中で広がっていく。

「う、うわっ、やめろっ、変なこと言うな」

バスローブを着た二人が、寝酒のワインを寄り添って飲んでいるところまで想像して、春日はぶんぶん頭を振った。

嫌だ。膨らみ切ったこの妄想を消したい。胸の奥がざわついて、たまらなく不快になってくる。二人がワイングラスを、乾杯、と触れ合わせたから、春日は勝手な想像なのに真っ赤になって怒った。

「何をいいもの飲んでんだ。わ…悪かったな、俺はあんたの好みも、何も知らなくて。寝酒はエチルアルコールでも奢《おご》ってやろうか。ベッドは診察台を提供してやる。急患が入ったらすぐにどかすからな」

「光栄だ。春日先生の診察室に招待してくれるのか？」

「嫌がらせで言ってるだろう、それ」

ふふ、と微笑んだ陣内の顔に、思い切り嫌がらせだと書いてある。彼に『先生』と呼ばれることに、この先ずっと慣れることはないだろう。どうせ嫌がらせなら、『先生』らしいことを言って、陣内を黙らせてやりたかった。

「――陣内さん、真面目《まじめ》な話なんだけど」

「何だ」

「青伊くんの体には、虐待や暴力を受けた痕がたくさんある。その中に、あんたがつけた傷があるのなら、俺は医師として黙ってはいられない」

初めて青伊を診察した時、彼の服の下を見て、目を逸《そ》らしてしまいそうになった。狩野と再会するまで、彼がどれほどの苦難に耐えてきたのか、衝撃で言葉にならなかった。

治すことができる傷痕なら、どんな小さなものでも治してやりたい。青伊の左手首のアゲハ蝶も、煙草を押し付けられた火傷《やけど》の痕も、無数に残っている痣《あざ》も。

青伊を弄《もてあそ》んだ人間たちの中に、陣内がいてほしくない。そう願いながら、春日は彼を見つめ返した。

「俺は矢嶋に、お前が想像しているようなことはしていない」

「……嘘つくなよ。あんないい子を、あんたは放っておかないだろう」

「マカオに同行させて、部屋を与えただけだ。俺が矢嶋を拾ったのは、肩に銃弾をくらった時だったからな。住処《すみか》を与えたら、彼の方から、身の回りの世話をすると言ってきた」

「え――、料亭で陣内さんが撃たれた時か？　あんたのマンションに呼びつけられて、俺が治療をした」

「ああ。矢嶋もあの料亭に居合わせていた。彼は暗殺計画があることを俺にリークした、命の恩人だ」

「……命の恩人……」

「借りのある相手を抱けば、スジが通らなくなる。お前に言わせれば、本物の極道者はスジを通す生き物なんだろう？」

「違う、それは、俺の言葉じゃない。それを言ったのは――」

十年以上も前の記憶が、春日の胸の奥で泡のように湧《わ》き立ってくる。それを言葉にする前に、春日のスラックスのポケットの中で携帯電話が鳴った。

「……あの、手錠外してもらわないと、電話に出られないんだけど」

「出なければいい」

「患者さんかもしれないだろ。うちの病院からかもしれないし」

「医師の顔をすれば、俺が何でも譲歩すると思うなよ」

陣内はポケットから春日の携帯電話を引き抜いて、画面に表示されている名前を確かめた。

「――奴だ。元刑事」

「え…、狩野？　ちょっ、返してくれ。話をさせろよ」

「二分以内で終わらせろ」

画面をタップして、陣内は携帯電話を春日の耳へ宛がった。頭を無理に傾けさせ、肩との間に電話を挟み込ませて、彼はそのまま春日を放置した。

「く、首が痛い。——もしもし、狩野か？　どうした」

『春日。今どこにいる。話をしていてもかまわないか？』

「あ…、ああ。大丈夫だよ」

自分に電話をかけている狩野の姿を、フロントガラス越しに見ながら話すのも変な気分だ。狩野のそばに青伊も寄り添って、安心し切った顔をしている。

『青伊は助かった。無事に俺と一緒にいるから、安心してくれ。お前には心配をかけてすまなかったな』

「う、うん、そうか、よかった。俺のことは気にしなくていい。お前は青伊くんを守ることだけ考えろ」

『——ああ。これから二人で、俺の引っ越し先のマンションに帰るよ。署の独身寮よりはずっといい部屋だ。お前にも住所をメールしておくから』

「必要なものがあれば遠慮なく言ってくれ。すぐに届けられるようにしておく」

『ありがとう。少し落ち着いたら、青伊の治療の続きを、また頼めるか』

「もちろん。彼を健康な体に戻すのは、俺の受け持ちだ。任せと……け。…ええ…っ？」

急に、すうすうと胸の辺りに風を感じて、春日は驚いた。知らないうちにシャツのボタンが外されている。電話中に服を脱がせる暴挙に出た陣内は、シャツの内側に手を入れてきて、春日の胸を撫《な》でた。

「バッ…、馬鹿。何して——やめろよっ」

『春日?』

「何でもない。い、院内に変な虫がいて、服の中に入ったみたいで」

ごまかす春日をおもしろがって、陣内は乳首にまで触れてきた。武骨な彼の親指と中指が、乳首をきゅっと摘《つ》まんで、敏感なそこに小さな痛みを与えてくる。

「……ん……っ」

『大丈夫か? 春日。またかけ直そうか』

「う、うん。そうしてくれると、助かる」

『今、大井埠頭にいるんだ。早く青伊を暖かいところへ連れて帰ってやりたい』

「そうだよ、風邪をひくといけないから、早く帰った方がいい。気を付けてな」

『ああ』

春日の目の前で、黒いものがふわりと揺れた。車中が暗くてよく見えなかったそれは、陣内の髪だった。運転席から身を乗り出してきた彼が、春日のはだけた胸に顔を埋《うず》め、キスを散らしている。ちゅっ、ちゅっ、と音を出されて、電話の向こうに聞こえないか、気が気ではなかった。

「やめ、ろって、馬鹿——」

「二分はとっくに過ぎた。早く切れ」

「しっ！」

『春日』

「ん…っ、――狩野、何？」

『青伊を長いこと飼っていた、俺の一番嫌いな奴に、俺も青伊も命を救われた。礼なんか言いたくないけど、そいつに恩ができたんだ。もしお前の病院に、陣内組の陣内鷹通の情報が入ったら、俺に教えてほしい。いちおう、感謝してるって、そいつにスジだけは通す』

「……狩野……」

『できればこのまま、陣内とは二度と会いたくないけどな。貸しや借りとは違う、恩は恩だから。それじゃ、また連絡する』

「ああ。狩野、二人で幸せになるんだ。青伊くんだけじゃないぞ。お前も幸せになれ」

『ありがとう。春日。――青伊、ほら』

『春日先生。心配をかけてすみませんでした。あの…、また先生の病院へ行きます。よろしくお願いします』

「青伊くん……。またおいで。俺は君の主治医だ。いつでも待っているからね」

はい、という返事で、通話は切れた。春日の耳元から滑り落ちた電話を、陣内の大きな手が受け止める。

「もうこれはいらないな」

陣内は電話の電源を落として、ダッシュボードにそれを放り込んだ。愛する人と寄り添えた青伊の、とても満ち足りた声の余韻が、耳打ちしてきた陣内の声に掻《か》き消されてしまう。

「お前は俺の主治医じゃなかったのか？」

「俺に治療してほしかったら、電話中に嫌がらせをするのはやめろ。狩野があんたに、感謝してるって。さっき聞こえただろ？」

「……ふん、律儀《りちぎ》なのはいいことだ。俺とお前の時間を邪魔したことは許してやる」

どこかから、ブロロロロ、と車のエンジン音が聞こえてくる。間もなく一台のセダンがフロントガラスを横切った。狩野と青伊を乗せたその車は、道路を埠頭から都市部へと戻っていく。

「あの男は、一番の恩があるのはお前だということを知らない。お前はそれでいいのか」

「いいよ。……俺は今回は何もしてない。あんたにみっともなく電話をして、助けてくれって、泣きついただけだ。これで狩野に恩を売ったら恥ずかしい」

「不器用な奴」

ちゅ、とまた、胸元でキスの音が聞こえる。ひどく優しいそれが、春日の肌を震わせて、体の奥にある芯を揺すぶった。

「言っておくが、お前の頼みでなかったら、俺はあの元刑事までは助けなかったぞ」

「え――？」

「あの男に義理はないが、見殺しにすれば、お前が悲しむと思った。助けた理由はそれだけだ」

「陣内さん」

「お前はいつも、俺の優しさにつけ込んで余計に働かせる。言うことを聞いてやった見返りに、お前を差し出せ。あの男の命一つ分、俺の好きにさせろ」

「差し出せとか言うあんたの、どこが優しいんだよ」

「お前に対すること、全部だ」

胸元から這《は》い上ってきた陣内の唇が、春日の白い首筋を、甘く噛《か》んだ。シャツの襟《えり》でやっと隠れる位置に、仄赤《ほのあか》いキスの痕がつく。

たったそれだけで息を乱す自分を、春日は持て余した。ずっと昔——陣内に初めて出会った時からそうだ。彼に触れられると、春日の肌は粟立《あわだ》って、体の奥がぬかるむ。溶けていく感覚に近いそれは、心よりも体が先に陣内を求めて、いつも抗《あらが》えた試しがなかった。

「……陣内さん……」

彼の唇が、少しずつ春日の唇に近付いてくる。前にされたキスは、舌をめちゃくちゃに掻き回す、暴力的で情熱的なキスだった。

「春日」

狭い車中で仰ぐ陣内の顔は、明かり一つなくてよく見えない。笑っているのかも、無表情なのかも、優しいのかも、怖いのかも、真実の姿を解き明かせない男に、いつまで自分は一方的に奪われるのだろう。

陣内の髪を撫でたり、頬《ほお》を掌《てのひら》で包んだり、抱き締めたり、したい。彼に会うたびに強くなる、自分の方から触れたいとせっつく衝動を、春日はもう隠すことはできなかった。

「なあ……、見返りとか、何かの代償とか、そういう理由がないと、あんたは手を出してこないのか」

ふ、と陣内は顔を上げて、頬に触れていたキスをやめた。彼にじっと瞳を覗《のぞ》き込まれて、春日は羞恥《しゅうち》を感じながら瞬《まばた》きをした。

「命の恩人の青伊くんに手を出さないんなら、あんたが肩を撃たれた時、輸血してあんたを助けた俺にも手を出すなよ。不公平で矛盾してるぞ」

「お前と矢嶋を同列には並べられない」

「勝手だな。あんたのすることを、俺はいつまで黙って受け入れればいいんだ。……手錠をされたままじゃ、まともに話もできないよ」

「嘘をつけ。お前はその気になれば、自分で手錠を外して逃げるくせに」

「逃げる気が、もうないって言ったら、どうする。これ、外してくれるの？」

「何――」

「俺はまだ、最初に陣内さんに抱かれた時のまま、あんたに支配されているのか？　……俺

が今あんたとキスをしたいと思うのは、支配されているからなのか？」

　メスで開胸して、心の中を覗けたら、こんなたどたどしい問いを投げかける必要はない。キスをしたい、陣内に触れたいというこの気持ちが、彼によって作られたものなのか、そうでないのか、知りたい。

「俺は、昔から人の気持ちを読むのは得意だったけど、自分のことになると、全然駄目でさ。最初は陣内さんのことが嫌いで、反発してたのに、今は会うと楽しいんだ。変だろ？　あんたは二十歳の俺を、ひどいやり方で強姦《ごうかん》したんだぞ。人に命乞いをさせるまで抱いた男と、何で平気で話せるのか、自分でもよく分からないよ。あれから十年以上も、俺が誰ともセックスをする気にならないのは、心的外傷後ストレス障害《PTSD》だ。初めて抱かれた相手が、あんたで、あんなに苦しくて死にそうだったのに、俺、感じてたから、あんたに犯されながら、気持ちよくて射精したから、他の人では全く反応できなくなったんだ」

「責任を取れとでも？　それとも、俺に謝罪をさせたいのか」

「馬鹿だなあ…っ！　人の話ちゃんと聞いてないだろ」

　ごつん、と陣内の額に自分の額をぶつけて、もどかしい気持ちごと、彼に預ける。見えそうで見えない、長いトンネルの先にあるものを知るために。

「あの時のことを今も恨んでいたら、こんな風に二人で会ってない。意地でも電話なんかかけないし、あんたに助けを求めたりもしない」

「それなら、俺にどうしてほしいんだ」

「だから、してほしいんじゃなくて、俺がどうしたいかなんだ。俺は陣内さんと、対等に向き合いたいよ」

「対等……？」

陣内の声音が、少し変わった。人を上から見下ろすことに慣れた、いつも余裕綽々《よゆうしゃくしゃく》な彼が、無防備になることはめったにない。しかし、彼が春日に素の顔を見せたのは、これが初めてではなかった。

「お前がそんなことを思っていたとは、気付かなかった」

「だって、手錠をしたままじゃ、あんたのことを抱き返せない。対等に扱ってくれないと、キスもセックスも、無理矢理と同じだ」

貸しや借りや、見返りでなく、ただ陣内に触れたいと思う。それは、いつしか自分の中に生まれていた、彼のことを特別な存在だと思う感情と同期している。

狩野と青伊、尊敬する祖父、実の兄よりも慕った秋月――心に住まう大切な人々とは別の場所を占める、陣内鷹通という男を、いったい何と呼べばいい。

「あんたのことは、俺にはいつも大きな謎だった。何年も会わなくても、あんたは変わらないって、どこかで信じてる。怖い人だと分かってても、気付くと惹《ひ》かれてる自分がいるんだよ。どうして惹かれるのか、こんなこと、誰も教えてくれない。相談相手なんかいないんだ。

一番、何でも話せた人は、今はいないから」

あの人なら——秋月なら、教えてくれただろうか。彫り師の孫を堅気《かたぎ》と呼んで、弟のようにかわいがってくれた、あの人は。そばにいると安心できた、心優しい真の極道者だった秋月なら、笑って春日の話を聞いてくれたはずだ。

「秋月さんに、会いたいな。すごく、会いたい」

「……会ってどうする」

「陣内さんのことを話す。秋月さんがいなくなってからの、陣内さんと俺のことも。俺の友達を、陣内さんが助けてくれたって話したら、秋月さんはびっくりするだろうな」

「春日、彼は」

「言わないでいいよ。あの人が最期にどうなったか、俺は聞かない。陣内さんがそれを口に出した瞬間に、あの人が、死んでしまうから」

「春日……」

「本当は、分かってるんだ。秋月さんが、俺のじいちゃんと同じところにいるって。——じいちゃんの墓参りはしても、秋月さんには、会いに行かない。あの人の最期を知っているのは、陣内さんだけだ。何も知らなければ、俺はいつまでも、秋月さんが生きていると思うことができる。だから、あの人のお墓の場所は、俺は聞かない」

懐かしさと、今も変わらない思慕が込み上げてきて、春日の瞳が潤んだ。瞬きとともに、こめかみへと伝い落ちた涙を、陣内の眼差《まなざ》しが追い駆けている。

「一つだけ教えろ。秋月に惚《ほ》れていたか」

ずっと前にも同じことを聞かれた気がする。陣内が言うほどの、明確な感情ではなかった。ただ、秋月に出会わなければ、自分が女性を愛せない性癖だと気付かなかった。秋月に憧れ、彼を純粋に慕いながら、後ろめたい想いも抱えていた。それは多分――。

「初恋の人、だと思う」

「今お前の目の前にいるのが秋月だったら、黙って目を閉じて、キスを待つのか？」

「……さっき一つだけ教えろって……」

「いいから答えろ。お前は秋月に抱かれたいか？」

「質問変わってるし。――そんなこと、分からない。想像したこともないし、もう一度あの人に会えたら考えるよ」

手錠のせいで、涙を拭くことができなかった。ぐす、と洟《はな》を啜《すす》って、精一杯の泣き笑いをする。

春日の代わりに、陣内は無言で濡《ぬ》れたこめかみを拭《ぬぐ》ってくれた。短い沈黙を破って、また携帯電話が鳴り出す。今度は陣内の電話だった。

「――俺だ。配達は終わったようだな。お前たちはその足で成田へ行け。俺も所用を済ませてからそちらへ向かう。……ああ、後で」

聞き覚えのある声は、陣内の秘書の澤木《さわき》だろう。成田空港からはマカオへの直行便が出ている。陣内はまた、部下とともに東京を離れるつもりなのだ。

寂しい、と春日は思った。陣内が春日を東京に残していくのは、これで何度目だろう。次に会う日が来ることを、こんなにも強く願ったのは初めてだった。また、いつ会える？

「お前、パスポートは持っているか」

「……え…、うん、世田谷《せたがや》のじいちゃんの家に置いてある。ほとんど帰ってないけど、今はあそこが俺の自宅なんだ」

「着替えを用意する手間が省けたな。今度からは、パスポートを診療鞄に入れていつも携帯していろ」

「な、何で？」

「お前をこれからマカオへ連れて行く」

「……は……？」

「花井医院にも休みは必要だ。部下に言って、入り口に休診の貼り紙をさせておこう。とりあえず、世田谷だな」

「ちょっと、陣内さん、待って。何で俺がマカオに——？　先に手錠だろ、なあっ」

ヴォン、とエンジン音を響かせて、陣内は車を急発進させた。春日は助手席に拘束されたまま、突然の渡航に眩暈《めまい》を起こしそうになっていた。

2

「……信じられない……、本当にマカオなの、ここ……」

怪しいプライベートジェットに乗せられて、濃霧に包まれたマカオに到着したのは、成田を発《た》って約五時間後だった。出国審査の著しく甘いそのジェットは、香港の財閥の御曹司《おんぞうし》の持ち物だとか何とか、陣内の秘書が言っていたが、うさんくさい話は本気で聞かないことに限る。

どうしてこの街へ連れて来られたのか、突拍子もない陣内の行動に関しては、フライト中にさんざん文句を言った。花井医院を急に休みにすれば、患者が困る。春日ができたことは、看護師と受付の事務員に連絡をすることくらいで、パスポートと着替えの服を詰めたボストンバッグを一つ抱えて、あれよあれよという間に機上の人になっていた。

「頼むから、こういうことはしないでくれよ。陣内さんがマカオでどう暮らしてるのか知らないけど、俺には俺の暮らしがあるんだ。それを乱す権利はあんたにはないぞ」

「来てしまったものはもう諦めろ。どのみち隣の国だ。すぐに帰国できる」

「そんなに簡単に言うな。言葉も分からないのに」

「広東語《カントンご》ができれば今日からでも暮らせるぞ」

「無理だって――」

プライベートジェットを使うような本物の富裕層は、手荷物検査の長い列に並んだり、空港のロビーの混雑に紛れたりしないらしい。マカオに着いてからも、入国審査はほとんどない状態で、春日は陣内を迎えに来ていたハイヤーに同乗させられていた。

「年中霧がすごいとは聞いていたけど、本当なんだな。あの賑《にぎ》やかな辺りがカジノ街か？濃霧でホテルの上の方しか見えない」

「コタイ地区だ。二つの島の間を埋め立てて造成した、マカオで最も活況なカジノ・リゾート。お前が乗ったジェットは、あそこの一番大きなホテルのオーナーのものだ」

「え…、香港の、財閥の御曹司って聞いたけど」

「マカオのカジノには、香港の資本が多く入り込んでいる。元からノウハウがある上に、香港とマカオは地理的にも近い。ラスベガスやシンガポールから進出してくるよりも、ずっと有利に商売ができる」

「へえ…、さすが詳しいな。そう言えば、どうして陣内さんは、マカオをシマにしようと思ったの？　泉仁会の系列なら、歌舞伎町や六本木でも稼げるだろ」

「――学生の頃の友人に誘われた。コタイに出店するから、お前もカジノ・ビジネスをやってみないか、と」

「友人？」

「彼は香港からの留学生だった。彼の父親は表向きは財閥の当主、裏の顔は巨大なシンジケートを持つ、香港マフィアのボスだ。人物相関図は、もう分かるな？」

「なんとなく……」

「東京にもカジノ特区ができれば、このマカオから参戦するつもりだ。ここでは俺は、友人と共同経営者のビジネスマンで通っている。俺がマカオをシマにしている限り、泉仁会と香港マフィアとの関係も良好だ」

「そんなの、反則じゃないか。学生の頃の人脈を使うなんて」

「使えるものは何でも使う。その気になれば日本の政財官を裏から動かしてやるさ。俺と今も親しくしているゼミ仲間たちが、そろそろ各界で頭角を現す頃だからな」

陣内の力の一端を知って、春日は背中が少し寒くなった。春日と同じ大学の法学部を出た、弁護士の資格を持つ彼は、表の社会の人脈を存分に利用できる。人の倍の力を持って、裏の社会でどこまで強大になっていくのだろう。

「東京で俺と会ってる時は、自分のことを全然話さないのに。今はおしゃべりだね」

「そうか？　はしゃいでいるか」

「はしゃいでる？　……陣内さんが？」

「ああ。お前を一度、ここへ連れて来たかったんだ。前に誘った時はふられたからな」

「陣内さんのすることは、いつも極端で急だからだよ。こっちは心の準備が間に合わない」

「この忙しい街で暮らしていると、お前のように悠長なことは言っていられない」

「悪かったな、のんびりしてて。せめてガイドブックを見る時間くらいほしかったよ」

マカオにはカジノだけでなく、世界遺産も、他の観光地もたくさんある。ポルトガル領だった頃の面影《おもかげ》が街のいたるところに残っていて、とても風光明媚《ふうこうめいび》だと聞いた。

「海外へ出たの、教授の学会の付き添い以来なんだ。少しは観光をさせてもらえる？」

「お前を連れて行くところは、観光地じゃない」

「何だよ、マカオに来たの初めてなのに。陣内さんは住んでるから、ガイドなんて嫌だと思うけどさ、あんたには無理矢理連れて来た責任ってものが……」

「──もう着くぞ。腹が減っていないか。マカオの朝食はパン派が多いんだ」

「パンって……、元ポルトガル領だから？」

「ああ。アジアらしい屋台もいいが、俺が週に三日は通うベーカリーを紹介してやる」

陣内がそんなにパンが好きだとは知らなかった。マフィア化している怖い男も、案外食に関しては普通らしい。

陣内はコタイ地区から離れた、マカオの地元の住人たちが暮らすダウンタウンで車を降りた。麺類やお粥《かゆ》の屋台が立ち並び、朝食を外で食べる文化圏の人々で、界隈は早朝から賑わっている。

活気と雑然さが同居した、アジアらしい雰囲気のする通りをしばらく歩いて、陣内は一軒のベーカリー店へ入っていった。

「ココナッツパンを、そこのカゴごともらう。それから、ポークチョップバーガーもあるだけ頼む」

陣内が滑《なめ》らかな広東語で、店員に注文をしている。店頭ではマカオの定番のエッグタルトが、今まさに焼き上がるところだ。甘い香りに春日が鼻をひくひくさせていると、陣内が「それも二つ。すぐ食べさせてやってくれ」と追加の注文をした。

「あっ、熱っ、熱いっ、はふ、……おいしい……っ」

店員に差し出されるまま、焼き立てのエッグタルトに齧《かぶ》り付くと、プリン状の中身がほろっと口の中に溶け出して、最高においしかった。おかわりのもう一つもあっという間にたいらげて、賑やかな通りを眺めながら少しだけ観光気分を味わう。そこへ、会計を終えた陣内が店先に出てきた。

「すごい大荷物。それ全部パン？」

「ああ。いつもこのくらいは購入する」

「いくら好きだからって、買い過ぎだよ。半分貸して」

ココナッツの香りのする、揚げパンが顔を出している大きな袋を抱えて、陣内の後をついていく。

小さな路地裏に入って、ぐるぐる角を曲がっているうちに、いったいどこを歩いているのか分からなくなった。陣内を見失ったら、元の通りに戻れなくなりそうだ。

「飲み物を買ってくる。ここで待っていろ」

「あ…、う、うん」

路地を抜けて、ぽっかりと建物の空いた小さなスペースに、簡素な造りのテーブルとベンチが数台並んでいる。陣内を待つ間、春日は一人でベンチに腰かけて、まだ温かいパンの袋を抱き締めた。

「――この辺りまで来ると、あんまり治安はよくなさそうだな……」

建物の外観は寂れ、周囲を行き来する人々の服装も、どことなく乱れている。マカオに着いてすぐに見たカジノホテルの派手さとは、対極にあるような貧しさを感じた。

すると、ベンチの近くに靴底の破れたスニーカーを履いた男の子がやって来て、春日の顔と、抱いているパンの袋を、不思議そうに交互に見た。

「鷹通《イントン》は？」

「えっ？」

「お兄ちゃん、鷹通と違う。誰？　お兄ちゃんはどこの人？」

「えっと……言葉が分からなくて、ごめんね。おはよう、ぼく」

「オハヨウ！　オハヨ！」

「通じた。日本語の挨拶は分かるんだね。広東語のおはようって、何だっけ、ニーハオでいいのかな」

「——違う。ニーハオはマカオではネイホウ。おはようは早晨《ジョウサン》だ」

背後から聞こえた、日本語の声に、春日ははっとした。陣内の声ではなかった。彼よりももっと年上の、穏やかな声だ。

「小鈴《シャオリン》、その人は日本人の俺の友達だ。春日《チュンリー》というんだよ」

自分には通じない広東語を話しているのに、その人の声は、懐かしかった。懐かしくて、懐かしくて、夢を見ているのだと思った。

「春日お兄ちゃんだね。早晨春日！」

「……ジョウサン、チュンリー……。……チュンリー……」

ぽたぽた、ぽたぽた、舗装の剝《は》げた地面に、涙の粒が落ちた。

男の子が心配そうに、春日の上着の裾を摑《つか》んで見上げてくる。小さな彼のお腹《なか》の方から、ぐきゅるるるる、と空腹の音がした。

「大丈夫だ小鈴、そいつは強い子だから、すぐ泣き止《や》むよ。春日、悪い、お前が抱いてるパンの袋を、その子に渡してくれるか。すぐそこの児童養護施設の子たちの朝メシなんだ」

「う、ん。——お腹すいてるよね。はい、ぼく、持っておいき」

「アリガト！　多謝《ドゥオシェ》春日！」

春日からパンの袋を受け取ると、男の子は喜んで飛び跳ねながら、路地の陰へと消えて行った。

「いつも元気だな。小鈴は」

後ろに立っている人が、一歩、また一歩と近付いてくる。怖くて振り返ることができない。

嘘だ。そんな奇跡、起きる訳がない。夢を見ているだけだ。きっと今も飛行機の中にいて、夢を見ながら眠っているだけなんだ。

「春日」

「……っ…」

現実なのかどうか、頬を抓《つね》って確かめる余裕なんかなかった。

びくん、と震えた春日の背中のすぐそばに、生きていてほしいと願った人の体温がある。

もう一度会えたらいいと、ずっと思っていた人が、ここにいる。

「教えて、もらえますか。――マカオで『秋月』は、何て言いますか」

「秋月は、秋月だ。他に名乗る名はねぇよ」

「ほんとに……？　本物の、秋月さんなの……？」

「ああ」

ぽたぽた、また溢れてきた涙で、何も見えない。力強い手に、後ろから肩を摑まれて、気を失いそうになった。

「春日、こっちを向け」

「ううん……っ」

今振り返ったら、きっと倒れてしまう。春日は首を左右に振って、懸命に息をした。

「どうして、ここにいるの。俺はちゃんと覚えてる。秋月さんは、体じゅうを銃で撃たれて、血だらけで倒れていたのに」

「確かに、あの世にほとんど逝《い》きかけてた。でも、諦めねぇ馬鹿がいてな。お前にさよならして、銃撃されたビルから運び出された時、陣内が用意した車の中に、救急医が待機してたんだ」

「救急医――」

「俺は命だけは取り留めて、意識のないままマカオへ船で運ばれた。この街の病院に身を寄せて、それから一年、一度も目を覚まさなかった」

「そんな、一年も？　もしかして、脳に損傷を、受けたの」

「ああ。取り出しにくいところに、弾が入っちまってな。目覚めてからも、しばらく車椅子《くるまいす》を使っていたが、立って歩けるようになったのが不思議なくらいだ」

は、と短く息を吐いて、彼は春日の肩を摑んでいた手を、髪へと伸ばした。優しく撫でてくれる指先に、昔と同じ彼を感じて、春日はまた鼻の奥をつんとさせた。

「俺は、本当は生きてちゃいけねぇんだ。身許《みもと》が分からねぇようにバラバラにされて、山に埋まるか、薬品で溶かされるか、どっちかだったんだよ。それが組織を裏切ったヤクザの最期だ。組に迷惑がかからねぇように、上手に処理されるのが普通なんだ」

「でも、秋月さんは、生きてる。バラバラになんかされてない。どうして、俺に教えてくれなかったの。俺、ずっと会いたかったのに」

「すまない。佐々原《ささはら》のお嬢さんを逃がした俺を、死んだことにしておかねぇと、柊青会《しゅうせいかい》の報復は終わらず組どうしの戦争に発展してた。だが、結局柊青会は、佐々原のおやっさんを殺《あや》めて、陣内にまで銃を向けたようだな」

「……うん。あの人は暗殺されかかったんだ。全部、知ってたんだね、東京で何が起きてたのか」

「ああ。ここで暮らしながら、陣内に報告を受けていた。春日、お前のことも聞いてたよ。医師免許を取って、自分の病院を開いたんだってな。陣内の撃たれた傷も、お前が応急処置をしたって聞いた。お前、かっこいいな。彫花《ほりはな》さんを亡くして、一人でよくがんばったな」

「秋月さん……」

「お前のことは、ずっと気がかりだった。お前に心配させたまま、ここにいるって、何年も教えてやれなくて、すまなかった」

ぶるぶると首を振って、春日は涙を拭った。

謝らないでほしい。秋月にもう一度会えて、声が聞けた、それだけで胸がいっぱいだ。

「春日、もういいだろう？　こっち向け。十年以上も見てなかった、お前の顔をよく見せてくれ」

「秋月さん。俺、今ぐしゃぐしゃだから、恥ずかしいよ」

「恥ずかしいもんか、馬鹿野郎。死んでるはずの俺が生き恥曝してんだ。どっちが恥ずかしいか――」

「生き恥なんかじゃないよ……っ！」

春日は後ろを振り向いて、秋月へと両手を伸ばした。昔よりも日に焼けた彼が、これ以上ないくらい優しい目をして笑っている。その眼差しに促《うなが》されて、春日は杖《つえ》をついて体を支えている秋月に、子供のように抱き付いた。

「秋月さん――秋月さん。会いたかった」

「よしよし。春日、いい男になったじゃねぇか。今いくつだ」

「三十一。もう、おじさんだよ」

「そんなことねぇよ。そこいらの小姐《シャオジェ》がみんなお前を見てる。……春日、お前まで騙《だま》すことになって、ごめんな」

「ううん。生きててくれて、ありがとう。嬉《うれ》しい、秋月さん」

秋月の温もりを、全身で確かめながら、幸福の中で春日は思った。祖父がもし生きていて、こんな風に再会できたら、きっと同じ嬉しさを感じたはずだ。会えずにいた十年以上の長い時間は、初恋の人だった秋月を、祖父と同じ大切な家族へと昇華させていた。

「秋月さんは、今、何をしてるの」

「さっきの小鈴がいる施設で世話役をやってる。カジノの慈善団体が運営してる施設だ。身寄りのないガキは、放っておくとマフィアになるか、マフィアに利用されるか、ここでは二つの生き方しかない。まっとうに学校に通えるように支援する仕事は、ヤクザから足を洗った俺にぴったりだって、陣内が紹介してくれた」

「陣内さんが――」

「あいつのおかげで、俺は命を拾われたんだ。リハビリがきつくて、死に切れなかった時はあいつを恨んだが、生きてりゃこうして、いいことがある。陣内が俺を死なせなかったのも、俺をお前に、もう一度会わせるためなんだぜ」

「どういう、こと。俺に秋月さんを、もう一度会わせるためって」

春日の問いに、秋月は、以前よりも目尻《めじり》の笑い皺《じわ》を深くして答えた。

「……あいつ、銃撃されて瀕死の俺に、『春日が泣くからもう少し生きてろ』って言いやがった。あいつは死にかけてる俺より、お前のことばっかり考えてたんだ。組のゴタゴタが収束して、ほとぼりが冷めた頃に、お前を俺に会わせるつもりだったんだろ」

「そ…、そんなこと、陣内さんは、一言も言ってなかったよ。秋月さんが生きていることも、ずっと黙ってた」

「あいつは余計なことは言わねぇから。人より頭が回り過ぎて、ついて行けねぇこともあるかもしれない。だが、あいつはお前のことだけは大事に思ってるよ。お前もそれは、もう分かってるんじゃねぇのか」

「……俺のことを、大事に……」

「特別って、言った方がいいか。おっかねぇ男に気に入られたな、お前」

秋月に背中を撫でられながら、春日は陣内とのこれまでの時間を、早戻しで思い出した。

陣内は何も言わずに、この場所へ春日を連れて来て、秋月に会わせてくれた。何年かぶりに電話をかけただけで、友人たちの危機を救ってくれた。花井医院が安心して開業していられるのも、陣内がビルごと買い取って、春日に権利書を預けてくれているからだ。

陣内が春日にしてくれたことは、まだたくさんある。祖父が亡くなった時、憔悴《しょうすい》し切っていた春日に食事を届けてくれて、そばに寄り添っていてくれた。春日の彫り師としての腕を認めて、最初で最後の刺青を彫らせてくれた。未完成のそれを、今も背中に宿して、彼は春日がもう一度彫り師に戻ることを待っている――。

いつも、いつも、陣内は優しかった。彼と過ごす時間は濃密過ぎて、それがどんなに満ち足りた時間だったか、俯瞰《ふかん》しないと分からない。

クソガキと呼びながら、優しくない顔と態度で、誰よりも大事にしてくれた人。そこまでされて、陣内に惹かれない訳がない。いつの間にか彼が、心の中の大きい部分を占めていたのは、必然だったのだ。

「俺……、秋月さんと会ったら、陣内さんのことを、たくさん話そうと思ってた。……でも、何も言葉にならないよ……」

また涙が込み上げそうになってきて、春日は顔を両手で覆った。真っ赤になった熱い頬を、マカオのダウンタウンに広がる濃霧に隠したい。

「春日、話をするのは俺じゃない。陣内がずっと、お前のことを待ってる。あいつのところへ行ってやれ」

春日は大きく瞳を見開いて、秋月の視線の先を追った。さっき会った小鈴や、同じくらいの年頃の子供たちが、路地に溢《あふ》れて遊んでいる。その様子を眺めながら、陣内は建物の外壁に凭《もた》れて、二つ持ったテイクアウトのコーヒーを飲んでいた。

「悔しいよ、秋月さん。俺はあの人には多分、何年かかっても敵わない」

「大丈夫。お前は結構、いい線いってるよ。じゃあな、春日。元気でいろよ」

「秋月さんも。また——会いに来てもいい？」

「陣内に妬かれねぇ程度にな。春日、俺は死んだことになってる人間だ。生きていると分かれば、いらねぇ面倒事が起きて、お前にも迷惑がかかる。けして口外するな」

「……うん、分かった。秋月さんのことは誰にも言わない。それじゃあ、また」

いつかまた会える。そう思いながら交わすさよならは、少しも寂しくなかった。

秋月に見送られて、春日は陣内のもとへと歩き出した。

一歩足が進むごとに、歩幅は大きく、速度も上がっていく。とうとう駆け足になると、陣内は春日をわざと困らせるように、くるりと背中を向けた。

「待って――、陣内さん……っ」

長い足で、元来た道をどんどん進んでいく彼に、春日は笑った。少しだけ涙の残っていた頬を拭って、走って、走って、やっと追い付いた。

「陣内さん、足速いよ。迷子になったらどうするんだ」

「ここにしばらく住めば路地も建物も覚える。秋月のいる施設は、いつでも職員を募集しているぞ」

「何言ってるんだ。俺は今日一日マカオを観光して、明日には東京に帰るよ」

「――急いで帰ることはないだろう。秋月と二人でゆっくり過ごせばどうだ。いいホテルを取ってやる」

「じゃあそこ、予約しといて。今からあんたと行くから」

陣内の足が、急に速度を落として、春日の方へと踵《きびす》を返した。その時の彼の驚いた顔は、とても無防備で、写真に撮って残したいくらい彼らしくなかった。

「陣内さん、秋月さんのこと、あの人の命を救ってくれてありがとう」

「お前に礼を言われるようなことはしていない」

「ううん、俺はもう、知ってるから。陣内さんがいつも、俺を大事にしようとしてくれてたこと。俺は、陣内さんに甘やかされ過ぎてた。これからは、時々は、陣内さんが俺に甘えろよ」

「春日――」

「今までしてくれた分の、お返しとかじゃないよ。全部返し切るなんて、無理だから。だから、俺に陣内さんのことを、好きでいさせて」

「間違うな。俺はお前の、初恋の男じゃないぞ」

「陣内さんだってそうだろ。俺は、あんたがいいって言ってるんだ。ありがたく俺を受け取れ」

「ありがたく、か」

「嫌ならこのまま東京に帰る。俺には患者がたくさん待ってるんだからな」

「――誰も嫌とは言っていない」

陣内が、限りなく苦笑に似た微笑みを浮かべて、コーヒーを差し出してきた。

「飲め。固めの盃《さかずき》だ」

「ヤクザっぽい。盃を交わしたら、俺たちは何か変わるのか?」

「これからは裏切りには制裁を与える。シノギを上げたら、ご褒美だ」

「シノギって……」

「せいぜい俺に愛されていろ。それがお前のシノギだ」

「そんなの、ご褒美ばっかりもらっちゃうよ」

「何か問題があるか？」

「――ううん、ない」

「それならいい」

乾杯のように、陣内がカップとカップを触れ合わせる。春日も同じことをして、湯気の立つコーヒーを口元へと運んだ。

恋人になる固めの盃は、ほろ苦くて甘い、二人だけの約束だった。


初めて訪れたマカオの、初めて訪れたカジノは、コタイ地区に聳《そび》え立つタワーホテルの中にあった。億万長者が生まれるルーレットや大小《タイサイ》には目もくれず、スイートルームをあらかじめ予約していた陣内は、まだ濃霧の晴れない街を見下ろすその部屋で、春日を抱いた。

「ん――、んっ、……ふ…、ん……っ」

床から天井までの広い開口部の窓に、ぴったりと寄り添ったシルエットを映しながら、唇を重ねる。初めてのキスではないのに、どこか不器用で、照れくさい。

恋人と、そうでない関係の違いは、服の脱がせ方かもしれない。引き千切《ちぎ》られて当たり前だった上着のボタンを、陣内はやけに優しく外して、春日の微笑みを誘った。

陣内がワイシャツを脱ぐと、銃創の痕がついた体が現れる。肩に残った痛々しい傷に、春日は敬虔《けいけん》なキスを捧げた。

「もう痛まない？」

「ああ。お前が自分の血を分けてくれてまで、助けてくれたからな」

重傷を負った陣内を見た時、彼を救うことで必死だった。死なせたくない——と強く陣内を想った時が、彼の存在が恋に代わる瞬間だったのかもしれない。

「輸血をして、疲れて眠るお前を見ていると、いとおしかった。お前がくれた血を一滴も無駄にはできないと思ったんだ」

「ありがとう。そんな風に思ってくれて。あんたのことを、救えてよかった」

「春日。お前を全部もらい受ける。お前にずっと惚れていたことを打ち明けるよ」

「陣内さん……、素直な、あんたは、怖いけど、好きだよ」

真昼のベッドに裸身を惜しげもなく曝し、陣内に乞われるまま、どこもかしこも開いて見せる。指を尻の狭間《はざま》に導かれ、最初に彼に目撃された場面を再現させられると、欲情が止まらなくなった。

「んんう……っ、もう、溶けてる、……あんたに、見られてるだけで、俺……っ」

熱い視線を注がれながら、自分の指で尻を慰めるのは、いたぶられているようで燃えた。

中指だけでは足りなくなったそこに、陣内が節だった自分の人差し指を捩《ね》じり入れてくる。

「ああ、うっ、いく――、駄目、いくぅ……っ、んあ…っ、あ――」

性質《たち》の悪い彼のいたずらは、一度射精をするまでやめてもらえなかった。あっけなくいって痙攣《けいれん》する体を、休む間もなく抱き起こされる。

「春日、上になれ」

「……うん、陣内さん……」

見つめ合ったまま、騎乗位で腰を落としながら、たまらなくなってまたキスをした。唇を蕩《とろ》かし合い、舌を絡ませているうちに、陣内の張り詰めた先端が、春日の最奥に届く。

「あ……ぁ、……はっ……、……ああ……っ」

手錠のない両手が、こんなに自由で、手持ち無沙汰《ぶさた》で、邪魔なものだとは知らなかった。たっぷりと前戯で蕩かされた尻は、陣内のものを深く銜え込んで離さない。

「んぅ……っ、あ、ん、……んくぅ……っ」

数年間、誰も触れなかった春日の体は、陣内だけを受け入れるように、生まれ変わっていた。彼の吐息が肌を掠《かす》めると体温は上がり、心音が乱高下を始める。

春日の体を支える両手は汗ばみ、茶色の髪の先からも雫が落ちた。まだ抱き合ってさほど時間が経っていないのに、勢いづいたクライマックスのような快感の波に、押し流されてしまいそうだった。

「ああ……んっ、……陣内さん……、も…っ、や……、俺の腹の中、いっぱい――」

形が分かるほど膨らんだ陣内を、粘膜の隅々にまで感じて、その充溢《じゅういつ》を堪能《たんのう》する。大人の男だったら、それくらいの余裕を持って楽しめるはずなのに、経験の少ない春日は、腰を振り立てて快感を得ることに夢中だった。

「春日、お前の腰は忙《せわ》しないな。もっと時間をかけて楽しめないのか」

「そんなの、無理だよ……っ、すごい――気持ちいいところに、当たる……っ」

「ここだろう?」

「あっ、あっ、馬鹿……っ、擦ら、ないで。よすぎる……っ……、ああっ」

健気《けなげ》に振っていた腰が、陣内の突き上げに耐えかねて、がくがくと砕けた。春日は彼の広い胸に両手を置き、精一杯後ろへと体をのけ反らせて、尻の奥にある、快感の急所のような場所を外した。

「逃げるな」

「……だって……、またすぐ、いきそう。いやらしい奴みたいで、嫌だよ……っ」

「お前は淫《みだ》らにできている。ずっと前にも言っただろう」

「それ――、よせよ。……い…、淫乱じゃない……っ、俺は、違う」

「俺の前でだけなら、いくら乱れてもかまわない。むしろ歓迎だ」

ずちゅっ、ぐちゅっ、陣内に腰を摑まれ、動かないように固定されて、激しく突かれる。

ぱちゅっ、ぱんっ、ぱんっ、と音までもいやらしく変化して、春日は耳を塞ぎたくなった。

「嫌……いや、……あぁ……あ……、んう……っ！　あ、んっ、んっ！」

「お前は極まると、嫌が口癖だな」

「う、うるさい」

「俺の上で生意気は言えなくしてやる」

贅沢《ぜいたく》なサイズの枕に、頭を沈めていた陣内は、徐《おもむろ》に体を起こした。せっかく陣内を見下ろして、これから主導権を握ってやろうと思っていたのに、両手を取られて彼の首の後ろへ回されてしまう。

「──しがみついていろ」

「あうぅ…っ、あっ、はぁ…っ、……陣内さん……っ」

腰を上下に揺すられる手荒い突きに、がくん、がくん、と頭を振って、春日は身悶《みもだ》えた。

理性なんかもう、いくらも保てない。

薄くしか開けられない瞼の向こうに、自分を貪《むさぼ》る陣内の、窓に映った背中が見える。濃霧を透かしたそこに、ぼんやりと浮かび上がる未完成の鷹へと、春日は爪を立てた。

「陣内さん、これ──もしかして、まだ……？」

「ああ。まだ一度も、自分の目では見ていない。そろそろ待ちくたびれたぞ」

「……俺が我《わ》が儘《まま》だから……、途中で終わってて、ごめん……」

「もう許している。惚れた弱みだ」

ちゅっ、ちゅ、と春日のこめかみに唇を落として、陣内は激しい動きを止めた。

繋がったままキスを交わす、甘い恋人のインターバルがいとおしい。陣内が満足してくれるまで、春日はキスを続けたかった。

「ん……っ、んん、……ん――」

くちゅりと口中を掻き回す舌を、同じ舌で捕まえて吸い上げる。気持ちがよくて、ずっとキスを続けていると、陣内の欲情に火を注いでしまったようだった。

「春日、膝から下りて、後ろを向け」

「……ん……っ、深、い――」

陣内の大きなものを、ずるりと自分の奥深くから抜くと、溶け切った粘膜が戦慄《わなな》く。ほんの少しも陣内と離れていられない。早くまた繋がりたい。それだけを思ってシーツに膝をつき、春日は四つん這いで後ろを向いた。

「従順なお前も、悪くないな」

春日の背骨に沿って、するりと指を這わせながら、陣内が嘆息している。背中と腰の境まで下りてきた指は、丸い尻朶《しりたぶ》へと寄り道をして、春日の足の付け根へと回ってきた。

汗と体液で濡れそぼった草叢《くさむら》を、陣内は指先で掻き分け、天へと向かって生えている春日の屹立《きつりつ》に、そっと触れた。

「あ……、は、ぁ……っ、ん……っ」

「春日」

呼ばれて顔だけを後ろへ向けると、陣内の唇がそこにあった。迷わず唇を重ね、空いている方の手で胸を揉む彼に、震える息で応える。

「んぅ……っ、ふ……、好きだよ、陣内さん、……あんたのこと、もっと欲しい……」

「俺も、まだ足りない。お前に触れるほど欲しくなる」

「俺のこと、口説いてるの。俺が、あんたの言葉を喜んでるの、分かる……？」

「ああ。どこもかしこも、お前は正直だ」

陣内の左手の下にある春日の心臓と、右手の掌に包まれた屹立が、どくん、どくん、と脈打っている。

本当に、欲しい。ほんの数秒の時間も、陣内のことを待てない。

「来てよ。入れて。これからは、いつでもあんたが満たしてくれるって、俺の体に、教えて」

「春日、いいのか」

「俺の体は、あんたにしか抱けないんだから、一生もんの爪痕《つめあと》、俺につけて」

ああ、と頷《うなず》いた陣内は、もう一度深くキスを重ねた。ゆっくりと唇を解くと、春日の半身をうつ伏せにして、腰だけを高く上げさせる。

「春日——」

四つん這いの体に覆い被《かぶ》さり、陣内は猛《たけ》った自身を、ひといきに春日の中へ埋めた。

刺し貫かれた窄《すぼ》まりが、襞《ひだ》の一つ一つをめくれ上がらせて、甘くるおしい痛みを生んでいる。しかしその痛みは、ぐちゅうっ、とベッドに散った水音で、新たな快感の引き金になった。

「……ああ……っ、ひあ……っ……っ、あ――！」

深く、深く、二人は繋がって、互いに我を忘れた。陣内は春日の腰を引き寄せ、間断なく自分の腰を打ち付けている。体と体がぶつかり合う生々しい欲望に、春日は本能的な涙を浮かべながら、シーツを握り締めた。

「あっ、ああっ！　陣内、さん、あうぅ…っ！　いいっ、い、い」

「春日……っ、お前を壊しそうだ」

「もっと、して。あんただけ、壊していい――。めちゃくちゃにして、陣内さん……っ」

「春日、――春日」

繰り返される律動とともに、春日は陣内を粘膜の狭間で食い締め、尻を振り立てた。彼の大きさがいっそう増して、春日の奥の奥まで暴かれていく。

そこから湧き上がってくる熱が、出口を求めて沸騰していた。揺れる屹立から露《つゆ》を垂らし、皺くちゃのシーツに濡れた痕を増やしながら、春日は啼《な》いた。

「はあ…っ、あっ！　んっ、んく…っ、ああっ、……あぁあ…っ、あ…っ、陣内さん」

「全部、受け止めろ。零《こぼ》したりするなよ」

「しな、い。……はっ、あうっ、……んん…っ、ん——、ああ……！」

頭の中まで真っ白にして、快楽に押し流されるまま精を吹き上げる。びゅくっ、びゅくん、と打ち震える春日の先端で、陣内の指が溢れたそれを受け止めた。

春日の中に、火傷をしそうな熱いものが放たれている。陣内から間歇的《かんけつてき》に注ぎ込まれるその熱は、一生消えず、忘れることができない、恋人の証だった。


スタンドの柔らかな明かりを受けた頬に、乾いたシーツの質感を覚えて、春日は眠りから覚めた。時計の針を気にせずに、いつまでも陣内と抱き合って、シーツは汗やいろいろなもので汚れていたはずなのに。

寝ぼけ眼《まなこ》の瞼をゆっくりと開けると、寝具はみんな新しいものに換えられていて、清潔な匂いに、くふん、と鼻が鳴った。

「陣内さん——」

ベッドからは見えないどこかから、微《かす》かにシャワーの音が聞える。自分も浴びたいのに、融けたアイスのように芯のなくなった春日の体は、ベッドから起き上がることができなかった。

もう一度眠るか、微睡《まどろ》んでいるか、春日が随分長い間迷っていると、部屋のドアチャイムが鳴った。シャワーを終えた陣内の、少し急いだスリッパの音がする。

ドアの前で何かやりとりをしていた彼は、ワインクーラーに入れたシャンパンや、肴《さかな》の皿を携えて、ベッドのある部屋まで戻ってきた。

「まだ眠っているか」

春日が薄目を開けていることを、陣内は気付かなかったらしい。グラスや取り皿の支度を一人でして、風呂上がりのバスタオルを一枚腰に巻いた格好で、彼はシャンパンを注ぎ始めた。

シーツに唇を半分埋もれさせて、春日は微笑んだ。いつ声をかけようか。春日が迷っているうちに、陣内はシャンパンで満たしたグラスを持ち上げ、夜の帳《とばり》が下りた窓の外を眺めた。

（独り占め、ずるい）

「………」

シャワーの水滴が、つう、と滑り落ちていく背中に、鷹がいる。月に向かって羽ばたく翼を、未完成のそれはまだ持たない。陣内が見つめる窓の向こうは、この時間も濃い霧に覆い尽くされていて、空には本物の月も出ていなかった。

タワーホテルの最上階から、グラスを片手に、霧の街を見下ろす男。その雄々《おお》しさはまるで、王者のようで、春日は無意識に心臓を打ち鳴らした。

（いつか、この人は、世界のてっぺんに立つ人だ）

その日はけして遠くない気が、春日はしていた。そして、頂上に君臨する人の背中を、それにふさわしい背中にしてあげたいと思った。

（陣内さん、あんたのために、あと一度だけ、俺は彫り師になる）

彫り師の技を思い出すために、修業のやり直しは必要だろう。それでもいい。陣内の背中に、彼の望む刺青を彫って、裏の社会の頂上へ昇り詰める人の餞《はなむけ》にしたかった。

「シャンパン、俺にもちょうだい」

鷹が空中で行き先を変えるように、広い背中が、ひらりと窓を向く。ベッドの方を振り返った陣内は、寝具の中から手を振った春日に、小さな笑みを零した。

「一人で乾杯するところだったぞ」

「いい酒がもったいない。すごく、喉が渇いた。カラカラだ」

「水の方がいいか？」

「ううん、水じゃ気分出ないだろ。あんたとサシで酒を飲むの、これが初めてなんだぞ」

陣内が珍しく、瞳を丸くしている。鷹が鳩になったようで、油断したその表情が、少しだけかわいらしかった。

考えてみれば、酒だけじゃない。陣内とは二人でまともに食事をしたことも、自分たちのことをゆっくりと語り合ったこともなかった。命のやり取りをリアルにしてきた間柄なのに、彼に家族がいるのかすら知らないなんて、間抜けもいいところだ。

「——俺の酒の相手が、まともに務まるんだろうな」

「それは、これからお試しってことで。お互い様だろ?」

「好きな銘柄があれば言え。次からは用意しておく」

何気ない陣内の言葉が、二つ目のグラスへ注がれていくシャンパンよりも、春日を酔わせた。甘く深い、彼の声の余韻に誘われるように、春日は右手を伸ばした。

「あんたと飲む酒は、きっと何でも好きだよ」

ひんやりとしたグラスの脚が、火照った指先に心地いい。この一杯を飲み干したら、陣内の背中の鷹の話をしよう。彼のためにだけ彫り師に戻る。けして消えることのない爪痕で、彼を手に入れたい。乾杯のひとときに見つめ合いながら、春日は心からそう思った。

END

あとがき

こんにちは。または初めまして。御堂なな子です。このたびは『爪痕　―漆黒の愛に堕ちて―』をお手に取っていただきまして、ありがとうございます。タイトルほど黒い話でなくて、ほっとされた方もいらっしゃるのではないでしょうか。今作は既刊『蝶は夜に囚われる』でおいしいところを持っていった陣内鷹通組長と、破天荒医師の春日の物語です。『蝶は～』に至る前日譚と、全てが解決した後のアンサー編の形で、自由に書かせていただきました。

この人だけは何年経ってもスタンスが変わらない――そんな相手を味方に持っていれば、大変な環境に身を置いている人も、心強く生きていけそうな気がします。鷹通さん（相変わらずこの人はさん付けです）も春日も、お互いを帰る場所にしているから、強い人たちでいられるのかな、と。絶対的な味方って、得るのはとても難しいですから。割れ鍋に綴じ蓋コンビとして、これからもてっぺんを目指して二人には仲良くやっていってほしいです。

今作と『蝶は～』のキャラクターには、いろいろな対比の構図があります。鷹通さんを挟んだ春日と青伊、春日を挟んだ鷹通さんと狩野、そして鷹通さんと秋月。もともと彫り師を主人公に書いてみたくて、最初に春日というキャラが生まれ、彼を中心に世界観が広がっていきました（本作中の刺青を消す技術はフィクションです）。ちなみに生まれた順は、春日↓青伊↓鷹通さん＝狩野↓秋月でした。

二作に渡って、素晴らしいイラストを提供してくださったヤマダサクラコ先生、このたびも本当にありがとうございました。カバー折り返しのコメントも、大変嬉しく、光栄に思っております。大好きな鷹通さんと春日を、重ねていく年齢とともに先生のイラストで拝見できて、眼福でした。秋月と青伊も描いてくださって、本当にありがとうございました！

担当様。我が儘なプロットを通してくださって、ありがとうございます。気が付けばまた長い物語に……。今回は鷹通さんの人間的な部分まで書くことができて楽しかったです。楽し過ぎてご迷惑をかけてしまい、反省しております。今後も何卒よろしくお願いいたします。

Yちゃん。この世界の話をまた書けて嬉しいなあ。Yちゃんもきっと喜んでくれていることでしょう。それから、いつも何かと助けてくれる家族、陰で見守ってくださっている長年のお付き合いの皆さん、私の絶対的な味方です。心強いです。

最後になりましたが、読者の皆様、ここまでお付き合いくださってありがとうございました。今作を読んでいただいた後、『蝶は～』のラストの掌編を読んでいただけたら、いろいろ腑に落ちるところもあるかと思います。作者よりお奨めさせていただきます。

今回のようなシリアス風味なものも含めて、今後もマイペースで作品を発表させていただけたら幸いです。それでは、また次の機会にお目にかかれることを願っております。

御堂なな子

✦初出　爪痕　—漆黒の愛に堕ちて—……………書き下ろし

御堂なな子先生、ヤマダサクラコ先生へのお便り、本作品に関するご意見、ご感想などは
〒151-0051 東京都渋谷区千駄ヶ谷 4-9-7
幻冬舎コミックス　ルチル文庫「爪痕　—漆黒の愛に堕ちて—」係まで。

幻冬舎ルチル文庫

爪痕　—漆黒の愛に堕ちて—

2016年5月20日　　第1刷発行

✦著者	御堂なな子　みどう ななこ
✦発行人	石原正康
✦発行元	株式会社 幻冬舎コミックス 〒151-0051 東京都渋谷区千駄ヶ谷 4-9-7 電話 03(5411)6431[編集]
✦発売元	株式会社 幻冬舎 〒151-0051 東京都渋谷区千駄ヶ谷 4-9-7 電話 03(5411)6222[営業] 振替 00120-8-767643
✦印刷・製本所	中央精版印刷株式会社

✦検印廃止

ISBN978-4-344-83723-2　C0193　Printed in Japan